Sherlock Holmes

THE HOUND OF THE BASKERVILLES

이 은 선

—

연세대학교에서 중어중문학을, 국제학대학원에서 동아시아학을 전공했다. 편집자, 저작권 담당자를 거쳐 전문 번역가로 활동중이다. 코넬 울리치의 『환상의 여인』과 『상복의 랑데부』, 애거서 크리스티의 『끝없는 밤』, 스티븐 킹의 『11/22/63』, 도로시 B. 휴스의 『고독한 곳에』, 매튜 펄의 『에드거 앨런 포의 그림자』 등을 비롯하여 다양한 소설을 번역하고 있다.

*

이 도서의 국립중앙도서관 출판시도서목록(CIP)은
서지정보유통지원시스템 홈페이지(http://seoji.nl.go.kr)와
국가자료공동목록시스템(http://www.nl.go.kr/kolisnet)에서 이용하실 수 있습니다.
CIP제어번호 : CIP2016014564

—

이 작품의 한국어판은 영국 Penguin Books의 'THE PENGUIN SHERLOCK HOLMES COLLECTION'의 『The Hound of the Baskervilles』(2011)을 번역 저본으로 삼았으며, 영국 Oxford University Press의 'THE OXFORD SHERLOCK HOLMES'(1993)를 참고하였습니다.

Sherlock Holmes

THE HOUND OF THE BASKERVILLES

바스커빌 가문의 사냥개

셜록 × 홈스

Arthur Conan Doyle

아서 코넌 도일 지음 / 이은선 옮김

엘릭시르

*

이 작품은 착상 단계에서 내 친구 플레처 로빈슨에게
기본적인 얼개와 배경이 되는 지방의 세부 묘사에 도움을 받았다.

셜록 홈스

1.

셜록 홈스는 이따금 밤을 새우고 아침까지 깨어 있기도 하지만 그런 날을 빼면 아주 늦게까지 잔다. 오늘은 웬일로 아침상 앞에 앉아 있었다. 나는 벽난로 앞 양탄자에 서서 간밤에 다녀간 손님이 두고 간 지팡이를 집어 들었다. 질 좋고 굵직한 원목을 이용해 만들었고 둥그스름한 손잡이가 달린 페낭 로이어 지팡이였다. 손잡이 바로 아래에 너비가 삼 센티미터쯤 되는 넓은 은띠가 둘려 있었다. 띠에는 1884라는 연도와 함께 "MRCS▪ 제임스 모티머에게, CCH 친우 일동"이라고 새겨져 있었다. 옛날 일반의가 들고 다님 직한, 품위 있고 튼튼하며 든든한 지팡이였다.

▪ 왕립외과의사협회.

"왓슨, 그걸 보니까 무슨 생각이 드는가?"

나는 등지고 앉아 있는 홈스가 눈치챌 만한 동작을 하지 않았다.

"내가 뭘 하는지 어떻게 알았나? 자네는 뒤통수에도 눈이 달려 있는 모양이로군."

"반질반질한 은도금 커피포트가 앞에 놓여 있거든. 아무튼 왓슨, 손님이 놓고 간 지팡이를 보고 무슨 생각이 드는지 얘기해보게. 안타깝게도 그를 만나지 못했잖은가. 용건도 짐작이 가지 않으니 이 뜻밖의 선물이 중요한 단서지. 자네가 지팡이를 토대로 어떻게 손님을 그려내는지 들어볼까?"

나는 친구의 추리법을 최대한 흉내내 대답했다.

"내가 보기에 모티머 박사는 나이가 지긋하고 성공한 의료계 종사자라네. 게다가 주변 사람들에게 이런 감사의 선물까지 받은 것을 보면 평판이 좋은 모양일세."

"훌륭해! 대단하군!"

"걸어서 왕진을 다니는 시골 의사일 가능성이 크다고 보네."

"그건 어째서?"

"원래는 아주 말끔했을 지팡이가 여기저기 상해 있거든. 도시에서 일하는 의사가 들고 다녔다면 이렇게 될 리 없지 않겠나. 두꺼운 쇠 물미가 닳은 것은 주인이 이걸 들고 많이 걸어 다

넜다는 증거지."

"완벽해!"

"그리고 'CCH 친우 일동'이라는 구절이 있지. 사냥Hunt과 관련 있는 모임이 아닐까 싶은데. 모임 회원들에게 외과 의사로서 도움을 주어 회원들이 보답으로 마련한 조그만 선물이 아닐까."

"왓슨, 기대 이상이로군. 자네는 내 변변찮은 업적을 알리는 데 열중하느라 스스로의 능력은 언제나 과소평가해왔어. 자네는 스스로 빛을 발하지는 못하지만 빛을 전달하는 능력은 누구보다 뛰어나. 천재적인 재능은 없어도 재능을 가진 이를 자극하는 능력이 뛰어난 사람들이 있지. 고백건대 친구, 내가 자네에게 진 빚이 아주 많다네."

홈스는 의자를 뒤로 밀고 담배에 불을 붙이며 말했다.

그가 그런 칭찬을 한 번도 한 적이 없었기에 솔직히 아주 짜릿했다. 나는 그에게 찬사를 보내는 동시에 그의 추리법을 세간에 소개하려고 애를 써왔다. 그러나 그런 내게 홈스가 전혀 반응을 보이지 않아 괜히 언짢아질 때가 많았던 것이다. 그의 추리법을 열심히 익혀서 본인의 인정을 받는 경지에 다다랐다는 데에 뿌듯하기도 했다. 그는 내가 들고 있던 지팡이를 건네받아서 몇 분간 훑어보았다. 그런 다음 흥미롭다는 표정을 지으며 담배를 내려놓더니 창가로 가서 볼록렌즈를 통해 지팡이를 들여다보았다.

"사소하기는 해도 흥미롭군. 지팡이에 있는 한두 가지 특징을 토대로 몇 가지를 추리해볼 수 있겠어."

그는 자기가 좋아하는 소파 구석자리로 돌아가며 말했다.

"내가 놓친 부분이라도 있는 건가? 중요한 걸 간과하지는 않았을걸?"

나는 살짝 으스대며 물었다.

"유감스럽지만 왓슨, 자네의 추리는 대부분 틀렸다네. 솔직히 어떤 뜻에서 자네가 내게 자극이 된다고 했느냐면, 자네의 오류에 주목하다 보면 진실에 한 발짝 다가갈 때가 많거든. 이번 경우에는 완전히 틀리진 않았어. 이 남자는 많이 걸어 다니는 시골 의사가 맞아."

"내 짐작이 맞았군."

"거기까지는."

"그게 전부였잖은가."

"아니, 아니지, 왓슨. 전혀 그렇지가 않지. 예컨대 의사에게 지팡이를 선물한 곳은 사냥 모임이 아니라 병원일 가능성이 크다네. 그렇다면 병원Hospital을 의미하는 H 앞의 'CC'는 당연히 '채링크로스Charing Cross'의 머리글자겠지."

"그럴 수도 있겠군."

"그럴 공산이 크다네. 이걸 사실로 전제하면 새로운 근거를 토대로 미지의 손님을 그려낼 수 있게 되지."

"흠, 'CCH'가 '채링크로스 병원'의 머리글자라면 무엇을 더 알아낼 수 있다는 건가?"

"알 수 있는 게 하나도 없을까? 자네도 내 추리법을 알잖아! 적용해보게!"

"도시에서 의사로 일을 하다 시골로 갔다는 빤한 사실밖에는 모르겠는데."

"거기서 한 걸음 더 나갈 수 있지 않나? 관점을 달리해서 생각해보게. 어떤 경우에 선물을 주었을 가능성이 가장 크겠나? 언제 그의 친구들이 한데 뭉쳐서 호의 표시를 했을까? 당연히 모티머 박사가 개원할 생각으로 병원을 그만두었을 때겠지. 우리는 박사가 선물을 받았다는 사실을 이미 알고 있네. 시내 병원에서 시골로 내려갔다는 것도 알고. 따라서 변화가 이루어지는 시점에 선물을 주었다고 하면 무리한 추측일까?"

"개연성이 충분해 보이는군."

"그가 병원의 정규직이었을 리 없다는 것도 알 수 있지. 병원 정규직이라면 런던에서 인정받는 의사일 텐데, 그런 사람이 시골로 낙향할 리 없으니까. 그렇다면 그의 정체는 무엇일까? 병원에 근무하면서 정규직은 아니었다면 의대생과 다를 바 없는 내과 혹은 외과 수련의였겠지. 지팡이에 적힌 연도를 보면 그가 병원을 떠난 건 오 년 전이야. 자네가 말한 중년의 근엄한 일반의는 흔적도 없이 사라지고, 사근사근하고 야망이라고는 없으며 건망증이 심한 사람, 테리어보다는 크고 마스티프보다는 작은 반려견과 함께 사는 서른도 안 된 젊은 의사가 모습을 드러내는 셈이지."

못 믿겠다는 듯이 웃음을 터뜨리자 셜록 홈스는 소파에 기대고 앉아 도넛 모양의 담배 연기를 천장으로 내뿜었다.

내가 말했다.

"마지막 부분은 확인할 방법이 없지만 이 남자의 나이와 경력은 금세 찾아볼 수 있지."

나는 의학서를 꽂아둔 작은 서가에서 의사 인명록을 꺼내 그 이름을 찾아보았다. 성이 모티머인 사람이 여러 명 있었지만 우리의 손님이 될 만한 사람은 한 명뿐이었다. 나는 그의 경력을 큰 소리로 낭독했다.

제임스 모티머, MRCS, 1882, 데번 주 다트무어 그림펜 거주. 1882년부터 1884년까지 채링크로스 병원에서 수련. 논문 『질병은 격세유전인가?』로 비교병리학 부문 잭슨상 수상. 스웨덴병리협회 준회원. 「격세유전되는 일부 기형」(《랜싯》, 1882), 「우리는 진보하고 있는가?」(《심리학 저널》, 1883년

3월호)의 저자. 그림펀, 소슬리, 하이배로 지역 담당의.

"사냥 모임에 대한 언급은 없군. 시골 의사라는 것은 자네도 아주 정확하게 알아냈어. 내 추론이 어느 정도 맞아 들어간 것 같군. 나는 그를 두고 사근사근하고, 야망이라고는 없으며, 건망증이 심하다고 설명했지. 경험상 사근사근한 사람이라야 작별 선물을 받을 수 있고, 야망이 없는 사람이라야 런던의 직장을 그만두고 시골로 내려갈 수 있으며, 건망증이 심한 사람이라야 한 시간이나 기다린 뒤에 명함이 아니라 지팡이를 두고 갈 수 있거든."

홈스가 짓궂은 미소를 지으며 말했다.

"반려견에 대해서는 어떻게 추정했나?"

"개가 지팡이를 물고 주인을 따라다니곤 했던 모양이야. 지팡이가 무겁다 보니 꽉 물어서 가운데 부분에 이빨 자국이 선명하게 남았다네. 이빨 자국의 간격으로 입의 크기를 가늠했을 때 테리어라고 하기에는 크고 마스티프라고 하기에는 작더군. 아마…… 아, 그래! 털이 곱슬곱슬한 스패니얼이로군."

그는 소파에서 일어나 방안을 서성이다가 창문 앞에서 걸음을 멈추고 말했다. 확신에 찬 그의 목소리에 나는 놀라서 고개를 들었다.

"홈스, 무슨 수로 그렇게 장담하는 건가?"

"우리집 문 앞에 개가 보이고 개의 주인이 초인종을 누르는 소리가 들린다는 아주 단순한 이유 때문이지. 여기 있게, 왓슨. 직업상 선후배 관계인 자네가 있는 것이 도움이 될 거야. 운명의 시간이로군. 계단을 밟으며 이리로 걸어오는 발소리가 들리나? 좋은 일일지 나쁜 일일지 알 수는 없지만 말일세. 과학자인 제임스 모티머 박사가 무슨 일로 범죄 전문가 셜록 홈스를 찾는 걸까! 들어오십시오!"

전형적인 시골 의사를 예상했던 나는 손님을 보고 놀랐다. 손님은 키가 크고 마른데다 가운데로 몰린 눈 사이에 기다란 매부리코가 있으며 금테 안경 너머로 날카로운 잿빛 눈동자를 반짝이는 남자였다. 의사답게 정장을 입었지만 프록코트는 거무칙칙하고 바지는 단이 닳아 있어서 다소 단정치 않아 보였다. 젊은 나이에 긴 등이 벌써 굽어 머리를 앞으로 내밀고 걸었다. 전체적으로 온화한 인상이었다. 그는 방안으로 들어서다가 홈스가 들고 있는 지팡이를 보더니 탄성을 지르며 달려왔다.

"정말 다행입니다. 여기 두고 왔는지 아니면 해운 회사 사무실에 두고 왔는지 알 수가 없었거든요. 천금을 준대도 포기할 수 없는 지팡이입니다."

"선물로 받으신 지팡이더군요."

홈스가 말했다.

"그렇습니다."

"채링크로스 병원을 그만둘 때 받으셨겠지요?"

"병원 친구들이 제가 결혼할 때 준 겁니다."

홈스가 고개를 저었다.

"이런, 이런, 유감이군요!"

모티머 박사는 살짝 놀란 얼굴로 눈을 깜빡였다.

"뭐가 유감인지요?"

"우리의 추리가 무너져버렸으니까요. 결혼이라고 하셨습니까?"

"네. 결혼을 하면서 병원을 그만두었고, 개원의 꿈도 접어야 했습니다. 살림을 꾸리려면 어쩔 수 없었습니다."

"아하, 그렇다면 많이 틀린 것도 아니로군요. 제임스 모티머 박사님……."

"편하게 불러주십시오. 저는 왕립외과의사협회의 일개 회원에 불과합니다."

"정확한 분이기도 하고요."

"취미 삼아 과학을 공부하면서 광활한 지식의 보고인 미지의 대양 기슭에서 자잘한 조개를 줍는 사람에 불과합니다, 홈스 씨. 그나저나 지금 저와 대화를 나누는 분이 셜록 홈스 씨가 맞는지……."

"그렇습니다. 이쪽은 내 친구 왓슨 박사입니다."

"만나서 반갑습니다. 박사님의 성함은 홈스 씨의 이야기와 함께 많이 들었습니다. 그런데 홈스 씨는 두상이 상당히 특이하네요. 홈스 씨와 같은 장두長頭와 도드라지게 발달된 안와는 본 적이 없습니다. 두정엽을 손끝으로 더듬어봐도 되겠습니까? 석고 모형을 만들면 진짜 두개골이 입수되기 전까지 인류학 박물관에 전시할 텐데요. 아부하는 것이 아니라 정말로 홈스 씨 두개골에 욕심이 납니다."

홈스는 특이한 손님에게 손짓으로 의자를 권했다.

"혼자만의 생각에 빠지면 못 하시는 얘기가 없군요, 나처럼. 집게손가락을 보니 담배를 말아서 피우시는 모양입니다. 한 대 피우셔도 됩니다."

남자는 종이와 담뱃잎을 꺼내더니 놀라우리만치 능숙하게 담배를 말았다. 그의 긴 손가락은 미세하게 떨리며 곤충의 더듬이처럼 잠시도 가만히 있지 않고 민첩하게 움직였다.

홈스는 아무 말도 없었지만, 이리저리 움직이는 시선으로 보건대 별난 손님에게 관심이 많다는 것을 알 수 있었다.

마침내 홈스가 입을 열었다.

"단순히 두개골을 살피기 위해서 어제저녁과 오늘, 두 번씩이나 이 누추한 곳에 들르신 건 아니겠죠?"

"그런 건 아닙니다. 두개골을 살필 기회가 주어진다면 기쁘겠습니다만, 홈스 씨를 찾아온 이유는 심각하고 심상치 않은 문제가 발생했는데 제가 해결에 전혀 도움이 되지 않기 때문입니다. 홈스 씨가 유럽에서 두 번째로 꼽히는 전문가시니……."

"그렇군요! 1위의 영예를 차지한 주인공은 누구인지 여쭈어 봐도 될까요?"

홈스가 퉁명스럽게 물었다.

"정밀한 과학적 수사 이론에서는 므시외 베르티용이 단연 뛰어나지요."

"그럼 그 사람과 상의하시는 편이 낫지 않을까요?"

"과학적 수사 이론에 한정해서 그렇다는 말씀입니다. 실무에 있어서는 홈스 씨가 독보적인 존재죠. 제가 얼결에 한 말 때문에 기분 상하지 않으셨……."

"조금요. 모티머 박사님, 사설은 생략하고 정확히 어떤 문제 때문에 내 도움을 필요로 하시는지 간략하게 말씀해주시죠."

바스커빌 가문의 저주

2.

"제 주머니에 문서가 하나 들어 있습니다."

"들어오실 때 봤습니다."

모티머 박사의 말에 홈스가 답했다.

"오래된 문서입니다."

"18세기 초반의 문서죠. 위조품이라면 이야기가 달라지겠지만."

"무슨 수로 그렇게 단언하십니까?"

"말씀하시는 내내 종이가 몇 센티미터 비져나와 있어서 살펴보았습니다. 전문가라면 문서의 작성 연도를 가늠할 때 오차 범위가 십 년이 넘으면 안 되겠죠. 박사님도 이 주제를 다룬 저의 졸고를 읽어보셨는지 모르겠습니다. 1730년경 문서 같군요."

모티머 박사는 가슴 주머니에서 종이를 꺼냈다.

"정확히는 1742년입니다. 찰스 바스커빌 경이 제게 맡긴 집안 문서고요. 석 달 전 데번 주 일대가 찰스 경의 갑작스럽고 비극적인 죽음으로 시끄러웠던 적이 있습니다. 저는 그분의 주치의이자 친구였습니다. 경은 의지가 강하고 매사에 빈틈이 없으며 실리를 추구하는 사람이었습니다. 저와 마찬가지로 상상력은 부족했습니다만 그럼에도 이 문서만큼은 진지하게 생각했고 비극적인 죽음에 대비해서 마음의 준비를 하고 있었죠."

홈스는 손을 내밀어 문서를 받아 무릎 위에 펼쳤다.

"왓슨, 긴 s와 짧은 s가 함께 쓰이고 있는 게 보이지? 이것을 비롯한 몇 가지 특징을 보고 연도를 가늠할 수 있었던 거라네."

나는 누런 종이와 희미한 글씨를 그의 어깨 너머로 보았다. 맨 윗줄에 "바스커빌 홀"이라고 적혀 있고, 그 아래로 "1742"라는 숫자가 큼지막하게 휘갈겨 씌어 있었다.

"무슨 공문서 같군요."

"바스커빌 가문에 전해져오는 전설을 기록한 문서입니다."

"박사님은 좀더 현실적인 문제로 자문을 구하러 제게 오신 것 아닙니까?"

"이 문제가 제가 직면한 현실입니다. 시급한 문제라 스물네 시간 안으로 해결해야 합니다. 하지만 문서가 짧기도 하고 이

일과 직접적인 연관이 있어서요. 괜찮으시면 제가 읽어드리겠습니다."

홈스는 체념한 듯 양손의 끝을 맞댄 뒤 눈을 감고 의자에 등을 기댔다. 모티머 박사는 햇빛이 들어오는 쪽으로 문서를 기울이고, 높고 거슬리는 목소리로 기이한 옛날이야기를 읽어 내려갔다.

바스커빌 가문에 전해 내려오는 사냥개 전설의 기원에 대해서는 여러 설이 있다. 휴고 바스커빌의 직계 자손인 나는 아버지에게 직접 이야기를 들었고, 아버지 또한 당신의 아버지에게 이야기를 들었으니 이것이 실제 있었던 사건임을 믿어 의심치 않으며 다음과 같이 기록한다. 아들들아, 정의의 여신은 죄를 벌하는 분이지만 동시에 죄를 용서하는 자애로운 분이라는 사실을 믿어라. 또한 기도와 회개로 지울 수 없을 만큼 무거운 저주는 없다고 믿기 바란다. 이 이야기를 읽고 과거가 우리에게 미치는 영향을 두려워할 것이 아니라 우리 가문을 그토록 괴롭힌 혐오스러운 욕정에 놀아나 또다시 파멸의 길을 걷지 않도록 미래에 자중자애하는 기회로 삼아야 한다.

알다시피 첫 번째 영국 내란(이 시대를 소개한 역사서로는 조예 깊은 클래런던 경이 쓴 책을 추천한다) 때 바스커빌 홀에는 휴고라는 자가 살았다. 그가 아주 거칠고 세속적이며 사악한 존재였음은 부인할 수 없다. 이 일대에서 성인이 난 적이 없었으니 지역 주민들은 그러려니 하고 받아들였을지 모른다. 하지만 비열하고 잔인한 성향 때문에 서부 전역에서 그의 이름은 악의 대명사로 통했다.

휴고라는 인물은 바스커빌 가문의 사유지 근처에서 농사를 짓던 자작농의 딸을 사랑하게 되었던 모양이다(그런 음흉한 욕망에 사랑이라는 빛나는 표현을 써도 될지 모르겠다만). 몸가짐이 조심스럽고 평판이 좋았던 아가씨는 그의 사악한 평판을 두려워했기에 계속 피해 다녔다. 그러던 어느 해, 성 미카엘 축일에 휴고는 무위도식하는 못된 친구들을 대여섯 명 거느리고 아가씨의 아버지와 형제들이 집을 비운 틈에 급습해서 그녀를 납치했다. 바스커빌 홀에 도착한 휴고와 친구들은 아가씨를 위층의 방에 가두고 평소처럼 밤늦게까지 술판을 벌였다. 위층에 갇힌 가엾은 아가씨는 아래층에서 올라오는 노랫소리, 고함소리와 끔찍한 욕설에 혼비백산하고 말았지. 휴고 바스커빌은 술에 취하면 본인조차 감당이 안 될 만큼 심한 욕설을 거침없이 쏟아냈다고 한다. 공포에 시달리던 아가씨는 아주 용감하고 혈기 왕성한 남자마저 주춤거릴 일을 해냈다. 남쪽 담벼락을 덮은 담쟁이덩굴(지금도 그대로 있다)을 타고 아래로 내려와 황야를 지나 바스커빌 홀에서 십오 킬로미터쯤 떨어진 아버지의 농가로 도망치려 한 것이다.

어느 정도 시간이 지났을 때 휴고는 손님들을 두고 인질에게 먹을 것과 마실 것을 주러(다른 끔찍한 짓을 하려는 생각도 있었을 것이다) 올라갔다가 새장이 비어 있고 새가 도망친 것을 알게 되었다. 악마로 변한 그는 계단을 달려 식당으로 갔다. 그러고는 손님들이 술병과 접시를 던져대는 정신없는 커다란 식탁 위로 올라가더니 아가씨를 잡지 못하면 그날 밤에 자신의 육신과 영혼을 악마에게 넘기겠노라고 모든 사람 앞에서 큰 소리로 선포했다. 술을 마시던 사람들이 그의 분노에 아연실색하며 서 있는데, 남들보다 좀더 사악했거나 아니면 좀더 술에 취한 친구 하나가 사냥개를 풀자고 외쳤다. 그 말에 휴고가 집밖으로 달려나가 마부에게 말에 안장을 얹고 우리를 열라고 외친 뒤 사냥개들에게 아가씨의 손수건을 던졌다. 그리고 개들을 풀어놓자 달빛이 비치는 황야가 개 짖는 소리로 들썩였다.

모든 게 눈 깜짝할 새 벌어진 일이라 술을 마시던 사람들은 잠시 동안 입을 딱 벌리고 망연자실했겠지. 하지만 이내 미몽에서 깨어나 황야에서 무슨 일이 벌어질지 알아차렸다. 누구는 총을 달라고 하고, 누구는 말을 달라고 하고, 또 누구는 술을 한 병 더 달라고 하느라 일대 소동이 벌어졌다. 결국에는 모두 정신을 차리고 다 합해서 열세 명이 말을 타고 추적에 나섰다. 달빛이 환하게 비치는 가운데, 그들은 나란히 말을 몰고 아가씨가 집으로 가려면 지나야 하는 길을 따라서 열심히 달렸다.

이삼 킬로미터쯤 갔을 때 황야에서 불침번을 서는 양치기를 만난 그들은 사냥개 무리를 보지 못했느냐고 큰 소리로 물었다. 전해 내려오는 이야기에 따르면 양치기는 공포에 질려서 거의 말을 하지 못하다가 가엾은 아가씨와 그 뒤를 쫓는 사나운 개들을 보았노라고 겨우 대답할 수 있었다.

"그것만 본 게 아닙니다요. 휴고 바스커빌 님이 까만 암말을 타고 제 옆을 지나는데, 꿈에서라도 쫓기고 싶지 않은 지옥의 사냥개가 소리 없이 그 뒤를 따라가던걸요."

술에 취한 친구들은 양치기에게 욕을 퍼붓고 가던 길을 재촉했다. 이내 그들은 하얗게 질려버렸다. 입에서 하얀 거품을 튀기며 황야를 전속력으로 질주하는 까만 암말이 보이는데 고삐는 땅에 끌리고 안장 위에는 아무도 없었던 것이다. 엄청난 두려움이 엄습했다. 혼자였으면 그 자리에서 당장 말 머리를 돌렸겠지만 그들은 추격을 멈추지 않았다. 친구들은 천천히 달리다가 마침내 사냥개들을 맞닥뜨렸다. 용감하고 혈통이 좋기로 유명한 녀석들이었지만 깊은 구덩이 앞에 옹기종기 모여서 몇 마리는 슬금슬금 뒷걸음질을 치고 몇 마리는 털을 곤두세우고 좁은 구덩이를 빤히 내려다보기만 할 뿐이었다.

일행은 멈추어 섰다. 짐작했겠지만 그들은 출발했을 때에 비해 술이 깬 상태였다. 앞으로 나서려는 이가 없는 가운데 가장 용감하거나 아니면 가장 술에 취한 세 명이 말을 타고 구덩이로 내려갔다. 구덩이 아래에는 거대한 바위 두 개가 서 있는 넓은 공간이 있었다. 잊힌 고대인들이 세워놓은 그 바위는 지금도 그곳에 가면 볼 수 있지. 달빛이 환하게 비추는 빈터 한복판에 공포와 피로에 시달리다 떨어져 죽은 가엾은 아가씨가 누워 있었다. 하지만 무모한 주정뱅이 셋의 머리칼을 쭈뼛 서게 만든 것은 아가씨의 시신이나 옆에 누운 휴고 바스커빌의 시신이 아니라, 휴고의 목을 물어뜯고 있는 흉측하고 거대하고 시커먼 짐승이었다. 생김새는 사냥개와 비슷하지만 누구도 본 적 없을 만큼 크기가 거대했다. 사람들이 지켜보고 있는데도 짐승은 휴고 바스커빌의 목을 물어뜯었다. 녀석이 이글거리는 눈과 침이 뚝뚝 떨어지는 턱을 그들 쪽으로 돌리자 세 사람은 공포에 질려 비명을 지르며 죽을둥살둥 도망을 쳤다. 전해 내려오는 이야기에 따르면 한 명은 그 광경을 목격한 바로 그날 밤에 죽었고 나머지 두 명은 평생 충격에서 벗어나지 못했다고 한다.

이것이 그날 이래로 우리 가문을 괴롭히고 있는 사냥개 전설이다. 내가 이 전설을 기록으로 남기는 이유는 막연하게 추측하고 짐작할 때보다 분명하게 알 때 공포를 줄일 수 있기 때문이다. 우리

가문의 다수가 갑작스럽고 참혹하며 불가사의한 죽음을 맞았던 것은 부인할 수 없는 사실이다. 성서에는 죄를 지은 자는 삼사 대에 이르도록 벌을 받는다고 나와 있지만 무한히 선하신 신의 섭리에 따르면 무고한 자가 영원히 벌을 받을 리 없으니 신의 품에서 안식을 찾도록 하자. 신의 섭리를 걸고 너희에게 권고하노니, 악의 기운이 창궐하는 야심한 시각에는 황야 출입을 삼가야 할 것이다.

(휴고 바스커빌이 두 아들 로저와 존에게. 누이 엘리자베스에게는 비밀로 하라는 권고와 함께 전함.)

특이한 이야기 낭독을 끝낸 모티머 박사는 안경을 이마 위로 올리고 셜록 홈스를 빤히 쳐다보았다. 홈스는 하품을 하고 담배 꽁초를 벽난로에 던졌다.

"그래서요?"

홈스가 물었다.

"재미있으셨나요?"

"옛날이야기 수집가에게는 재미있겠지요."

모티머 박사는 주머니에서 접힌 신문을 꺼냈다.

"홈스 씨, 이제 최근 자료를 보여드리겠습니다. 올해 6월 14일 자 《데번 카운티 크로니클》입니다. 찰스 바스커빌 경의 사망 경위를 짤막하게 소개한 기사가 있어요."

친구는 집중하는 표정을 지으며 몸을 앞으로 내밀었다. 손님은 안경을 다시 쓰고 기사를 읽기 시작했다.

차기 선거에서 데번 중부의 자유당 후보로 거론되었던 찰스 바스커빌 경의 갑작스러운 사망으로 데번은 침울한 분위기에 젖었다. 찰스 경은 바스커빌 홀에 산 지 오래 지나지 않았지만, 온화한 성격과 넉넉한 인심으로 주변의 모든 이들에게 사랑과 존경을 받았다. 지방의 몰락한 가문 출신의 인물이 자수성가하고 귀향해 땅에 떨어진 가문의 위용을 재건하기 위해 노력한다는 이야기는 요즘 같은 졸부의 시대에 신선한 소식이 아닐 수 없다. 널리 알려졌다시피 찰스 경은 남아프리카공화국에서 투자로 큰돈을 벌었다. 그는 운이 다하도록 만족할 줄 모르는 사람들과 달리 현명하게 수익을 현금으로 바꿔 영국으로 돌아왔다. 그가 바스커빌 홀에 거주한 지 겨우 이 년에 불과해 원대했던 재건 및 보수 계획이 갑작스럽게 중단되고 말았다는 것이 대부분 사람들의 반응이다. 슬하에 자녀가 없었던 찰스 경은 살아생전에 자신의 재산으로 지역사회를 이롭게 하고 싶다는 바람을 공공연하게 피력했던 만큼, 많은 이들이 저마다의 이유로 그의 때 아닌 죽음을 애통해할 것이다. 그가 지역 자선단체에 기부한 내역은 이 신문에서도 종종 소개한 바 있다.

찰스 경이 사망에 이른 정황은 완벽하게 규명되지 않았지만 이 지방의 미신에서 비롯된 소문을 일축하기에는 충분하다. 살인을 의심하거나 자연사가 아니라고 생각할 이유가 없다. 배우자와 사별한 찰스 경은 특이한 사고방식의 소유자였다. 막대한 재산을 지녔지만 취향이 소박해서 바스커빌 홀에서 함께 지낸 피고용인은 집사와 가정부로 일하고 있는 배리모어 부부뿐이었다. 친구들과 배리모어 부부의 증언에 따르면 찰스 경은 얼마 전부터 건강 상태가 좋지 않았다. 자주 안색이 변하고 숨가빠하며 극심한 신경쇠약증을 보였다는 점으로 미루어 볼 때 심장에 이상이 있었을 것으로 여겨진다. 고인의 친구 겸 주치의였던 제임스 모티머 박사의 증언도 이를 뒷받침한다.

사건의 개요는 간단하다. 찰스 바스커빌 경은 매일 잠자리에 들기 전에 바스커빌 홀의 유명한 주목 나무 오솔길을 걷곤 했다. 배리모어 부부의 증언에 따르면 그는 종종 이렇게 산책했다고 한다. 6월 4일 찰스 경은 다음날 런던에 간다고 이야기하고 배리모어에게 짐을 챙기게 했다. 산책을 하며 시가를 피우는 습관이 있었기에 평소처럼 시가를 들고 저녁 산책에 나섰다가 그 길로 돌아오지 않았다. 자정이 되었을 때 배리모어는 아직 열려 있는 현관문을 보고 놀라서 등불을 들고 주인을 찾아 나섰다. 그날은 비가 와서 땅이 젖은 터라 찰스 경의 발자국이 금세 눈에 띄었다. 오솔길을 반쯤 걸으면 황야로 나가는 문이 나오는데, 찰스 경이 그 앞에 잠깐 서 있었던 흔적이 있었다. 다시 발자국이 이어지다가 오솔길 끝에서 그의 시신이 발견되었다. 배리모어는 황야로 나가는 문을 기점으로 경의 발자국 모양이 달라져 그 뒤로는 까치발로 걸어간 것처럼 보인다고 증언했는데 이 점이 설명되지 않는다. 말을 사고파는 일을 하는 머피라는 집시가 그 시각 그리 멀지 않은 황야에 있었지만 술에 취해서 인사불성이었던 듯하다. 그는 고함소리를 들었다고 주장하지만 어느 방향에서 들렸는지 확답은 하지 못하고 있다. 찰스 경의 시신에서 폭행의 흔적은 발견되지 않았다. 주치의는 아주 심하게 일그러진 얼굴을 지적했다. 모티머 박사가 자신의 친구이자 담당 환자를 알아보지 못할 정도로 시신의 얼굴이 심하게 일그러져 있었던 것이다. 이는 심폐기능 정지로 호흡곤란을 일으켜 사망할 때 흔히 나타나는 현상이다. 부검상으로도 장기 질환의 흔적이 드러났고, 검시 배심에서도 의학적인 증거와 부합하는 판결이 나왔다. 찰스 경의 상속인이 바스커빌 홀에 정착해, 애석하게 중단되어버린 자선 사업을 속개하는 것이 가장 시급한 과제인 만큼 다행스러운 판결이다. 검시관이 내린 평범한 결론에도 불구하고 사건을 둘러싼 낭설이 종식되지 않는다면 바스커빌 홀의 새로운 주인을 찾는 데 난항을 겪을 것이다. 찰스 바스커빌 경의 가장 가까운 친척은 남동생의 아들인 헨리 바스커빌 씨다. 가장 최근에 전해진 소식에 따르면 이 청년은 북아메리카 대륙에 살고 있다는데, 그의 소재를 찾아 행운의 소식을 알리기 위한 탐문 조사가 진행중이다.

모티머 박사는 신문을 접어서 다시 주머니에 넣었다.

"찰스 바스커빌 경의 죽음과 관련해서 대중에 알려진 사실들은 이와 같습니다, 홈스 씨."

"감사하다는 말씀을 드려야겠습니다. 흥미진진한 부분이 몇 군데 있는 사건을 환기시켜주셨군요. 당시에 신문 기사를 읽긴

했지만 바티칸의 보석과 관련된 소소한 사건을 수사하느라 여념이 없었습니다. 교황님을 돕겠다는 열망으로 영국에서 벌어진 흥미진진한 사건을 챙기지 못했군요. 대중에게 알려진 사실들은 기사 안에 전부 있는 겁니까?"

"그렇습니다."

"그럼 이제 알려지지 않은 부분을 말씀해주시죠."

그는 들어보고 판단하겠다는 듯이 무표정한 얼굴로 의자에 기대며 양손 끝을 모았다.

모티머 박사는 격렬한 감정을 숨기지 않고 입을 열었다.

"지금까지 아무에게도 털어놓지 않은 이야기를 꺼내겠습니다. 과학자로서 세간의 미신을 믿는 듯한 인상을 풍기고 싶지 않아 검시관 앞에서는 하지 않은 이야기입니다. 안 그래도 음산한 풍문이 돌고 있는데 이를 더욱 부추겼다가는 신문에서 언급한 것처럼 바스커빌 홀이 계속 빈집으로 남을 수도 있고요. 이 두 가지 이유 때문에 제가 아는 사실을 전부 다 공개하지 않았습니다. 실질적으로 좋을 게 없으니까요. 홈스 씨에게는 전적으로 솔직하게 털어놓지 않을 이유가 없습니다.

황야에는 인가가 거의 없기에 가까이 모여 사는 사람들끼리 사이가 돈독합니다. 제가 찰스 바스커빌 경과 자주 만났던 것도 그 때문이었습니다. 래프터 홀의 프랭클랜드 씨와 동식물을 연구하는 스테이플턴 씨 말고는 반경 수십 킬로미터 이내에 고등 교육을 받은 사람이 없었으니까요. 찰스 경은 내성적인 성격이었지만 병환을 계기로 저와 가까워졌고 과학이라는 공통의 관심사가 있어서 계속 좋은 관계를 유지할 수 있었죠. 경은 남아공에서 습득한 과학 지식이 많았습니다. 우리는 부시먼족과 호텐토트족의 해부학적 구조를 비교하며 저녁 시간을 즐겁게 보내곤 했습니다.

저는 지난 몇 달 동안 찰스 경의 신경쇠약증이 한계에 다다랐다는 사실을 피부로 느꼈습니다. 경은 좀 전에 읽어드린 전설을 극도로 진지하게 받아들여서 사유지에서만 산책을 하고 밤에는 절대 황야로 나가지 않을 정도였습니다. 이상할 정도로, 경은 자기 집안이 끔찍한 운명에서 벗어나지 못한다고 철석같이 믿었습니다. 조상들이 남긴 기록도 용기를 북돋워주는 내용이 아니었죠. 섬뜩한 존재가 있다는 생각이 뇌리에 박혀서 그런지 저더러 밤에 왕진을 다니다 이상한 짐승을 보거나 사냥개가 으르렁거리는 소리를 들은 적이 없느냐고 물은 게 한두 번이 아니었습니다. 특히 사냥개에 대해서는 여러 번 물었고, 그때마다 번번이 흥분해서 목소리까지 떨렸죠.

끔찍한 사건이 벌어지기 삼 주 전 어느 저녁, 마차를 타고 경의 집에 갔을 때의 일이 생생하게 기억납니다. 경은 마침 현관문 앞에 있었어요. 저는 마차에서 내려서 경에게 다가갔죠. 경은 잔뜩 겁에 질린 표정으로 제 어깨 너머의 어딘가를 뚫어져라 쳐다보고 있었습니다. 저도 얼른 그쪽으로 고개를 돌려보니 진입로 입구를 지나가는 큼지막한 검은 송아지 같은 것이 보이더군요. 경이 마음을 가라앉히지 못하고 어찌나 불안해하던지 제가 짐승이 보였던 곳으로 가서 살펴보아야 했을 정도였습니다. 녀석은 사라지고 보이지 않았지만요. 그날의 사건은 경의 뇌리에 아주 끔찍한 인상을 남겼죠. 저는 그날 저녁 내내 경의 곁을 지켰고, 경은 자기가 왜 감정이 격해졌는지 설명하면서 좀 전에 읽어드린 문서를 저에게 맡겼습니다. 이 사소한 사건을 소개하는 이유는 나중에 벌어진 비극과 연관이 있기 때문입니다. 저는 당시만 해도 이 일을 별것 아닌 일로 여겼던 터라 경이 흥분할 이유가 없다고 생각했습니다.

찰스 경이 런던에 가기로 했던 것은 제 조언 때문입니다. 경은 원래 심장이 좋지 않았습니다. 터무니없는 이유였지만 어쨌든 지속적으로 불안한 상태에서 지내느라 건강이 심각하게 악화되었죠. 몇 달 동안 도시에서 정신없이 지내다 보면 새사람이 돼서 돌아오지 않을까 싶었습니다. 저희 둘 다 잘 아는 친구이고 경의 건강에 대해서 걱정이 많았던 스테이플턴 씨도 같은 생각이었고요. 그런데 막판에 끔찍한 비극이 벌어진 겁니다.

찰스 경이 사망한 날 밤, 시신을 발견한 집사 배리모어는 마부 퍼킨스를 말에 태워서 제게 보냈습니다. 저는 밤늦도록 깨어 있는 편이라 한 시간도 지나기 전에 바스커빌 홀에 도착할 수 있었습니다. 저는 배심 때 증언한 대로 모든 부분을 확인했습니다. 주목 나무 오솔길에 난 발자국을 따라가보았고, 경이 황야로 나가는 문 앞에 잠깐 서 있었던 것도 확인할 수 있었죠. 그 뒤로 발자국 모양이 달라진 것도 알아차렸습니다. 자갈흙 길에는 배리모어의 발자국 말고 아무것도 없다는 것을 확인한 다음 제가 도착할 때까지 그대로 보존되어 있던 시신을 조심스럽게 살펴보았죠. 찰스 경은 팔을 쭉 뻗어서 손으로 흙을 움켜쥔 자세로 엎드려 있었는데, 강렬한 감정 때문인지 이목구비가 심하게 뒤틀려서 누군지 알아볼 수가 없을 정도였습니다. 물리적인 상처는 전혀 없었고요.

배심 때 배리모어가 잘못 증언한 부분이 있습니다. 그는 시신 주변에 아무 흔적이 없었다고 했어요. 전혀 보지 못했다고요. 하지만 저는 보았습니다. 시신에서 약간 떨어진 곳에 생생하고 선명하게 남은 흔적을요."

"발자국이었습니까?"

"발자국이었습니다."

"남자 발자국이었습니까, 아니면 여자 발자국이었습니까?"

모티머 박사는 묘한 눈빛으로 우리를 응시하더니 속삭임에 가까운 목소리로 이렇게 대답했다.

"홈스 씨, 그건 거대한 사냥개의 발자국이었습니다!"

사건

3.

솔직히 나는 박사의 말을 듣고 몸서리를 쳤다. 박사 역시 본인이 한 말에 놀랐는지 목소리에서 전율이 느껴졌다. 흥분한 홈스는 몸을 앞으로 내밀었다. 흥미진진한 일이 생겼을 때 그렇듯 눈을 번뜩였다.

"직접 보셨습니까?"

"지금 홈스 씨를 보듯 또렷하게 보았습니다."

"그런데 아무에게도 얘기하지 않으셨다고요?"

"얘기해봐야 무슨 소용이 있었겠습니까?"

"왜 다른 사람들은 그걸 보지 못했을까요?"

"발자국은 시신에서 이십 미터 정도 떨어진 곳에 있었으니 거기까지 살필 생각을 하지 않았겠죠. 저도 이 전설을 몰랐더라면 그냥 지나쳤을 겁니다."

"황야에 양치기 개가 많습니까?"

"많습니다만 양치기 개의 발자국은 아니었어요."

"발자국이 컸다고 하셨죠?"

"거대했습니다."

"시신 가까이에는 발자국이 없었고요?"

"네."

"그날 밤은 날씨가 어땠습니까?"

"습하고 몹시 추웠습니다."

"비가 내리지는 않았고요?"

"네."

"오솔길은 어떻게 생겼습니까?"

"오래된 주목 나무 울타리가 양옆에 있습니다. 울타리는 높이가 삼 미터 정도 되고, 뚫고 지나갈 수는 없습니다. 울타리 사이로 난 오솔길은 너비가 이 미터 정도 되고요."

"울타리와 오솔길 사이에는 아무것도 없습니까?"

"아, 이 미터 정도 너비의 풀밭이 오솔길 양쪽으로 있습니다."

"주목 나무 울타리 중간에 문이 있고요?"

"네, 황야로 나가는 쪽문이 있습니다."

"다른 출입구는 없습니까?"

"네."

"주목 나무 오솔길로 들어가려면 집에서부터 걸어 나오든지 아니면 황야와 연결된 쪽문을 열고 들어가는 수밖에 없겠군요?"

"반대편 끝에 정자로 나가는 출구가 있긴 합니다."

"찰스 경이 정자까지 갔던가요?"

"아뇨, 오십 미터 정도 못 미친 곳에 쓰러져 있었습니다."

"한 가지만 더 여쭈어보겠습니다, 모티머 박사님. 중요한 문제인데요, 보셨다는 발자국이 잔디밭이 아니라 오솔길 위에 있었습니까?"

"발자국이 잔디밭에 있었으면 보이지 않았겠죠."

"황야로 나가는 쪽문 근처에 있었습니까?"

"네, 문 근처의 길에서 보았습니다."

"그것참 흥미진진하군요. 또 한 가지, 쪽문은 닫혀 있었나요?"

"맹꽁이자물쇠로 잠겨서 닫혀 있었습니다."

"쪽문은 높이가 어느 정도 됩니까?"

"일 미터가 조금 넘습니다."

"누구라도 뛰어넘을 수 있겠군요."

"네."

"쪽문 옆에는 어떤 흔적들이 남아 있던가요?"

"특별히 눈에 띄는 건 없었습니다."

"이런! 아무도 살펴보지 않았습니까?"

"아뇨, 제가 직접 살펴보았습니다."

"그런데 아무것도 없었다?"

"어찌된 영문인지 전혀 모르겠더군요. 찰스 경이 문 앞에 오 분에서 십 분 정도 서 있었던 건 분명한데 말입니다."

"그걸 어떻게 아십니까?"

"시가에서 재가 두 번 떨어졌더군요."

"대단하십니다! 왓슨, 마음에 쏙 드는 동료를 만났네! 발자국은요?"

"별로 넓지 않은 자갈흙 길 여기저기에 경이 발자국을 남겼습니다. 다른 사람 발자국은 보지 못했고요."

셜록 홈스는 조바심을 내며 한 손으로 자기 무릎을 때렸다.

"내가 그 자리에 있었어야 하는데! 참으로 흥미진진합니다. 과학수사 전문가가 할 일이 많은 사건이네요. 자갈흙 길에서 많은 정보를 얻을 수 있었을 텐데, 지금은 비로 뭉개지고 호기심 많은 농부들의 나막신에 밟혀서 훼손되었겠죠. 아, 모티머 박사님, 박사님, 진작 나를 불렀어야죠! 박사님의 책임이 큽니다."

"말씀드린 내용들을 세간에 공개하지 않는 한 홈스 씨에게 도움을 청할 방법이 없었고, 공개하고 싶지 않았던 이유는 이미 말씀드렸습니다. 게다가, 게다가……."

"뭘 그리 망설이십니까?"

"아무리 예리하고 경험이 풍부한 탐정이라도 어쩔 수 없는 영역이 있으니까요."

"이것이 초자연적인 사건이란 말씀이십니까?"

"그렇게 단언하지는 않았습니다."

"그렇죠. 하지만 분명 그렇다고 생각하시잖습니까."

"홈스 씨, 저는 비극이 벌어진 이후에 기존 자연법칙으로는 설명하기 힘든 이야기들을 들었습니다."

"예컨대?"

"이 끔찍한 사건이 벌어지기 전에 여러 사람이 바스커빌 가문의 악마와 비슷하게 생긴 동물을 황야에서 보았다고 했습니다. 과학적으론 설명할 수 없는 생김새라더군요. 섬뜩하고 빛이 나는 거대한 괴물이었다고 하나같이 말했어요. 고지식한 시골 남자, 편자 만드는 기술자, 황야의 농부, 이렇게 세 명을 각각 신문했는데 세 사람이 이야기하는 소름 끼치는 괴물의 모습이 전설 속 사냥개와 일치하더란 말입니다. 그 일대는 지금 공포 분위기입니다. 어지간한 강심장이 아니고서는 밤에 황야를 돌아다니려고 하지 않을 겁니다."

"고등과학교육을 받은 박사님도 이걸 초자연적인 현상으로 보십니까?"

"어찌 생각해야 할지 모르겠습니다."

홈스는 어깨를 으쓱했다.

"지금까지 나는 현실의 문제만 수사했습니다. 여태껏 변변찮게나마 악의 무리와 싸워왔지만, 저세상에 자리한 악마까지 뿌리 뽑겠다고 한다면 지나치게 야심만만한 생각이죠. 박사님도 발자국은 물리적 현상이라는 것을 인정하셔야 합니다."

"전설 속의 사냥개도 인간의 목을 물어뜯었다고 하니 물리적이고도 남지만 그래도 악마 같은 측면이 있었죠."

"이제 보니 완전히 초자연론자가 되신 모양이로군요. 모티머 박사님, 한 가지 궁금한 부분이 있습니다. 왜 저를 찾아오셨습니까? 찰스 경의 죽음을 수사하는 것은 부질없다고 하면서 왜 저한테 수사를 맡기려고 하십니까?"

"홈스 씨에게 수사를 의뢰하겠다고 하지는 않았습니다."

"그럼 제가 어떤 식으로 도와드리길 바라십니까?"

"헨리 바스커빌 경을 어떻게 하면 좋을지 조언을 듣고 싶습니다. 앞으로 한 시간 십오 분 있으면 경이 워털루 역에 도착합니다."

모티머 박사는 손목시계를 쳐다보았다.

"그가 상속자인가요?"

"네. 찰스 경이 세상을 떠난 후 이 젊은이를 수배한 결과 캐나다에서 농사를 짓고 있다는 소식을 입수했죠. 저희가 입수한 정보에 따르면 여러모로 훌륭한 친굽니다. 의사가 아니라 찰스 경의 유언집행을 위임받은 책임자로서 하는 말이에요."

"다른 상속자는 없는 모양이죠?"

"네. 행방이 밝혀진 인물은 가엾은 찰스 경의 삼 형제 가운데 막내인 로저 바스커빌뿐입니다. 찰스 경이 첫째였고, 요절한 둘째가 이 헨리라는 청년의 아버집니다. 막내인 로저는 집안의 골칫덩어리였죠. 바스커빌 가문의 거만한 기질을 물려받은데다 가족들 사이에서 전해 내려오는 휴고의 초상화와 생김새가 흡사했다고 합니다. 영국에서 요주의 인물이 된 그는 중앙아메리카로 도피했다가 1876년에 그곳에서 황열병으로 죽었습니다. 그래서 바스커빌 가문에 남은 인물은 헨리뿐이에요. 이제 한 시간 오 분 뒤에 그를 워털루 역에서 만납니다. 오늘 아침에 사우샘프턴에 도착한다는 전보를 받았죠. 자, 홈스 씨, 그가 바스커빌 가문의 저택으로 가도 되겠습니까?"

"그가 조상들이 살았던 집으로 가지 못할 이유가 있습니까?"

"당연히 가는 걸 막아야 하지 않겠습니까? 집에 발을 들여놓은 바스커빌 가문의 사람은 모두 불행한 운명에 처했습니다. 찰스 경이 죽기 전에 제게 말할 기회가 있었다면 가문의 마지막 생존자이자 막대한 재산의 상속자를 끔찍한 집으로 데려오지 말라고 분명히 경고했을 겁니다. 하지만 가난하고 암울한 시골 마을의 미래가 이 후계자의 손에 달렸다는 것도 부인할 수 없는 사실입니다. 후계자를 찾지 못하면 찰스 경이 벌여놓은 선의의 사업들이 와르르 무너져버릴 테죠. 저는 이 일에 명백한 이해관계로 얽힌 인물입니다. 그러니 객관적으로 판단할 수가 없지요. 때문에 홈스 씨에게 사건을 설명하고 조언을 구하려는 겁니다."

홈스는 잠깐 생각에 잠겼다.

"한마디로 정리하자면, 다트무어에는 악마의 사도가 도사리고 있어서 바스커빌 가문의 후손이 살기에 위험한 곳이라는 말이군요. 맞습니까?"

"그렇게 추정할 만한 증거가 있습니다."

"그렇죠. 하지만 박사님의 초자연 이론이 사실이라면 데번과 마찬가지로 런던에서도 그 청년에게 악의 기운이 미치지 않겠습니까? 특정 지역에서만 힘을 발휘하는 악마라는 게 말이 안 되지 않습니까?"

"지금 이 문제를 너무 가볍게 치부하시는데요. 홈스 씨, 직접 겪어보시면 생각이 달라지실 겁니다. 여하튼 이 청년이 데번에 내려가도 런던에 있는 것처럼 별일 없을 거라는 말씀이로군요. 이제 오십 분 있으면 그가 도착합니다. 제가 어떻게 하면 좋겠습니까?"

"이 집 현관문을 긁고 있는 스패니얼을 데리고 마차를 잡은 후 워털루 역으로 가서 헨리 바스커빌 경을 만나십시오."

"그런 다음에는요?"

"그런 다음에는 제가 이 문제에 대해서 결정을 내리기 전까지 그에게 아무 말도 하지 마십시오."

"결정을 내리기까지 시간이 얼마나 걸릴까요?"

"스물네 시간이면 됩니다. 모티머 박사님, 내일 10시에 다시 찾아와주시면 정말 감사하겠습니다. 그리고 헨리 경과 함께 오시면 이후의 계획을 세우는 데 도움이 되겠습니다."

"그러겠습니다, 홈스 씨."

셔츠 소매에 약속 시간을 적은 그는 이상하게 주변을 흘끔거리며 허둥지둥 밖으로 나갔다. 계단을 내려가기 직전에 홈스가 그를 불러 세웠다.

"한 가지만 더 묻겠습니다, 모티머 박사님. 찰스 경이 죽기 전에 여러 사람이 황야에서 유령을 봤다고 하셨죠?"

"세 사람이 봤습니다."

"그 후에도 본 사람이 있습니까?"

"제가 듣기로는 없습니다."

"고맙습니다. 안녕히 가십시오."

홈스는 마음에 드는 과제가 생겼다는 데 내심 기뻐하면서도 예의 침착한 표정을 지으며 자기 자리로 돌아왔다.

"나갈 건가, 왓슨?"

"자넬 도울 일이 없으면."

"없다네, 친구. 자네 도움이 필요한 때는 행동을 개시하는 시점이지. 참으로 인상적이고 독특한 사건이로군. 브래들리스 앞을 지날 때 제일 독한 살담배 일 파운드를 배달해달라고 해주겠나? 고맙네. 그리고 자네만 괜찮으면 저녁까지 집을 비워달라는 부탁도 하고 싶네만. 그런 다음 방금 들은 흥미진진한 문제를 놓고 서로의 단상을 비교하면 좋겠네."

온 정신을 집중해 모든 증거를 일일이 따져보고, 여러 가설을 세워서 비교하고, 중요한 것과 중요하지 않은 것을 구분하기 위해서는 친구에게 혼자 틀어박히는 시간이 필요했다. 나는 사교클럽에서 하루 종일 시간을 보내고 저녁이 되어 베이커 스트리트로 돌아갔다. 거의 9시가 되어서야 거실에 앉을 수 있었다.

문을 열었을 때는 집에 불이 난 줄 알았다. 거실이 연기로 가득해서 테이블 위에 놓인 등잔 불빛이 흐릿해 보일 정도였다. 하지만 안으로 들어선 순간 걱정은 사라졌다. 매캐하고 독한 담배 연기가 목을 자극하는 바람에 기침이 나왔다. 까만색 사기 파이프를 입에 물고 안락의자에 웅크리고 앉은 실내복 차림의 홈스가 연기 사이로 희미하게 보였다. 돌돌 말린 종이 몇 장이 그의 주변에서 나뒹굴었다.

"감기에 걸렸나, 왓슨?"

"그게 아니라 공기가 너무 탁해."

"듣고 보니 매캐한 것 같기도 하군."

"매캐하다고? 견딜 수 없는 지경일세."

"그럼 창문을 열게나! 자네는 하루 종일 클럽에 있다 온 모양이로군."

"홈스!"

"내 짐작이 맞았나?"

"맞다마다. 어떻게……?"

그는 어리둥절해하는 내 얼굴을 보고 웃음을 터뜨렸다.

"왓슨, 자네는 순진한 매력이 있다니까. 그래서 자넬 상대로 내 보잘것없는 능력을 발휘하면 여간 재미있는 게 아니라네. 소나기가 잦고 바닥이 온통 진창인 날에 어떤 신사가 외출을 했는데 모자와 신발이 반짝이는 깨끗한 차림으로 저녁에 돌아왔다면 하루 종일 어딘가에 틀어박혀 있었다는 뜻이지. 그런데 가깝게 지내는 친구가 있는 사람이 아니라면 어디 있었겠나? 뻔하지 않나?"

"흠, 조금 뻔하긴 하군."

"이 세상은 아무도 눈여겨보지 않는 뻔한 사실들로 가득하다네. 나는 어디 있었을 것 같나?"

"자네도 어디 틀어박혀 있었겠지."

"천만에. 나는 데번에 다녀왔다네."

"상상으로?"

"그렇지. 내 육신은 이 안락의자에 남아 있었지. 정신을 차려 보니 커피를 두 주전자나 마시고 담배를 엄청나게 피워댔더군. 자네가 나간 뒤에 스탠퍼드 지도 상점에 심부름꾼을 보내서 황야 일대의 실측도를 사 오게 한 다음 하루 종일 지도 위를 맴돌았어. 혼자서 길을 얼마나 잘 찾았는지 자네에게 꼭 자랑을 해야겠네."

"대축척지도 말이지?"

"아주 자세한 대축척지도지. 여기가 문제의 지역이라네. 한가운데 있는 건물이 바스커빌 홀이야."

그는 지도의 한 부분을 펼쳐서 무릎 위에 올려놓았다.

"나무로 둘러싸인 곳 말인가?"

"그렇다네. 지도에 주목 나무 오솔길은 표기되어 있지 않지만 오솔길이 황야를 오른편에 두고 이 선을 따라서 나 있을 걸세. 건물 몇 개가 옹기종기 모여 있는 이곳이 친애하는 모티머 박사의 집이 있는 그림펀 마을이겠지. 보다시피 반경 팔 킬로미터 안에 주택 몇 채가 드문드문 흩어져 있다네. 여기가 이야기에 등장했던 래프터 홀. 그리고 여기 있는 집이 동식물을 연구하는 학자의 집이겠군. 이름이 스테이플턴이었던가? 여기 집 두 채는 하이 토어와 파울마이어라는 농가야. 거기서 이십삼 킬로미터를 가면 프린스타운에 대규모 교도소가 있지. 띄엄띄엄 흩어져 있는 집들로 이루어진 그림펀 마을과 교도소 사이에는 아무도 살지 않는 적막한 황야만이 있다네. 황야를 무대로 비극이 재연된다면 우리도 한 역할을 맡을 수도 있겠지."

"황량한 곳이겠군."

"음, 무대로서 제격이지. 만약 인간의 일에 참견하고 싶어 하는 악마가 있다면……."

"자네도 초자연적인 사건이라고 믿나?"

"악마의 사도가 육신을 갖춘 인간일 수도 있지 않겠나? 출발선상에서 우리 앞에 놓인 의문점은 두 가지일세. 첫째는 실제로 범죄가 발생했는가. 둘째는 범죄가 일어났다면 그것이 어떤 범행이며 어떤 식으로 저질렀는가. 모티머 박사가 생각하는 대로 우리가 자연법칙으로 설명할 수 없는 무언가를 상대하는 거라고 밝혀지면 수사는 그길로 끝이지. 하지만 자연법칙으로 설명할 수 없다는 결론을 내리고 수사를 마치기 전까지는 모든 다른 가설을 철저하게 검증해보아야 한다네. 괜찮으면 창문 다시 닫아주겠나? 나는 특이하게도 밀폐된 공간에서 집중이 잘되는 편이거든. 상자 안에 들어가는 방법까지 써보지는 않았지만. 여하튼 이게 내가 확신을 가지고 논리적으로 내린 결론이라네. 자네도 이 사건에 대해서 생각해보았나?"

"음, 하루 종일 곰곰이 생각해보았지."

"어떤 결론을 내렸는가?"

"아주 당혹스러운 사건일세."

"분명 특이한 사건이지. 눈여겨볼 대목도 몇 군데 있고. 발자국 모양이 달라진 것만 해도 그래. 그 부분은 어떻게 생각하나?"

"모티머 박사는 경이 까치발로 걸었을 거라고 했지."

"그건 검시 때 어떤 바보가 한 말을 그대로 옮긴 것에 불과하다네. 다 큰 사람이 오솔길을 까치발로 걸을 이유가 뭐가 있겠나?"

"그럼 뭔가?"

"뛰었던 걸세, 왓슨. 걸음아 날 살려라 하고 도망치다 심장에 무리가 가서 쓰러진 거라네."

"뭘 피해서 도망친 건가?"

"그걸 우리가 알아내야지. 남아 있는 증거로 보건대 이 남자는 달리기 전부터 공포로 이성을 잃었다네."

"왜 그렇게 생각하나?"

"아마 황야에서 온 무언가를 보고 공포에 질렸을 걸세. 그랬을 가능성이 크지. 이성을 잃지 않았다면 집이 아니라 집과 반대 방향으로 도망을 칠 리 있겠나. 집시의 증언이 사실이라면 그는 도와달라고 소리를 지르며 도와줄 사람이 없는 곳으로 달린 걸세. 그가 그날 밤에 기다린 사람은 누구고, 자기집이 아니라 주목 나무 오솔길에서 만나기로 한 이유는 뭐였을까?"

"사람을 기다리고 있었다는 건가?"

"그는 나이가 지긋한 환자였잖은가. 저녁에 잠깐 산책을 할 수는 있겠지만 땅이 축축하고 날씨가 궂을 때 오래 나와 있긴 힘들겠지. 의외로 머리가 좋은 모티머 박사가 시가 재를 보고 추론한 것처럼 그가 오 분에서 십 분 동안 한자리에 서 있는 게 자연스러운 일일까?"

"매일 저녁마다 산책을 나갔다고 하잖나."

"매일 저녁 쪽문 앞에 서 있지는 않았을 걸세. 증언에 따르면 그는 황야를 두려워했어. 그날 밤에만 거기서 기다린 거지. 그날은 그가 런던으로 떠나기 전날이었고. 윤곽이 잡히기 시작한다네, 왓슨. 논리적으로 맞아떨어지고 있어. 바이올린을 건네주겠나? 이 문제에 대해서는 내일 아침에 모티머 박사와 헨리 바스커빌 경을 만난 뒤 좀더 고민해보도록 하세나."

헨리 바스커빌 경

4.

우리는 일찌감치 아침밥을 먹었다. 실내복을 입은 홈스는 오기로 한 손님들을 기다렸다. 손님들은 시간을 정확하게 지켰다. 시계가 막 10시를 알렸을 때 모티머 박사가 젊은 준남작을 거느리고 등장한 것이다.

불그스름한 트위드 양복을 입은 준남작은 키가 작고 눈치가 빨라 보이는 서른 살가량의 청년이었다. 눈동자와 짙은 눈썹이 모두 까만색이고, 인상이 강한 얼굴은 호전적인 분위기를 풍기며, 체구도 탄탄했다. 바깥 생활을 많이 한 탓에 햇빛과 비바람으로 거칠어진 얼굴이었지만 침착한 눈빛과 자신만만한 태도에서 신사의 품격이 묻어났다.

"이쪽이 헨리 바스커빌 경입니다."

모티머 박사가 말했다.

"안녕하십니까, 셜록 홈스 씨. 신기하네요. 여기 박사님이 오늘 아침에 홈스 씨를 찾아가자고 말씀하지 않으셨더라도 제 발로 찾아왔을 겁니다. 홈스 씨의 수수께끼 해결 능력을 익히 알고 있습니다. 제 머리로는 해결이 안 되는 수수께끼가 하나 생겼지 뭡니까."

"앉으십시오, 헨리 경. 런던에 도착하고 특이한 경험을 하신 모양이로군요."

"대단한 건 아닙니다, 홈스 씨. 그냥 장난일 수도 있어요. 이걸 편지라고 부를 수 있을지 모르겠습니다만, 오늘 아침에 편지를 한 통 받았습니다."

그가 봉투 하나를 테이블에 꺼내자 우리 모두 그 위로 고개를 숙였다. 잿빛이 도는 평범한 봉투였다. '노섬벌랜드 호텔, 헨리 바스커빌 경'이라는 주소가 지저분한 글씨로 적혀 있었다. 소인을 보고 채링크로스에서 전날 저녁 발신한 편지임을 알 수 있었다.

"경이 노섬벌랜드 호텔에 묵을 예정이라는 것을 누가 압니까?"

홈스가 날카로운 눈빛으로 손님을 훑어보며 물었다.

"아무도 모릅니다. 모티머 박사님을 만나서 함께 결정했으니까요."

"모티머 박사님께서는 분명 거기 묵고 계셨을 테지요?"

"아뇨, 저는 그간 친구 집에 신세를 지고 있었습니다. 저희가 그 호텔에 묵을 거라고 넘겨짚을 이유가 전혀 없습니다."

박사가 말했다.

"흠! 경의 행보에 촉각을 곤두세운 사람이 있는 모양이로군요."

헨리 경은 봉투에서 네 번 접힌 반쪽짜리 풀스캡판■ 종이를 꺼내 테이블에 펼쳐 놓았다. 종이 한복판에 어디에서 오려낸 글자를 붙여서 만든 한 줄짜리 문장이 있었다.

이성이나 생명이 아까우면 황야와 거리를 둘 것.

'황야'라는 단어만 손글씨로 씌어 있었다.

"자. 도대체 이게 무슨 뜻인지, 제 일에 이렇게 지대한 관심을 기울이는 사람이 누군지 혹시 아시겠습니까, 홈스 씨?"

헨리 경이 물었다.

"어떻게 생각하십니까, 모티머 박사님? 이 편지에는 초자연적인 측면이 전혀 없다는 것을 인정하시죠?"

■ 약 33×40센티미터 크기의 대형 인쇄용지.

“네. 하지만 사건에 초자연적인 요소가 개입되어 있다고 확신하는 사람이 보냈을 수도 있습니다.”

“사건이라뇨? 두 분께서는 저보다 제 일에 대해 더 많이 아시는 모양이군요.”

헨리 경이 날카롭게 물었다.

“경도 이 방을 나서기 전에 저희가 아는 내용을 전부 알게 될 거라고 약속드리죠. 괜찮다면 지금은 어제저녁에 작성해서 보낸 이 흥미진진한 편지에 집중했으면 합니다만. 어제 자 《타임스》 있나, 왓슨?”

셜록 홈스가 물었다.

“방 한쪽 구석에 있네.”

“번거롭겠지만 가져다주겠나? 사설이 실린 안쪽 부분으로.”

신문을 건네자 그는 눈을 위아래로 움직이며 잽싸게 훑었다.

“자유무역을 주요 내용으로 하는 사설이로군요. 한 구절을 읽어보겠습니다.

‘수입품에 거리를 두려는 목적으로 보호관세를 제정하면 무역이나 산업에 도움이 된다고 생각하고 싶은 독자들이 많다. 하지만 장기적인 관점에서는 그런 조치로 인해 이 나라의 생명이 단축되고, 아까운 수입품의 가치가 하락하며, 섬 내의 전반적인 생활수준이 하락할 것이라고 보는 편이 이성적으로 맞다.’

어떻게 생각하나, 왓슨? 훌륭한 의견이라고 생각하지 않나?"

홈스는 만족하는 태도로 양손을 비비며 신이 나서 외쳤다.

모티머 박사는 전문가적인 관심이 어린 눈빛으로 홈스를 쳐다보았다. 한편 헨리 경은 곤혹스러워하며 까만 눈을 내 쪽으로 돌렸다.

"저는 관세 같은 건 잘 몰라서요. 이 편지와는 관련 없는 내용이 아닌가 싶습니다."

"나는 길을 제대로 찾았다고 생각합니다, 헨리 경. 경보다 내 추리법을 잘 아는 왓슨도 이 기사의 중요성을 제대로 인식하지 못한 눈치이기는 합니다만."

"음, 나도 어떤 연관성이 있는지 전혀 모르겠네."

"왓슨, 이 기사로 저 편지를 만들었으니 밀접한 연관이 있지. '생명', '이성', '거리'와 같은 단어의 출처를 아직도 모르겠단 말인가?"

"세상에, 그렇군요! 기발한 방법이네요!"

헨리 경이 외쳤다.

"'아까우면'은 '아까운'의 받침을 잘라서, '거리를 둘 것'은 '거리를 두'에 받침을 붙여서 만들었습니다."

"오, 그러네요!"

"정말이지 제 예상을 뛰어넘으시는군요. 그 단어들을 신문에서 오려냈다고만 말씀하셨다면 그러려니 했겠지만, 어느 신문인지 지목하고 사설이라는 정확한 출처까지 밝혀내시다니 놀랍기 그지없습니다. 어떻게 아셨습니까?"

놀란 모티머 박사는 내 친구를 바라보았다.

"박사님은 흑인과 에스키모의 두개골을 구분할 수 있으시겠죠?"

"물론입니다."

"어떻게 구분하십니까?"

"그야 제가 관심 있는 분야니까요. 확연한 차이점이 있거든요. 안와 상부의 돌출부, 안면의 각도, 상악골의 굴곡, 그리고……."

"저도 이 분야에 관심이 있거든요. 여기에도 확연한 차이점이 존재합니다. 《타임스》의 사설에 쓰이는 깔끔한 버조이스 서체와 반 페니짜리 석간신문에 쓰이는 조잡한 활자는 흑인과 에스키모만큼 분명한 차이가 있죠. 활자를 식별하는 능력은 범죄 수사 전문가가 갖추어야 할 가장 기본적인 소양입니다. 솔직히 고백하자면 저도 젊었을 때 《리즈 머큐리》와 《웨스턴 모닝 뉴스》를 헷갈리곤 했습니다. 그렇지만 《타임스》의 사설 활자는 전혀 다릅니다. 편지 글자들의 출처가 다른 곳일 리 없습니다. 그리고 어제 발송된 편지이니 어제 자 신문에서 발췌했을 가능성이 크다고 생각했죠."

헨리 경이 말했다.

"말씀하신 대로라면 누가 가위로 단어들을 오려서……."

"손톱 가위였을 겁니다. '거리를 두'를 두 번에 걸쳐서 오린 걸 보면 날이 아주 짧은 가위였어요."

홈스가 말했다.

"그렇군요. 그렇다면 누가 날이 짧은 가위로 단어들을 오려서 풀로……."

"고무풀이었습니다."

홈스가 말했다.

"고무풀로 종이에다 붙였군요. '황야'는 왜 직접 썼을까요?"

"찾을 수가 없었으니까요. 다른 단어들은 평범해서 아무 신문에서나 찾을 수 있지만 '황야'는 흔히 쓰는 단어가 아니니까요."

"아, 그렇겠네요. 그러면 설명이 되겠군요. 이 편지에서 또 무엇을 알아내셨습니까, 홈스 씨?"

"단서를 남기지 않으려고 극도의 노력을 기울이고도 한두 가지 단서가 남았습니다. 주소만 해도 지저분한 글씨체로 적혀 있죠. 하지만 《타임스》는 대개 고등교육을 받은 식자층이 읽는 신문입니다. 따라서 편지를 보낸 사람은 무지렁이인 척하려는 교양인이고, 글씨체를 숨기려고 했던 것으로 볼 때 자신의 글씨체를 경이 알고 있거나 알게 될 수도 있다고 생각했군요. 그리고 보면 아시겠지만 단어들이 깨끗하게 한 줄로 붙어 있지 않고, 어떤 단어는 위로 한참 올라가 있어요. '생명'이라는 단어만 해도 줄에서 많이 벗어났죠. 이 사람이 본래도 꼼꼼하지 않은 성격이든지 불안해하며 서두른 결과라고 볼 수 있습니다. 편지의 내용이 꽤나 중요해 보이는데다 이런 편지를 보낸 사람이 꼼꼼하지 않을 수 없으니 후자일 것 같습니다만. 만약 서두르느라 그런 거라면 왜 그렇게 서둘렀을까 하는 흥미진진한 의문이 생기죠. 아침 일찍 부치기만 하면 헨리 경이 호텔을 나서기 전에 도착했을 게 분명한데 말입니다. 중간에 누가 들이닥칠까 봐 걱정했던 걸까요? 그렇다면 누구를 두려워했던 걸까요?"

"이제 추측의 단계로 접어드는군요."

모티머 박사가 말했다.

"다양한 가설을 저울질해보다가 가장 가능성이 높은 가설을 선택하는 단계로 접어들었다고 하는 편이 낫겠습니다. 상상을 과학적으로 활용하는 겁니다. 우리의 추론은 늘 실제 근거에 뿌리를 두고 있지요. 박사님께서는 추측으로 간주할 수도 있겠습니다만, 나는 발신인이 주소를 호텔에서 적었을 거라고 확신합니다."

"도대체 무슨 근거로요?"

"자세히 들여다보면 아시겠지만, 이 편지를 보낸 사람은 펜과 잉크 때문에 애를 먹었습니다. 한 단어를 쓰는데 두 번이나 종이가 펜에 긁혔고 짧은 주소를 쓸 때도 세 번이나 펜에 잉크를 적신 걸 보면 병에 남은 잉크가 거의 없었던 모양입니다. 개인이 사용하는 펜이나 잉크병은 엉망으로 방치되는 경우가 별로 없고, 두 개가 한꺼번에 그렇게 되는 경우도 아주 드뭅니다. 하지만 호텔에 비치된 잉크와 펜은 상태가 어떤지 아시잖습니까. 단언하건대 채링크로스 주변의 호텔에서 나온 쓰레기들을 뒤지면 군데군데 잘린 《타임스》 사설란이 나올 테고, 그러면 수상한 편지를 보낸 사람을 추적할 수 있을 겁니다. 아니! 아니! 이게 뭐지?"

그는 신문에서 오려낸 단어들이 붙어 있는 종이를 눈앞에 바짝 대고 유심히 살폈다.

"뭔가?"

"아무것도 아닐세. 식별무늬도 없는 반쪽짜리 백지에 불과하군. 이 정도면 희한한 편지에서 알아낼 것은 다 알아낸 듯한데. 헨리 경, 런던에 도착한 이후에 이 편지 말고 다른 수상한 일은 없었습니까?"

홈스는 편지를 내려놓았다.

"아, 네, 홈스 씨. 없었던 것 같습니다."

"경의 뒤를 밟거나 감시한 사람도 없었고요?"

"싸구려 소설의 주인공이라도 된 듯한 느낌이네요. 제 뒤를 밟거나 감시할 이유가 뭐가 있겠습니까?"

"이유에 대해서는 잠시 후에 알려드리겠습니다. 본론으로 들어가기 전에 특별히 이야기할 만한 사건이 없다는 말씀이죠?"

"글쎄요, '특별'의 기준이 뭔지에 따라서 달라지겠습니다."

"일상의 틀에서 벗어난 일이라면 뭐든 이야기해주십시오."

헨리 경은 미소를 지었다.

"저는 거의 평생을 미국과 캐나다에서 살아서 영국 생활에 대해서는 잘 모릅니다. 하지만 부츠 한 짝을 잃어버리는 것이 영국에서 일상적인 일은 아니겠죠?"

"부츠 한 짝을 잃어버렸습니까?"

"헨리 경, 아직 못 찾은 거겠죠. 호텔로 돌아가면 찾을 수 있을 겁니다. 그런 사소한 일로 홈스 씨를 번거롭게 할 필요가 있나요?"

모티머 박사가 말했다.

"일상의 틀에서 벗어났다면 뭐든 말하라고 하셔서요."

"맞습니다. 참으로 이상한 사건처럼 보이네요. 부츠 한 짝을 잃어버렸다고요?"

홈스가 물었다.

“네, 어찌된 일인지 보이질 않습니다. 간밤에 구두닦이에게 신발을 닦아달라고 문밖에다 내놓았는데 아침에 일어나보니 한 짝밖에 없지 뭡니까. 구두닦이도 전혀 모르겠다고 하고요. 그 신발은 간밤에 스트랜드에서 사서 한 번도 신지 않은 새 부츠라는 것이 문제입니다.”

“한 번도 안 신은 신발을 왜 닦아달라고 내놓으신 겁니까?”

“가죽 부츠인데 광을 낸 적이 없어서요. 그래서 닦아달라고 했습니다.”

“어제 런던에 도착하자마자 구입하신 모양이로군요?”

“어제는 이것저것 물건을 많이 샀어요. 여기 계시는 모티머 박사님께서 같이 다녀주셨죠. 내려가서 대지주 노릇을 하려면 걸맞은 복장을 갖추어야 할 텐데, 제가 캐나다에서 사는 동안 입었던 옷들은 어울리지 않을 수 있으니까요. 그래서 여러 물건들과 함께 갈색 부츠를 육 달러 주고 샀는데 한번 신어보지도 못하고 도둑맞았습니다.”

“한 짝만 가져가봐야 신을 수도 없지 않을까요. 모티머 박사님 말씀대로 조만간 찾으실 수 있을 겁니다.”

홈스가 말했다.

“자, 여러분. 제가 가진 몇 안 되는 정보는 이걸로 끝난 것 같습니다. 약속하신 대로 이게 다 무슨 일인지 하나도 빠짐없이 이야기해주셨으면 합니다."

헨리 경이 단단히 결심한 투로 말했다.

"지당한 요구입니다. 모티머 박사님, 우리한테 들려준 이야기를 이 자리에서 반복해주시면 그 이상 훌륭한 설명이 없겠습니다."

홈스가 말했다.

과학자 친구는 우리의 응원에 힘입어 주머니에서 문서를 꺼내들고 어제 아침처럼 사건의 전말을 소개했다. 헨리 바스커빌 경은 가끔 탄성까지 지르며 귀담아들었다.

"제가 원한까지 물려받게 된 모양이로군요. 사냥개 이야기는 어렸을 때부터 들었습니다. 저는 별로 진지하게 받아들이지 않았지만 우리 집안 대대로 전해 내려오는 전설이었으니까요. 하지만 백부님의 죽음은……. 머릿속이 복잡해서 뭐가 뭔지 잘 모르겠습니다. 박사님은 이 일이 경찰의 소관인지, 성직자의 소관인지 결론을 내리지 못하신 모양이로군요."

긴 이야기가 끝나자 그가 말했다.

"그렇습니다."

"호텔로 이런 편지까지 제게 배달이 되었으니 전설이 사실로 드러나네요."

"황야에서 벌어지는 일을 우리보다 더 잘 아는 사람이 있는 듯합니다."

모티머 박사가 말했다.

"누군지 몰라도 경고해준 것을 보면 경에게 악의를 품고 있지는 않습니다."

홈스가 말했다.

"목적 달성을 위해 저를 위협해서 쫓아내려는 것일 수도 있죠."

"아, 물론 그럴 수도 있습니다. 여하튼 여러모로 흥미진진한 사건을 소개해주셔서 정말 감사합니다, 모티머 박사님. 지금 결정해야 할 실질적인 문제는 헨리 경이 바스커빌 홀에 가느냐 마느냐 하는 겁니다."

"가지 않을 이유가 없지 않습니까?"

"위험해 보이니까요."

"우리 가문을 괴롭힌 악마가 위험합니까, 아니면 인간이 위험합니까?"

"그걸 알아내야 하죠."

"어느 쪽이 정답인지 몰라도 제 대답은 정해져 있습니다. 지옥에서 온 악마는 없고 조상들이 살던 집으로 가려는 저를 막을 수 있는 인간도 없다고요. 이걸 제 최후의 답변이라고 생각해주십시오, 홈스 씨.”

그는 검은 눈썹을 찌푸리고 얼굴을 벌겋게 물들이며 말했다. 바스커빌 가문의 마지막 후손도 불같은 성격을 물려받았음을 알 수 있었다.

“그나저나 지금 들은 이야기를 생각해볼 시간이 필요합니다. 단숨에 이해하고 결정할 수 있을 만큼 간단한 문제가 아니라서요. 혼자서 차분하게 생각을 하고 싶습니다. 자, 홈스 씨, 지금 시각은 11시 30분이고 저는 곧바로 호텔로 돌아갈 작정입니다. 홈스 씨와 친구분인 왓슨 박사님이 2시쯤에 호텔로 오셔서 같이 점심 식사를 하면 어떨까요? 그때쯤이면 사건에 대한 생각을 좀더 명확하게 말씀드릴 수 있을 겁니다.”

“괜찮겠나, 왓슨?”

“물론이지.”

“그럼 거기서 뵙기로 하죠. 마차를 불러드릴까요?”

“좀 걷고 싶네요. 머릿속이 복잡해서요.”

“저도 기꺼이 동참하겠습니다.”

모티머 박사가 말했다.

“2시에 다시 뵙겠습니다. 안녕히 계세요!”

손님들이 계단을 내려가는 발소리와 쾅 하고 정문을 닫는 소리가 들렸다. 그 순간 홈스는 느른한 몽상가에서 행동대장으로 변했다.

"모자 쓰고 구두 신게, 왓슨. 얼른! 꾸물댈 시간 없어!"

실내복을 입은 채 자기 방으로 달려 들어간 그는 몇 초 만에 프록코트를 걸치고 나왔다. 우리는 허둥지둥 계단을 내려가서 거리로 뛰쳐나갔다. 약 이백 미터 앞에서 옥스퍼드 스트리트 쪽으로 걷고 있는 모티머 박사와 헨리 경이 보였다.

"달려가서 잡을까?"

"절대 안 될 말씀이지, 왓슨. 자네와 동행하는 것만으로 충분하다네. 자네만 좋다면 말일세. 우리 친구들은 현명하기도 하지. 오늘은 정말 걷기 좋은 날씨 아닌가."

그는 발걸음을 재촉해서 그들과의 거리를 반으로 줄였다. 우리는 백 미터 정도 간격을 유지하며 그들을 따라서 옥스퍼드 스트리트와 리젠트 스트리트를 걸었다. 중간에 친구들이 걸음을 멈추고 쇼윈도를 들여다보자 홈스도 따라했다. 잠시 후에 뿌듯해하며 조그맣게 탄성을 지르는 홈스의 열띤 시선을 따라가보니 맞은편 길가에 서 있던 이륜마차가 천천히 움직이고 있었다. 마차에는 어떤 남자가 타고 있었다.

"저 사람일세, 왓슨! 서두르게! 얼굴이라도 익혀놓아야 하니까."

그 순간 까만색 수염을 덥수룩하게 기른 남자가 마차의 창문 너머로 우리를 뚫어져라 쳐다보았다.

곧바로 마차 지붕에 달린 문이 홱 열리면서 그가 마부에게 뭐라고 고함을 치는가 싶더니 마차가 리젠트 스트리트를 미친듯이 내달리기 시작했다. 홈스는 열심히 주변을 살폈지만 빈 마차가 보이지 않았다. 그는 마차 행렬을 헤치며 미친듯이 추격했지만 마차가 워낙 번개같이 출발한 터라 이미 사라져 보이지 않았다.

"이런! 이렇게 운수 사납고 대응도 형편없을 수가! 왓슨, 왓슨, 자네가 정직한 친구라면 내 성공담과 대조를 이루도록 오늘의 실패도 기록으로 남겨주게!"

홈스는 분해서 얼굴이 새하얗게 질려 있었다. 마차 행렬에서 빠져나온 그는 숨을 헐떡이며 씁쓸하게 외쳤다.

"그 남자는 누구였을까?"

"나도 모르겠네."

"첩자?"

"우리가 들은 정보를 취합해보면 헨리 경이 이 도시에 도착한 이래 누가 뒤를 바짝 밟고 있는 게 분명했지. 그렇지 않고서야 그가 노섬벌랜드 호텔에 묵는다는 사실을 그렇게 빨리 알 수 있었겠나. 누가 첫날에 그의 뒤를 밟았다면 둘째 날에도 그럴 거라고 짐작했어. 자네도 알아차렸을지 모르겠지만 모티머 박사가 전설을 낭독하는 동안 내가 창가에 가서 밖을 두 번 내다보고 왔다네."

"그래, 기억하네."

"길가에서 어슬렁거리는 사람이 있나 싶어서 내다봤지만 아무도 없더군. 우리의 상대는 영리한 사람이야, 왓슨. 문제가 심상치 않아. 편지를 보낸 자가 선의에서 그랬는지 악의에서 그랬는지 아직 잘 모르겠어. 하지만 영리한 자의 능력과 계략이 느껴진다네. 친구들이 나갔을 때 정체를 감춘 인물의 위치를 파악할 요량으로 그들의 뒤를 밟았지. 그런데 영악한 이자가 걸어다니지 않고, 뒤에서 어슬렁거리거나 쏜살같이 옆을 지나가더라도 눈치채지 못하게 마차를 동원하다니! 그의 수법에는 쫓는 대상이 마차를 타면 곧바로 뒤쫓을 수 있다는 장점이 있지. 하지만 단점이 한 가지 있다네."

"마부가 필요하다는 것."

"그렇지."

"마차 번호를 보았더라면 좋았을 텐데!"

내가 탄식했다.

"왓슨, 내 아무리 어설펐기로서니 번호조차 기억하지 못할 정도라고 생각한 건 아니겠지? 2704번일세. 하지만 지금은 번호를 알아봐야 별 소용이 없어."

"그 이상 뭘 더 할 수 있었겠나?"

"마차를 보자마자 당장 몸을 돌려서 반대 방향으로 걸어갔어야지. 그런 다음 여유롭게 다른 마차를 잡아타서 거리를 두고 그 마차를 따라가든지 노섬벌랜드 호텔로 먼저 가서 기다렸으면 더 좋았겠지. 그랬더라면 정체불명의 인물이 헨리 경을 호텔까지 따라갔을 때 그의 행동을 역이용해서 의도를 알아낼 수 있었을 텐데. 그런데 내가 분별없이 열을 냈고 상대방이 그걸 아주 민첩하고 효과적으로 이용하는 바람에 우리의 정체가 노출되었을 뿐더러 그자를 놓치고 말았지 뭔가."

우리가 리젠트 스트리트를 천천히 걸어가며 대화를 나누는 동안 모티머 박사는 그의 동행과 함께 일찌감치 눈앞에서 사라졌다.

"이제는 그들의 뒤를 밟을 이유가 없어. 그림자는 떠났고 영영 돌아오지 않을 테니. 우리 손에 남은 패를 확인하고 과감한 수를 써야겠네. 마차를 타고 있던 남자의 얼굴을 똑똑히 보았나?"

홈스가 물었다.

"수염밖에 못 보았네."

"나도 마찬가질세. 그마저도 가짜였을 가능성이 커. 이런 까다로운 일을 하고 있는 영악한 인간이 이목구비를 가리려는 용도가 아니고서야 뭐하러 턱수염을 길렀겠나? 이리로 들어가세,

왔슨."

그가 그 지역을 담당하는 배달 사무소에 들어가자 소장이 따뜻하게 맞이했다.

"아, 윌슨, 내가 해결해주었던 사소한 사건을 잊지 않은 모양이로군."

"그럼요, 잊을 리가 있습니까. 선생님 덕분에 제 명예는 물론 목숨까지도 건졌잖습니까."

"윌슨, 그건 과찬일세. 그나저나 자네 사환 중에 카트라이트라고, 수사 당시 제법 수완을 발휘했던 아이가 있었던 걸로 기억하는데."

"네, 선생님. 아직 여기서 근무합니다."

"그 애를 불러다줄 수 있겠나? 고맙네! 그리고 여기 오 파운드짜리 지폐도 잔돈으로 바꿔주면 좋겠네."

영리하고 똑똑하게 생긴 열네 살짜리 아이가 소장에게 불려 나왔다. 아이는 존경심이 가득 담긴 눈으로 유명한 탐정을 물끄러미 바라보았다.

"호텔 안내책자를 갖다주겠니? 고맙다! 자, 카트라이트, 여기에는 스물세 군데의 호텔이 실려 있고, 전부 채링크로스 인근이다. 보이지?"

홈스가 말했다.

"네, 선생님."

"너는 이 호텔을 하나씩 차례대로 찾아가야 해."

"네, 선생님."

"호텔에 도착하거든 먼저 문 앞에 서 있는 짐꾼에게 일 실링씩 쥐여주어라. 이십삼 실링 여기 있다."

"네, 선생님."

"그런 다음 어제 나온 폐지를 보여달라고 해라. 중요한 전보를 잘못 전달해서 그걸 찾고 있다고 하면서. 알겠니?"

"네, 선생님."

"하지만 진짜 찾아야 하는 건 가위로 군데군데가 잘린 《타임스》 페이지야. 이 페이지. 알아볼 수 있겠지?"

"네, 선생님."

"그렇게 말하면 짐꾼이 호텔 안에서 일하는 다른 짐꾼을 불러줄 테니 그에게도 일 실링을 쥐여주어라. 여기 이십삼 실링이 더 있다. 아마 스물세 개의 호텔 중에 스무 곳 정도는 어제 나온 폐지는 소각했거나 버렸다고 할 거다. 나머지 세 군데에서 어마어마한 분량의 폐지를 보여줄 텐데, 그 안에서 《타임스》의 이 지면을 찾아야 해. 네가 그걸 찾을 수 있는 가능성은 아주 낮아. 만일의 경우를 대비해서 십 실링을 더 주마. 오늘 해가 떨어지기 전에 베이커 스트리트로 전보를 쳐줬으면 좋겠다. 자, 왓슨,

이제는 2704번 마부의 신원을 전보로 알아보는 일만 남았네. 그러고 난 다음에는 본드 스트리트의 화랑에 들러서 호텔에서 만나기로 한 점심때까지 시간을 때울까."

끊어진 세 가닥의 실마리

5.

셜록 홈스는 머릿속의 생각들을 자기 편할 대로 분리하는 능력이 아주 뛰어나다. 그래서인지 우리가 수사하게 된 희한한 사건은 까맣게 잊어버린 듯 두 시간 동안 현대 벨기에 거장들의 작품에 푹 빠져서 헤어나지 못했다. 화랑을 나서서 노섬벌랜드 호텔에 도착할 때까지 그는 예술에 대한 보잘것없는 의견을 피력했다.

"헨리 바스커빌 경이 위에서 기다리고 계십니다. 선생님이 오시면 당장 모셔오라고 하셨습니다."

접수계 직원이 말했다.

"실례가 안 된다면 숙박부를 살펴봐도 되겠소?"

홈스가 말했다.

"물론입니다."

숙박부에는 헨리 경 아래로 이름이 두 개 더 추가되어 있었다. 뉴캐슬에 사는 시어필러스 존슨 가족과 앨턴 하이로지에 사는 올드모어 부인과 하녀였다.

"예전에 알고 지냈던 존슨 씨인 것 같은데. 머리가 희끗희끗하고 절뚝거리면서 걷는 변호사 아닌가?"

홈스가 직원에게 물었다.

"아닙니다. 이 존슨 씨는 활동적이고 선생님과 연배가 비슷한 탄광주입니다."

"자네가 직업을 잘못 알고 있는 건 아니고?"

"아닙니다. 수년 동안 저희 호텔을 이용하셔서 잘 아는 분입니다."

"그렇군. 올드모어 부인도 마찬가질세. 내가 아는 이름 같단 말이지. 꼬치꼬치 캐물어서 미안하네만 한 친구를 만나러 왔다가 다른 친구를 만나는 경우가 왕왕 있어서."

"그분은 편찮으신 분입니다. 부군이 한때 글로스터 시장이셨고요. 런던에 오시면 항상 저희 호텔에 묵으시죠."

"고맙네. 아무래도 내가 아는 친구가 아닌 것 같군."

홈스는 나와 함께 2층으로 올라가며 나지막이 말을 이었다.

"중요한 사실이 밝혀졌네, 왓슨. 우리 친구에게 관심이 지대한 자들은 이 호텔에 묵지 않았다는 것. 그를 감시하고 싶은 마음이 굴뚝같지만 얼굴을 보여주고 싶지 않은 마음도 못지않게 크다는 뜻이지. 이는 시사하는 바가 크다네."

"뭘 시사한다는 건가?"

"뭘 시사하는가 하면…… 아니, 헨리 경, 무슨 일입니까?"

우리는 계단 꼭대기에 도착하자마자 헨리 경과 맞닥뜨렸다. 그는 분노로 얼굴을 붉으락푸르락하며 먼지를 뒤집어쓴 낡은 부츠를 한 손으로 잡고 있었다. 어찌나 화가 났는지 말도 제대로 하지 못할 정도였다. 마침내 말을 할 수 있게 되었을 때는 오전에 들은 것보다 훨씬 심한 미국 서부 사투리가 튀어나왔다.

"이 호텔은 저를 호구로 아는 모양입니다. 앞으로도 계속 이런 식으로 나오면 사람 잘못 건드렸다는 걸 알게 될 거예요. 없어진 제 부츠를 찾아오지 못하면 가만있지 않겠습니다. 저는 장난을 좋아하는 사람입니다만, 이번에는 도가 지나쳤어요!"

"계속 부츠를 찾고 계시는군요?"

"네. 꼭 찾고 말 겁니다."

"새로 산 갈색 부츠를 잃어버렸다고 하지 않으셨습니까?"

"맞습니다. 그리고 이건 낡은 검은색 부츠고요."

"아니! 설마……."

"맞습니다. 제 신발은 모두 세 켤레뿐이에요. 새로 산 갈색,

낡은 검은색, 지금 신은 에나멜. 간밤에는 갈색 부츠 한 짝을 훔쳐가더니 오늘은 검은색 부츠 한 짝을 슬쩍했지 뭡니까. 찾았나? 대답해봐, 멀뚱멀뚱 쳐다보지만 말고!"

어느덧 등장해서 불안한 얼굴로 서 있는 독일인 종업원에게 그가 소리쳤다.

"아직요. 호텔을 샅샅이 뒤졌지만 봤다는 사람이 아무도 없습니다."

"알겠네. 해가 떨어지기 전에 부츠를 찾아오지 못하면 지배인을 찾아가서 당장 짐을 싸겠다고 할 테니 그리 알게."

"찾을 수 있을 겁니다, 손님. 조금만 기다려주시면 찾을 수 있을 거라고 장담합니다."

"장담한 대로 되는 게 좋을 걸세. 지금 신은 신발이 도둑놈들 소굴에서 남은 마지막 신발이니까. 자, 자, 홈스 씨, 이렇게 사소한 문제로 심려를 끼쳐서……."

"그럴 만한 일이라고 생각합니다."

"아, 상당히 심각한 표정을 짓고 계시네요."

"헨리 경은 이 일을 어떻게 생각하십니까?"

"제 평생 이렇게 어이없고 희한한 일은 처음입니다."

"희한한 일이 맞습니다."

홈스는 생각에 잠겨서 중얼거렸다.

"홈스 씨는 어떻게 생각하십니까?"

"글쎄요, 솔직히 아직 잘 모르겠네요. 복잡한 사건입니다, 헨리 경. 백부님의 죽음까지 고려하면 내가 지금까지 해결했던 여러 사건 중에서도 중요한 오백여 건 중에 이렇게 기이한 사건이 있었을까 싶을 정도입니다. 하지만 우리는 손에 여러 가닥의 실마리를 쥐고 있습니다. 그중 하나라도 진실로 인도하는 실마리가 있겠죠. 엉뚱한 가닥을 따라가느라 시간을 낭비하기도 하겠지만 조만간 올바른 실마리를 찾을 수 있을 겁니다."

우리는 즐겁게 점심 식사를 하는 동안 우리를 한자리에 모은 사건에 대해서 한마디도 하지 않았다. 식사를 마치고 응접실로 자리를 옮긴 다음에서야 홈스는 헨리 경에게 의향을 물었다.

"바스커빌 홀에 갈 생각입니다."

"언제요?"

"이번 주말에요."

"현명한 선택입니다. 런던에 경을 감시하는 자가 있다는 증거가 수두룩한데 인구가 수백만 명에 달하는 이런 대도시에서는 그들의 정체와 목적을 밝히기가 쉽지 않죠. 악당이라면 경에게 해코지를 할 텐데 그걸 막을 방법도 없고요. 모티머 박사님, 오늘 오전에 우리집에서부터 미행이 붙었는데 모르셨지요?"

홈스가 물었다.

모티머 박사는 화들짝 놀랐다.

"미행이라니! 누가요?"

"그건 안타깝게도 저도 잘 모릅니다. 다트무어의 이웃이나 지인들 중에 까만 수염을 덥수룩하게 기른 사람이 있습니까?"

"아뇨……. 잠깐만요……. 오, 있네요. 찰스 경의 집사 배리모어가 수염이 까맣고 덥수룩합니다."

"하! 배리모어는 지금 어디 있습니까?"

"바스커빌 홀을 관리하고 있습니다."

"그가 정말 거기에 있는지 런던에 와 있을 수도 있는지 확인해보는 게 좋겠습니다."

"어떻게 확인하죠?"

"전보를 보내면 됩니다. '헨리 경을 맞을 준비는 끝났습니까?'라고만 보내세요. 바스커빌 홀의 배리모어 앞으로요. 거기서 가장 가까운 전신국이 어디죠? 그림펀? 좋습니다. 그러고 나서 그림펀의 전신국장에게 두 번째 전보를 보내는 겁니다.

'배리모어 씨에게 보내는 전보는 본인에게 전달 바람. 부재 시 노섬벌랜드 호텔의 헨리 바스커빌 경에게 반송 요망.'

그러면 배리모어가 데번에서 자기 자리를 지키고 있는지 아닌지 해가 떨어지기 전에 알 수 있을 겁니다."

"그렇겠네요. 그나저나 모티머 박사님, 배리모어는 어떤 사람입니까?"

"죽은 전 관리인의 아들입니다. 배리모어 집안이 사 대째 저택을 관리하고 있죠. 배리모어 부부는 일대의 여느 주민과 마찬가지로 평판이 좋습니다."

"우리 가문에서 대저택에 살겠다는 사람이 나오지 않으면 두 부부는 거기서 무위도식하며 지낼 수 있겠죠?"

헨리 경이 물었다.

"그건 그렇습니다."

"찰스 경의 유언으로 배리모어 부부가 무슨 이득을 얻었습니까?"

홈스가 물었다.

"부부가 각각 오백 파운드씩 받았습니다."

"오! 그들은 유산에 대해서 알고 있었을까요?"

"네, 찰스 경은 유언장에 뭐라고 썼는지 이야기하기를 좋아했거든요."

"그것참 흥미롭네요."

"찰스 경의 유산을 받은 사람들을 모두 의심스러운 눈초리로 보지는 말아주십시오. 제게도 천 파운드를 남겨주셨으니까요."

모티머 박사가 말했다.

"그렇군요! 또 누가 받았습니까?"

"몇몇 사람들과 여러 자선 단체에 소소한 금액이 돌아갔습니다. 나머지는 전부 헨리 경의 몫이죠."

"나머지가 얼마나 됩니까?"

"칠십사만 파운드입니다."

홈스는 놀라서 눈썹을 치켜 올렸다.

"그 정도로 엄청난 금액이 엮인 사건인지 몰랐습니다."

"찰스 경이 부유하기로 유명했지만 저희도 증권을 살펴본 다음에야 어느 정도인지 알았습니다. 총 자산이 백만 파운드에 육박하더군요."

"맙소사! 필사의 도박을 벌일 만한 금액이로군요! 한 가지만 더 묻겠습니다, 모티머 박사님. 불쾌한 가정을 양해바랍니다. 여기 이 젊은 친구분에게 무슨 일이라도 벌어지면…… 누가 유산을 물려받게 됩니까?"

"찰스 경의 막내 남동생인 로저 바스커빌이 미혼으로 죽었기 때문에 먼 친척인 데즈먼드 가문으로 상속권이 넘어갑니다. 제임스 데즈먼드라고, 웨스트모어랜드에 사는 나이 지긋한 성직자죠."

"고맙습니다. 내막이 흥미진진하네요. 제임스 데즈먼드 씨를 만나보셨습니까?"

"네, 찰스 경을 찾아온 적이 한 번 있었습니다. 덕망 있고 고

결한 삶을 사는 분이에요. 유산 상속권을 거부했던 걸로 기억합니다. 찰스 경이 고집을 부려서 떠넘기기는 했지만요."

"그 검소한 분이 수십만 파운드에 달하는 찰스 경의 재산을 상속받으면 어떻게 되죠?"

"영지를 물려받게 됩니다. 유산은 가문의 남자만 상속받도록 되어 있어요. 그리고 마음대로 현금을 처분할 권리가 있는 현 소유주가 유언장에서 특별히 명시하지 않은 이상 현금도 상속받고요."

"헨리 경은 유언장을 작성하셨습니까?"

"아뇨, 홈스 씨. 아직 작성하지 않았습니다. 어떤 상황인지 들은 게 어제께라 시간이 없었어요. 저는 무슨 일이 있더라도 작위와 영지가 재산과 같이 상속되어야 한다고 생각합니다. 그게 돌아가신 백부님의 뜻이었으니까요. 영지를 관리할 돈이 없으면 무슨 수로 바스커빌 가문의 영광을 재현할 수 있겠습니까? 가문, 땅, 돈이 함께 움직여야 합니다."

"그렇겠군요. 헨리 경이 지체 없이 데번으로 내려가야 한다는 데 나도 동의합니다. 다만 한 가지 조건이 있습니다. 혼자 가면 안 된다는 것."

"모티머 박사님이 같이 가주실 텐데요."

"하지만 박사님은 의사로서 할 일이 있고, 집도 몇 킬로미터

나 떨어져 있잖습니까. 마음이 굴뚝같아도 경을 돕지 못하는 상황이 있을 수 있어요. 항상 경의 곁을 지켜줄 믿을 만한 사람과 함께 내려가셔야 합니다.”

“홈스 씨께서 같이 가주실 수는 없는지요?”

“심각한 지경에 다다르면 어떻게든 출동을 해야겠죠. 하지만 경도 아시다시피 내가 광범위하게 자문을 맡고 있고 여기저기서 끊임없이 도움을 청하는 상황이라 무한정 런던을 비울 수가 없습니다. 지금만 해도 영국에서 가장 존경받는 분이 협박에 시달리고 있는데 끔찍한 추문을 막을 사람이 나밖에 없습니다. 내가 다트무어에 갈 수 없는 이유를 이해해주시기 바랍니다.”

“추천해주실 분은 없습니까?”

홈스가 내 팔 위에 손을 얹었다.

“만약 내 친구가 같이 가주겠다고만 하면 경이 궁지에 몰렸을 때 이보다 믿음직한 사람이 없을 겁니다. 어느 누구보다 자신 있게 단언할 수 있지요.”

그의 뜻밖의 제안에 나는 깜짝 놀랐다. 뭐라고 대답하기도 전에 헨리 경이 내 손을 덥석 잡았다.

“아, 정말 감사합니다, 왓슨 박사님. 박사님은 제 상황을 이해하시고 사건에 대해서 저만큼이나 잘 아시잖습니까. 같이 바스커빌 홀로 가서 도와주시면 절대 은혜를 잊지 않겠습니다.”

나는 항상 모험을 즐겼던데다 홈스의 칭찬과 나를 열렬히 환영하는 헨리 경의 태도에 기분이 좋아졌다.

"기꺼이 같이 가드리죠. 그보다 보람 있게 시간을 활용할 방법이 뭐가 있겠습니까."

"꼼꼼하게 상황을 보고해주게. 위기에 처할 가능성이 높다네. 자네가 어찌 대처해야 하는지 가르쳐주겠네. 헨리 경, 토요일이면 모든 준비가 끝나겠지요?"

홈스가 물었다.

"왓슨 박사님도 괜찮으십니까?"

"좋습니다."

"그럼 별일이 없으면 토요일에 패딩턴에서 출발하는 10시 30분 열차에서 만나기로 하죠."

우리가 나가려고 일어섰을 때 헨리 경이 탄성을 지르며 응접실 구석으로 달려가 수납장 아래에서 갈색 부츠 한 짝을 꺼냈다.

"없어졌던 부츠입니다!"

"다른 난제들도 그렇게 쉽게 해결이 되면 얼마나 좋을까요."

홈스가 말했다.

"희한한 일입니다. 점심 먹으러 나가기 전에 제가 이 방을 샅샅이 뒤졌거든요."

모티머 박사가 말했다.

"저도 구석구석 훑었어요."

헨리 경이 말했다.

"그때는 분명 저기에 부츠가 없었는데요."

"점심을 먹는 동안 종업원이 찾아서 저기 둔 모양입니다."

독일인 종업원을 불러 확인했지만 그는 모르는 일이라고 했다. 여기저기 물어봐도 전말은 밝혀지지 않았다. 일견 무의미해 보이는 사소한 사건이 숨가쁘게 이어지는 수수께끼에 추가됐다. 찰스 경의 죽음이라는 끔찍한 사건은 차치하더라도 단 이틀 동안 납득이 되지 않는 사건들이 줄줄이 일어났다. 활자를 오려서 만든 편지, 이륜마차에 타고 있던 검은 수염의 수상한 자, 새로 산 갈색 부츠의 분실, 낡은 검은색 부츠의 분실, 그러다 기묘하게 등장한 갈색 부츠. 베이커 스트리트로 돌아가는 마차 안에서 홈스는 아무 말이 없었다. 찡그린 눈썹과 날카로운 표정으로 보건대 희한하고 일관성 없어 보이는 사건들을 하나로 연결할 방법을 찾느라 나처럼 정신이 없다는 것을 알 수 있었다. 그는 저녁이 될 때까지 내내 담배를 물고 사색에 잠겼다.

저녁을 먹기 직전에 두 통의 전보가 배달됐다. 첫 번째 전보는 다음과 같았다.

배리모어가 저택에 있다는 전갈을 받았음.

바스커빌

두 번째 전보는 이렇게 왔다.

말씀하신 대로 스물세 개의 호텔을 모두 돌아보았으나 가위로 잘린 《타임스》 지면은 찾지 못했음.

카트라이트

"이로써 실마리 두 개가 사라졌군. 모든 게 내 생각과 반대 방향으로 흘러가는 사건만큼 짜릿한 것도 없지. 이제 다른 냄새를 따라가봐야겠어."

"수상한 자를 태웠던 마부가 남아 있잖은가."

"바로 그거야. 등록소에 전보를 보내서 마부의 이름과 주소를 문의해놓았거든. 이 초인종 소리가 전보에 대한 답변이라 해도 놀라지 않겠네."

초인종 소리에 이어서 전보 답신 이상으로 만족스러운 성과가 등장했다. 문이 열리면서 당사자인 마부가 분명한 우락부락한 사나이가 들어온 것이다.

"이 주소지에 사는 분이 2704번 마차에 대해 문의했다는 연락을 받았습니다. 내가 마차를 몬 지 칠 년째지만 그동안 불만

사항 한번 접수된 적 없는데 말입죠. 그래서 뭐가 못마땅했는지 면전에 대고 물어보려고 달려왔습니다."

"자네한테 불만이 있어서 문의한 게 아닐세. 오히려 내 질문에 제대로 대답하면 반 파운드를 줄 생각이라네."

홈스가 말했다.

"오늘은 참말이지 운수가 좋은 날인가 봅니다. 뭐가 궁금해서 그러시는뎁쇼?"

마부가 씩 웃었다.

"먼저, 필요할 경우에 대비해서 이름하고 주소를 알려주게."

"이름은 존 클레이턴, 버러의 터피 스트리트 3번지에 삽니다. 워털루 역 근처 시플리 야드의 마차장 소속이굽쇼."

홈스는 받아 적었다.

"자, 클레이턴, 오늘 아침 10시에 이 집 앞으로 찾아와서 집을 감시하다 리젠트 스트리트까지 두 남자를 따라가자던 손님에 대해 낱낱이 이야기해주게."

마부는 놀라고 당황스러워했다.

"아이구, 뭘 말씀드릴 필요도 없이 선생님께서 이미 저만큼 알고 계시네요. 그분이 자기는 탐정이라며 아무한테도 자기 이야기를 하면 안 된다고 하셨는뎁쇼."

"이보게, 이건 아주 심각한 문제라서 뭐 하나라도 숨기려고 했다가는 곤란해질 수 있어. 그 손님이 자기가 탐정이라고 했단 말인가?"

"네."

"언제 그런 소릴 하던가?"

"내릴 때요."

"다른 말은 없었고?"

"이름을 밝혔습니다."

홈스는 의기양양한 눈빛으로 나를 흘끗 쳐다보았다.

"오, 이름을 밝혔단 말이지? 그렇게 경솔한 짓을 하다니. 이름이 뭐라던가?"

"셜록 홈스라고 했습니다."

내 평생 그렇게 놀란 친구의 얼굴은 처음이었다. 그는 잠깐 동안 아무 말도 못 하고 멍하니 있다 껄껄대고 웃음을 터뜨렸다.

"한 방 먹었군, 왓슨. 누가 봐도 한 방 먹었어! 나만큼이나 잽싸고 유연하게 칼을 다루는 작자야. 이번만큼은 제대로 찔렀어. 그러니까 그자의 이름이 셜록 홈스였다?"

"네, 선생님. 그분 이름이라고 했습니다."

"대단하군! 어디에서 그 남자를 태웠고 그 뒤로 어떤 일이 있었는지 말해주게."

"9시 30분에 트라팔가 스퀘어에서 그분을 태웠습니다. 자기는 탐정이라며 하루 종일 아무것도 묻지 않고 시키는 대로만 하면 이 기니를 주겠다고 하더군요. 저는 냉큼 알았다고 했습죠. 먼저 노섬벌랜드 호텔로 가서 두 남자분이 나와 호텔 앞에 서 있는 마차를 탈 때까지 기다렸습니다. 그런 다음 두 분이 탄 마차가 이 근처에 설 때까지 뒤를 따라왔습죠."

"바로 이 집 앞이었지."

홈스가 말했다.

"네, 저는 이 집을 감시하는 줄은 몰랐지만 그 손님은 계획대로 하고 있는 눈치였어요. 저희는 이 집을 조금 지나친 곳에 마차를 대고 한 시간 반 동안 기다렸습니다. 그러다 두 남자분이 걸어서 우리 옆을 지나가기에 베이커 스트리트를 따라서 쫓아가다가……."

"나도 봤다네."

"리젠트 스트리트를 절반 이상 지났을 때 손님이 지붕에 달린 문을 홱 열더니 워털루 역까지 최대한 빨리 가라고 소리를 지르지 뭡니까. 저는 채찍을 휘둘렀고 십 분도 안 돼서 역에 도착했습죠. 손님은 순순히 이 기니를 주었습니다. 그리고 역 쪽으로 걸음을 옮기기 직전에 고개를 돌리고 '혹시 궁금할까 봐 가르쳐 주겠네. 자네는 지금까지 셜록 홈스를 태우고 다녔던 걸세'라고 하셔서 그분의 이름을 알게 된 겁니다."

"그렇군. 그러고 나서 두 번 다시 그 손님을 보지 못했다?"

"역으로 들어가는 모습이 마지막이었습죠."

"셜록 홈스 씨는 어떻게 생긴 사람이던가?"

마부는 머리를 긁적였다.

"글쎄요, 뭐라고 설명하기 쉽지 않은 생김새라. 마흔 정도 되어 보였고 선생님보다 육칠 센티미터 작은 보통 키였습니다. 상류층 신사 같은 차림새에 까만 수염은 양끝을 가지런히 다듬었고 안색은 창백했고요. 그 이상은 잘 모르겠는뎁쇼."

"눈 색깔은?"

"모르겠습니다."

"기억하는 게 거기까지인가?"

"네, 선생님. 여기까지입니다."

"그래, 반 파운드 여기 있네. 정보를 더 가지고 오면 반 파운드 더 주지. 잘 가게나!"

"안녕히 계십시오, 선생님. 감사합니다!"

존 클레이턴은 빙그레 웃는 얼굴로 떠났다. 홈스는 나를 돌아보더니 어깨를 으쓱하며 서글픈 미소를 지었다.

"세 번째 실마리마저 끊기고 다시 원점으로 돌아왔군. 교활한 작자야! 녀석은 우리집 주소도 알았고 헨리 경이 나를 만나러 올 것도 알고 있었어. 리젠트 스트리트에서 나를 알아보고는 내가 마차 번호를 기억해서 마부를 찾아낼 것을 예견하고 이런 뻔뻔한 말을 남긴 걸세. 만만치 않은 상대야. 내가 런던에서 완전히 패배했네. 데번에서는 자네에게 운이 따라주어야 할 텐데. 마음이 편치 않군그래."

"뭐가?"

"자넬 보내는 것이. 이건 추악한 사건일세. 추악하고 위험한 사건이라 파고들면 들수록 마음에 들지 않아. 왓슨, 이 말을 듣고 웃을지 모르겠지만 자네가 무사히 베이커 스트리트로 돌아와주기만 한다면 더 바랄 것이 없겠네."

바스커빌 홀

6.

헨리 바스커빌 경과 모티머 박사는 약속한 날에 떠날 준비를 마쳤다. 우리는 예정대로 데번을 향해 함께 출발했다. 셜록 홈스는 나와 함께 마차를 타고 역까지 배웅하면서 마지막 경고와 충고를 전했다.

"가설이나 의혹을 이야기해서 자네에게 선입견을 심지는 않겠네, 왓슨. 추론은 내게 맡기고 자네는 정황을 최대한 자세히 전달하는 데 집중해주게."

"어떤 정황 말인가?"

"아무리 하찮아도 사건과 관계가 있어 보이면 뭐든 좋다네. 특히 헨리 경과 이웃 주민과의 관계, 찰스 경의 죽음과 관련해서 새롭게 드러난 사실이 있으면 절대 빠뜨리지 말고. 나도 며칠 동안 조사해보았는데 결과가 영 신통치가 않아. 한 가지 확실한 것은, 다음 상속자인 제임스 데즈먼드 씨는 온화한 초로의 신사라 그가 꾸민 음모일 수는 없다는 거라네. 용의 선상에서 완전히 제외해도 되지 않을까 싶어. 그러면 황야에서 헨리 바스커빌 경의 주변을 맴도는 사람들만 용의 선상에 남게 되지."

"배리모어 부부는 처음부터 배제하는 게 좋지 않을까?"

"절대 안 될 말씀. 그렇게 엄청난 실수를 저지를 수는 없지. 만약 그들이 결백하다면 결백을 증명할 수 없게 하는 잔인하리만치 부당한 처사이고 그들에게 죄가 있다면 죗값을 치를 기회를 주지 않는 처사가 될 게 아닌가. 안 되지, 안 돼, 그들은 끝까지 용의 선상에 두어야 하네. 그리고 내 기억이 맞는다면 저택에는 마부도 고용되어 있어. 황야에는 농부가 두 명 살고 있지. 전적으로 결백해 보이는 모티머 박사와 정보가 전혀 없는 그의 아내도 있어. 동식물을 연구한다는 스테이플턴과 매력적이라는 그의 여동생도 있고. 미지의 인물인 래프터 홀의 프랭클랜드를 비롯해 다른 이웃들이 몇 명 더 있지. 모두 자네가 유심히 연구해야 할 대상일세."

"최선을 다해보겠네."

"총 가지고 왔겠지?"

"음, 그러는 게 좋을 것 같아서."

"그렇다마다. 밤낮으로 리볼버를 옆에 두고 절대 긴장을 늦추면 안 되네."

길동무들은 이미 일등칸을 잡아놓고 플랫폼에서 기다리고 있었다.

내 친구가 뭐라 묻자 모티머 박사가 대답했다.

"아뇨, 새로운 일은 없었습니다. 지난 이틀 동안 미행을 당하지 않았다는 것만은 장담할 수 있습니다. 외출할 때마다 주변을 샅샅이 훑어보았기 때문에 미행이 있었으면 눈에 띄었을 거예요."

"두 분이 계속 같이 다니신 모양이죠?"

"어제 오후만 빼고요. 런던에 올 때마다 하루 정도는 취미 생활을 하며 보냅니다. 저 혼자 외과 대학 박물관에 다녀왔죠."

"저는 공원에 사람 구경 다녀왔고요. 둘 다 별일은 없었습니다."

헨리 경이 말했다.

홈스는 심각한 표정으로 고개를 저었다.

"그래도 생각이 짧으셨네요. 헨리 경, 앞으로는 혼자 다니지 않으셨으면 합니다. 큰일날 수도 있습니다. 부츠 한 짝은 찾으셨습니까?"

"아뇨, 못 찾았습니다."

"그렇군요. 그것참 묘하네요. 아무튼 안녕히들 가십시오."

그는 열차가 승강장을 미끄러지듯 빠져나가기 시작하자 덧붙였다.

"헨리 경, 모티머 박사가 읽어주었던 섬뜩한 전설의 한 구절을 명심해서 악의 기운이 기승을 부리는 야심한 시각에는 황야 출입을 삼가세요."

벌어져가는 승강장을 돌아보니 큰 키의 홈스가 근엄해 보이는 자세로 꼼짝 않고 서서 우리를 쳐다보고 있었다.

열차는 빠르고 여행은 즐거웠다. 나는 두 명의 길동무와 좀더 친분을 쌓고 모티머 박사의 스패니얼과 놀며 시간을 보냈다. 몇 시간을 달리자 갈색이었던 창밖의 땅이 불그스름해지고 건물의 벽돌 재질도 화강암으로 바뀌었다. 파릇파릇한 잔디와 무성한 초목을 보니 비옥하고 습도가 높은 곳으로 접어들었다는 것을 알 수 있었다. 털이 붉은 소들이 높다란 울타리 안에서 풀을 뜯는 광경도 보였다. 헨리 경은 창밖을 열심히 내다보다 낯익은 데번의 풍경이 눈에 들어오자 환호성을 질렀다.

"데번을 떠난 뒤로 여기저기 참 많이 돌아다녔죠. 하지만 여기에 비할 곳은 없었습니다."

"제가 지금까지 만난 데번 출신들은 하나같이 고향에 대한 자부심이 대단하더군요."

내가 말했다.

"이 고장의 특징이기도 하지만 혈통 때문이기도 합니다. 헨리 경의 머리는 언뜻 봐도 켈트족 특유의 둥근 두상이고 그 안에 켈트족다운 열정과 강한 소속감을 가지고 있죠. 딱하게도 유명을 달리한 찰스 경은 게일족과 이베르니아족의 특징이 반씩 섞인 특이한 두상의 소유자였습니다. 경이 바스커빌 홀을 마지막으로 본 것은 어렸을 때였겠지요?"

모티머 박사가 물었다.

"아버지가 돌아가셨을 때 저는 십 대였습니다. 그때까지 데번의 남해안의 작은 시골집에 살았기 때문에 바스커빌 홀을 본 적이 없습니다. 아버지가 돌아가신 뒤에는 곧장 미국에 사는 친구에게 갔고요. 왓슨 박사님만큼이나 제게도 완전히 새로운 곳입니다. 빨리 황야를 보고 싶은 마음이 굴뚝같습니다."

"그렇습니까? 금세 소원성취하시겠네요. 저기 황야가 보이니까요."

모티머 박사가 차창 밖을 가리켰다.

파릇파릇한 풀밭과 야트막하게 곡선을 그리는 숲 너머로 우울한 잿빛 언덕의 울퉁불퉁한 꼭대기가 고개를 내밀었다. 멀리 있어서 희미하고 어렴풋하게 보이니 꿈속에 나오는 환상적인 풍경처럼 느껴졌다. 헨리 경은 그 풍경에 한참 동안 시선을 고정했다. 그의 가문이 오랫동안 지배하며 깊은 흔적을 남긴 이

기괴한 곳이 그에게 얼마나 큰 의미인지 열의에 찬 표정에서 느낄 수 있었다. 그는 트위드 정장을 입고 미국식 억양으로 말하며 평범한 열차의 객실에 앉아 있었지만, 표정이 풍부한 까무잡잡한 얼굴을 보면 화통한 성격을 물려받은 유서 깊은 가문의 콧대 높은 후손이라는 것을 어느 때보다 실감할 수 있었다. 두툼한 눈썹, 섬세한 코, 큼지막한 녹갈색 눈에는 자부심과 용기, 강인함이 깃들어 있었다. 으스스한 황야에서 어떤 지난하고 위험한 과제가 우리를 기다리고 있을지 몰라도 이 사람이라면 확신을 가지고 함께 모험을 할 만한 동지라고 느껴졌다.

열차가 도로변에 자리한 조그만 역사에 멈추어 서자 우리는 내렸다. 다리가 짧고 튼튼한 말 한 쌍이 모는 사륜마차가 야트막한 하얀색 울타리 너머에서 기다리고 있었다. 우리의 등장이 일대 사건인지 역장과 짐꾼들이 짐을 날라주기 위해 우리를 둘러쌌다. 아늑하고 소박한 시골 마을에 어울리지 않게 까만 제복을 입은 군인 같은 남자 둘이 짧은 소총을 짚고 문 옆에 서서 지나가는 우리를 예리한 눈빛으로 흘끗 쳐다보기도 했다. 얼굴이 쭈글쭈글하고 체구가 작은 마부가 무표정한 얼굴로 헨리 경에게 거수경례를 했다. 잠시 후에 우리는 마차를 타고 하얀색 대로를 쏜살같이 내달렸다. 대로 양쪽으로 목초지가 굽이쳤고, 빽빽한 수풀 사이로 오래된 박공집들이 고개를 내밀었다. 평화롭고 화창한 시골 풍경 뒤로 황야가 시커멓게 펼쳐졌다. 저녁 하늘을 배경으로 울퉁불퉁하고 음산한 언덕이 길고 음울한 황야의 굴곡을 툭툭 끊어내고 있었다.

마차가 옆길로 방향을 틀자 수백 년 동안 바퀴들이 지나다녀 깊게 파인 오르막길이 시작됐다. 양옆 둔덕은 흠뻑 젖은 이끼와 두툼한 고사리로 뒤덮여 있었는데 갈색으로 변해가는 고사리와 얼룩덜룩한 딸기나무들이 저물어가는 햇빛을 받아 반짝였다. 우리는 좁은 화강암 다리와 회색 바위 사이로 포말을 일으키며 흐르는 개울을 지나서 오르막길을 꾸준히 달렸다. 졸참나무와 전나무가 빽빽하게 들어선 계곡 사이로 도로와 개울이 굽이굽이 이어졌다. 모퉁이를 돌 때마다 헨리 경은 탄성을 지르며 주위를 열심히 둘러보고 수많은 질문을 던졌다. 그의 눈에는 모든 것이 아름다워 보였을지 몰라도, 나는 한 해가 저물어가는 흔적이 또렷하게 남은 시골 풍경에서 일말의 애수를 느꼈다. 우리가 지나가자 도로를 덮고 있던 노란 낙엽이 휘날렸다. 썩어가는 초목을 관통하자 덜커덩거리던 바퀴 소리가 잦아들었다. 이 모든 것들이 귀환하는 바스커빌 가문의 상속자를 태운 마차를 향해 자연이 던지는 애처로운 선물처럼 느껴졌다.

모티머 박사가 외쳤다.

"아니! 저게 뭐지?"

히스로 뒤덮인 가파른 언덕이 우리 앞에 불쑥 등장했다. 언덕 꼭대기에 험상궂은 표정을 짓고 있는 시커먼 얼굴의 기마병이 받침대 위에 놓인 기마상처럼 움직임 없이 서 있었다. 그는 소총을 팔뚝에 얹어 조준한 자세로 우리가 지나가는 길을 지켜보고 있었다.

"이게 무슨 일인가, 퍼킨스?"

모티머 박사가 물었다.

마부가 앉은 자리에서 고개만 돌렸다.

"프린스타운에서 죄수 하나가 탈옥을 했대요. 오늘로 삼 일짼데 보초병들이 모든 길목과 역사를 지키고 있지만 코빼기도 보이질 않는답니다. 근처에 사는 농부들이 못마땅해하고 있습죠."

"농부들은 제보를 하면 오 파운드의 포상금을 받지 않나?"

"맞습니다. 그렇지만 목이 날아갈 위험에 비하면 오 파운드는 푼돈입죠. 평범한 죄수가 아니라 무슨 짓을 저지를지 모르는 흉악범이라고 하던데요."

"어떤 자이기에?"

"노팅힐 살인자로 유명한 셀든입니다."

그 사건이라면 나도 기억하고 있었다. 워낙 잔인하고 흉악해서 홈스도 큰 관심을 보인 사건이었다. 범인이 사형을 면할 수 있었던 것도 범행 수법이 대단히 극악무도해 정신 상태가 온전

하지 않다는 판결로 감형되었기 때문이었다. 마차가 언덕 정상에 다다르자 울퉁불퉁하고 험준한 돌무덤과 바위산이 점점이 자리한 광활한 황야가 눈앞에 펼쳐졌다. 황야에서 불어오는 차가운 바람에 몸서리가 쳐졌다. 황량한 평원 어딘가에 악마 같은 탈옥수가 자기를 내쫓은 세상을 향한 원한을 가득 품고 야수처럼 굴속에 숨어 있을 것이다. 이로써 황량한 황야, 살을 에는 바람, 점점 어두워져가는 하늘로 이루어진 음산한 이미지가 완성됐다. 헨리 경마저 아무 말 없이 외투만 단단히 여밀 따름이었다.

우리가 떠나온 비옥한 땅이 저 아래에 있었다. 주변을 돌아보니 저물어가는 태양이 시냇물을 금빛 실타래로 물들이고 쟁기로 갈아엎은 붉은 흙과 이리저리 엉킨 널따란 숲에서 이글거렸다. 우리 앞의 도로는 거대한 바위가 흩뿌려진 적갈색과 황록색 비탈을 지나며 점점 황량하고 거칠어졌다. 황야에는 돌로 된 벽 위에 돌 지붕을 얹은 오두막집이 가끔 보였다. 그 집들에는 을씨년스러운 외관을 가려줄 덩굴식물 하나 없었다. 황야 가운데에 움푹 꺼진 부분이 보였다. 사나운 폭풍 때문에 제대로 자라지 못해 뒤틀리고 굽은 참나무와 전나무 들이 구덩이에서 자라고 있다. 나무 사이로 높고 가는 탑 두 개가 우뚝 솟아 있었다. 마부가 채찍으로 그쪽을 가리켰다.

"바스커빌 홀입니다."

집주인이 자리에서 일어나 상기된 얼굴과 반짝이는 눈으로 저택을 쳐다보았다. 몇 분 뒤에 우리는 입구에 다다랐다. 연철 대문은 환상적인 미로 문양으로 장식되어 있었고, 비바람에 쓸리고 이끼로 듬성듬성 뒤덮인 대문 양옆의 기둥 위에는 바스커빌 가문의 상징인 수퇘지 머리가 있었다. 시커먼 화강암으로 지은 별채는 서까래가 다 드러나서 흉물스러웠다. 맞은편의 짓다 만 건물은 찰스 경이 남아공의 금으로 맺은 첫 번째 결실이었다.

입구를 지나 널따란 진입로로 들어서자 쌓인 낙엽에 바퀴가 묻혀 바퀴 소리가 잠잠해졌다. 고목이 드리운 가지들이 컴컴한 터널을 만들어 머리 위를 덮었다. 헨리 경은 유령처럼 어른거리는 저택으로 이어진 길고 어둑어둑한 진입로를 앞에 두고 몸을 부르르 떨었다.

"여기였나요?"

그가 나지막이 물었다.

"아뇨, 주목 나무 오솔길은 반대편입니다."

젊은 상속자는 우울한 표정으로 주변을 둘러보았다.

"이런 곳에 사셨으니 백부님이 큰일이 닥칠 것처럼 두려워하셨을 법도 하네요. 누구라도 겁이 나겠어요. 육 개월 안으로 여기에 전등을 줄줄이 설치해야겠습니다. 현관문 앞에 아주 밝은 스완 전구와 에디슨 전구를 달면 다시는 그런 두려움을 못 느끼겠죠."

진입로가 끝나자 넓은 잔디밭이 펼쳐지며 저택이 앞에 나타났다. 육중한 본채와 현관이 저물어가는 햇빛 속에 드러났다. 건물의 앞면 전체가 담쟁이덩굴로 덮였고, 가문을 상징하는 문장이나 창문 들이 듬성듬성 잘린 덩굴 사이에서 고개를 내밀고 있었다. 총안을 비롯해 여기저기 구멍이 뚫려 있는 오랜 역사의 쌍둥이 탑이 본채의 좌우에 위치했다. 탑의 좌우에는 좀더 현대적인 검은색 화강암으로 만든 부속 건물이 달려 있었다. 저택의 창문에서 희미한 불빛이 새어 나왔고 경사가 가파른 지붕에 달린 높은 굴뚝에서 까만 연기가 한줄기 피어올랐다.

"어서오세요, 헨리 경! 바스커빌 홀에 오신 것을 환영합니다!"

훤칠한 남자가 어두컴컴한 현관에서 걸어 나와 마차 문을 열어주었다. 현관의 누런 불빛을 등지고 서 있던 여자도 따라 나와 짐을 내리는 남자를 거들었다.

"저는 이 길로 곧장 집에 가야겠습니다, 헨리 경. 아내가 기다리고 있어서요."

모티머 박사가 말했다.

"아니, 같이 저녁도 안 드시고요?"

"네, 가야 합니다. 처리해야 할 일도 있을 테고요. 저택 구경을 시켜드리면 좋겠지만 저보다 배리모어가 잘하겠죠. 안녕히 계십시오. 제 도움이 필요하시면 언제든 주저 말고 연락 주세요."

마차가 멀리 사라지자 헨리 경과 나는 건물 안으로 발걸음을 옮겼다. 쿵 하는 묵직한 소리와 함께 우리 뒤에서 현관문이 닫혔다. 세월의 때를 입은 두꺼운 참나무 들보들이 묵직하게 천장을 떠받치는 훌륭한 저택이었다. 큼지막하고 고풍스러운 벽난로의 높다란 쇠살대 뒤에서 장작이 탁탁 타는 소리가 났다. 헨리 경과 나는 먼길을 달려오느라 곱은 손을 벽난로에 갖다 댔다. 그런 다음 스테인드글라스가 끼워진 높고 좁은 오래된 유리창, 참나무 벽널, 박제된 수사슴의 머리, 벽을 장식하는 가문의 문장을 둘러보았다. 중앙에 달린 등불이 은은해서 하나같이 흐릿하고 어두침침하게 보였다.

"상상했던 그대로네요. 대대로 이어져 내려온 오래된 저택은 다 이렇지 않나요? 우리 집안사람들이 오백 년 동안 이 집에서 살았다는 것 아닙니까! 그런 생각을 하니 숙연해집니다."

헨리 경이 말했다.

주위를 둘러보는 그의 까무잡잡한 얼굴이 어린애 같은 열정으로 환하게 빛났다. 불빛은 헨리 경이 서 있는 자리를 비추었지만 기다란 그림자들이 벽을 타고 움직여서 그를 까맣게 덮었다. 배리모어가 짐을 각자의 침실로 옮기고 돌아와서 훈련이 잘 된 하인답게 조용히 앞에 와서 섰다. 그는 네모반듯하게 다듬은 까만 수염과 하얀 피부에 기품 있는 이목구비가 특징인 훤칠한 미남이었다.

“바로 저녁을 준비할까요?”

“벌써 준비가 되었소?”

“몇 분이면 됩니다. 방에 뜨거운 물을 가져다 놓았습니다. 아내와 저는 헨리 경께서 이 집에 거주할 준비를 마치실 때까지 기쁜 마음으로 모시겠습니다만, 이후에는 상황에 변화가 생긴 만큼 일손이 많이 필요할 겁니다.”

“상황에 변화가 생기다니?”

“찰스 경께서는 조용히 지내셨기 때문에 저희가 부족함 없이 모실 수 있었습니다. 하지만 헨리 경께서는 많은 사람들과 어울리고 싶으실 테니 하인을 더 두셔야겠죠.”

“부인과 함께 이곳을 떠나고 싶다는 거요?”

“저희가 없어도 괜찮겠다 싶으실 때 그리하겠습니다.”

“당신네 가족은 몇 세대 동안 이 집을 위해 일하지 않았소. 오래된 가문의 전통을 끊으면서 이곳 생활을 시작하고 싶지는 않은데.”

집사의 하얀 얼굴 위로 알 수 없는 표정이 언뜻 지나갔다.

"저와 제 아내도 그렇습니다. 솔직히 말씀드리자면 저희 둘 다 찰스 경을 많이 존경했던 터라 그분이 돌아가셨을 때 충격을 받아 이곳에서 지내기가 무척 괴롭습니다. 이제 바스커빌 홀에서는 마음 편하게 지낼 수가 없을 것 같습니다."

"그러면 무슨 일을 할 작정이오?"

"둘이서 어떤 일이든 시작할 수 있을 겁니다. 고마우신 찰스 경 덕분에 밑천이 생겼으니까요. 이제 두 분을 방으로 안내해드리겠습니다."

좌우로 나 있는 두 계단 중 하나를 올라가자 난간이 달린 정사각형 모양의 홀이 나왔다. 저택의 중앙인 이 홀에서 건물의 양쪽 끝까지 방문이 줄줄이 달린 기다란 복도가 이어졌다. 내 방은 헨리 경의 방과 가까워서 옆방이나 다름없었다. 부속 건물의 방들은 저택의 본채보다 훨씬 현대적인 분위기였고, 밝은색 벽지와 수많은 촛불 덕분에 집에 들어왔을 때 받았던 음울한 인상을 지울 수 있었다.

하지만 홀에 연결된 식당은 어두컴컴하고 우중충했다. 가족들이 식사를 하는 식탁은 바닥에서 한 단 높은 곳에 있었고 하인들이 식사를 하는 식탁은 낮은 바닥에 있는 구조였다. 한쪽 끝에는 악단이 공연을 할 수 있는 발코니가 식당을 내려다보는 위치에 있었다. 검은 기둥들이 연기로 시커메진 천장을 받치고 있었다. 줄줄이 달린 횃불이 너울대며 천장을 비추었다. 예전처럼 다채롭고 유쾌한 연회가 펼쳐지고 있었다면 이 차분한 분위기의 식당은 연회의 흥분을 완화해주었을 수도 있겠지만, 까만 옷을 입은 두 남자가 식탁 위의 갓이 달린 등잔이 만든 조그만 빛의 동그라미 안에 앉아 있으니 절로 목소리를 낮추게 되고 기분도 가라앉았다. 엘리자베스 시대의 기사에서부터 섭정 시대의 멋쟁이에 이르기까지 각양각색으로 차려입은 조상들이 우리를 내려다보며 말없이 압박했다. 우리는 거의 대화를 나누지 않았다. 식사를 마치고 현대식으로 꾸민 당구실로 물러나 담배를 피울 수 있게 되었을 때 나는 얼마나 기뻤는지 모른다.

헨리 경도 마찬가지 기분이었는지 이렇게 말했다.

"맙소사, 생기 넘치는 장소는 아니네요. 분위기야 바뀌나갈 수 있겠지만 당장은 적응이 안 됩니다. 이런 집에서 혼자 사셨으니 백부님께서 예민해지셨을 만도 합니다. 괜찮으시면 오늘은 하루를 일찍 마감하는 게 어떻겠습니까? 날이 밝으면 분위기가 밝아질 수도 있겠죠."

나는 잠자리에 들기 전에 커튼을 젖히고 창밖을 내다보았다. 현관 앞에 펼쳐진 잔디밭이 보였다. 그 너머에서 잡목림이 거세지는 바람에 신음 소리를 내며 몸을 흔들고 있었다. 짙어져가는 구름 사이로 반달이 고개를 내밀었다. 잡목림 너머로 울퉁불퉁한 바위 능선과 야트막하게 굽이굽이 이어지는 우울한 황야가 차가운 달빛 아래로 보였다. 나는 오늘의 마지막 풍경이 끝까지 잊히지 않을 듯한 예감을 느끼며 커튼을 다시 쳤다.

하지만 마지막이 아니었다. 피곤했지만 아무리 뒤척여도 잠이 오지 않았다. 멀리서 십오 분마다 한 번씩 들리는 시계 종소리 외에는 죽음과도 같은 정적이 집을 감쌌다. 그러다 밤이 깊었을 무렵 다른 소리로 오해할 여지가 없는 소리가 낭랑하고 또렷하게 귓전을 때렸다. 여자가 가눌 수 없는 슬픔에 숨을 죽이고 흐느껴 우는 소리였다. 나는 일어나 앉아서 귀를 기울였다. 분명 집안에서 나는 소리였다. 그 후로 삼십 분 동안 정신을 바짝 차리고 기다렸지만 시계 종소리와 벽을 뒤덮은 담쟁이덩굴이 바스락거리는 소리 말고는 아무 소리도 들리지 않았다.

메리피트 하우스의 스테이플턴 남매

7.

새날이 화창하게 밝아오자 바스커빌 홀에 발을 들였을 때 느꼈던 암울하고 칙칙한 첫인상은 어느 정도 가셨다. 헨리 경과 내가 아침 식탁에 앉았을 무렵에는 높다란 창문 사이로 쏟아져 들어온 햇빛이 가문의 문장을 통과하면서 무지갯빛을 토해냈다. 까만 벽널은 황금빛 햇살을 받아 구릿빛으로 반짝였다. 지난 저녁 우리 영혼에 어두운 그림자를 드리웠던 곳이라니 믿기지가 않았다.

"집이 아니라 우리가 문제였던 모양입니다! 먼길을 오느라 피곤하고 추워서 우울해졌었나 봐요. 기운을 차렸더니 모든 게 활기차게 느껴지네요."

헨리 경이 말했다.

"전부 다 기분 탓만은 아닌 것 같습니다. 어젯밤에 흐느껴 우는 소리 못 들으셨나요? 여자 울음소리 같았습니다만."

"희한하네요. 저도 반쯤 잠들었을 때 비슷한 소리를 듣긴 했습니다. 한참 동안 귀를 기울여도 더이상 들리지 않기에 꿈을 꿨나 보다고 생각했죠."

"저는 똑똑히 들었습니다. 분명 여자가 흐느껴 우는 소리였어요."

"어찌된 영문인지 당장 물어봐야겠습니다."

그는 종을 울려서 배리모어를 불러 자초지종을 물었다. 주인의 이야기를 듣는 동안 집사의 하얀 얼굴이 한층 더 창백하게 질렸다.

"이 집에는 여자가 두 명뿐입니다, 헨리 경. 한 명은 부엌일을 하는 하녀고 반대쪽 부속 건물에 살고 있습니다. 다른 한 명은 제 아내인데, 아내가 낸 소리는 아니었다고 분명히 말씀드릴 수 있습니다."

그 말은 거짓말이었다. 나는 아침 식사를 마치고 햇살이 환하게 비치는 긴 복도를 지나다 우연히 배리모어 부인과 마주쳤다. 체구가 크고 무표정하며 이목구비가 큼지막한 그녀는 입은 굳게 다물고 있었지만 퉁퉁 부은데다 빨갛게 충혈된 눈을 숨길 수가 없었다. 한밤중에 흐느껴 운 사람은 부인이 맞았고, 부인이 그랬다면 남편이 모를 수가 없었다. 그런데도 그는 거짓말이 들통날 위험을 무릅써가며 아니라고 잡아뗐다. 왜 그랬을까? 그녀는 왜 서럽게 울었을까? 하얀 피부에 용모가 준수하며 까만 수염을 기른 배리모어는 처음부터 비밀스럽고 음울한 분위기를 풍겼다. 찰스 경의 시신을 맨 처음 발견한 사람도 그였고 경의 죽음을 둘러싼 정황도 오로지 그의 증언을 통해서 들었다. 리젠트 스트리트에서 마차에 타고 있었던 사람이 배리모어였을까? 수염도 비슷해 보였다. 마부는 손님의 키가 작은 편이라고 했지만 인상착의는 헷갈리기 십상이다. 어떻게 하면 진상을 확인할 수 있을까? 제일 먼저 할 일은 그림펀 우체국을 찾아가서 확인차 보낸 전보가 배리모어의 손에 제대로 전달됐는지 알아내는 것이었다. 어떤 답변을 듣건 간에 셜록 홈스에게 보고할 거리를 건질 수 있었다.

헨리 경은 아침 식사를 마친 뒤에 검토해야 할 서류가 산더미 같았기 때문에 나 혼자 외출하기에 좋은 기회였다. 황야 가장자리를 따라서 오륙 킬로미터쯤 즐겁게 걷자 마침내 칙칙한 분위기의 작은 마을이 등장했다. 마을에서 가장 큰 건물 두 개가 알고 보니 여인숙과 모티머 박사의 집이었다. 식료품 가게 주인을 겸하는 우체국장은 전보를 또렷하게 기억하고 있었다.

"암요. 적힌 대로 배리모어 씨에게 전보를 전달했죠."

"누가 배달했습니까?"

"여기 내 아들 녀석이요. 제임스, 지난주에 네가 바스커빌 홀의 배리모어 씨에게 전보를 배달했지?"

"네, 아버지. 제가 배달했어요."

"그에게 직접 전달한 게냐?"

내가 물었다.

"음, 그때 다락방에 계시다고 해서 직접 전하지는 못하고 배리모어 아주머니에게 드렸더니 곧바로 전하겠다고 하셨어요."

"배리모어 씨를 보았니?"

"아뇨. 다락방에 계셨다니까요."

"보지도 못했다면서 배리모어 씨가 다락방에 있는 건 어찌 알았니?"

"그야 부인한테 들었으니 알죠. 전보를 못 받았답니까? 문제가 있다면 배리모어 씨 탓입니다."

우체국장이 퉁명스레 말했다.

더이상 캐물어봐야 소용없는 일이었다. 홈스의 확인 전보에도 불구하고 배리모어가 줄곧 바스커빌 홀을 지켰다고 장담할 수 없게 된 것만큼은 분명했다. 만약 그가 런던에 있었다면……. 찰스 경을 마지막으로 본 자와, 새로운 상속자가 영국에 오자마자 미행하러 나선 자가 동일 인물이라면? 배후에서 그를 조종하는 인물이 있을까, 아니면 단독으로 꾸민 음흉한 계략일까? 바스커빌 가문을 괴롭혀서 그가 얻는 이익이 무엇일까? 《타임스》의 사설을 오려서 만든 이상한 경고문이 생각났다. 그의 작품이었을까, 아니면 그의 계략을 막기 위해 나선 인물이 보낸 것이었을까? 동기라고 할 만한 게 있다면 헨리 경이 말했던 것처럼 바스커빌 가문의 사람들이 모두 겁을 먹고 줄행랑을 놓으면 배리모어 부부가 쫓겨날 걱정 없이 바스커빌 홀에서 편안하게 지낼 수 있다는 것뿐이었다. 하지만 보이지 않게 헨리 경을 옥죄고 있는 은밀하고 교묘한 음모에 대한 설명으로는 턱없이 부족했다. 홈스도 지금까지 충격적인 사건을 수없이 수사했지만 이렇게 복잡한 사건은 처음이라고 하지 않았던가. 나는 인적 없는 회색 길을 되짚어 걸어가며 친구가 하던 일을 마치고 얼른 와서 내 어깨에 얹힌 무거운 짐을 가져가주길 기도했다.

이때 누가 뒤에서 달려오며 내 이름을 불렀다. 나는 상념에서 깨어났다. 모티머 박사이겠거니 하고 고개를 돌렸는데 뜻밖에도 모르는 사람이 쫓아오고 있었다. 키가 작고 호리호리하며 단정하게 수염을 깎았고 금발머리에 턱이 좁은 남자였다. 서른에서 마흔 사이로 보이는 그는 회색 양복을 입고 밀짚모자를 쓰고 있었다. 표본을 채집하는 양철 상자를 어깨에 메고 한손에 초록색 잠자리채를 들었다.

"저를 예의가 없다고 나무라지 마십시오, 왓슨 박사님. 여기 황야에서는 다들 가족처럼 지내서 정식으로 소개받을 때까지 기다리질 않거든요. 모티머를 아시죠? 박사에게 제 이름을 들으셨을지 모르겠습니다. 저는 메리피트 하우스에 사는 스테이플턴이라고 합니다."

남자가 숨을 헐떡이며 다가왔다.

"잠자리채와 상자를 보고 그런가 보다 했습니다. 스테이플턴 씨가 동식물을 연구한다는 얘기를 들었거든요. 선생께서는 무슨 수로 저를 알아보셨습니까?"

"제가 마침 모티머의 병원에 있었습니다. 왓슨 박사님이 지나가는 것을 진찰실 창밖으로 그 친구가 보고 알려주더군요. 마침 가는 길도 같고 하니 박사님을 따라가서 제 소개를 할까 생각했지요. 같이 오신 헨리 경은 먼길 오느라 힘들지 않으셨나 모르겠네요."

"경은 괜찮습니다. 감사합니다."

"찰스 경이 안타까운 죽음을 맞이한 뒤에 새로 오실 분이 여기서 살지 않겠다고 하면 어쩌나 저희 모두 걱정을 했습니다. 아쉬울 것 없는 분에게 이런 데 와서 조용히 살아달라는 건 무리한 부탁이겠죠. 제가 굳이 말씀드리지 않아도 아시겠지만 그런 분이 계시면 이런 시골에 얼마나 많은 도움이 되는지 몰라요. 헨리 경은 미신을 두려워하거나 그러지는 않으시겠죠?"

"그런 것 같지는 않습니다."

"가문을 괴롭히는 지옥의 사냥개 이야기는 박사님도 아십니까?"

"들었습니다."

"여기 농부들은 얼마나 남의 말에 잘 휩쓸리는지 모릅니다! 전부 황야에서 그런 괴물을 봤다고 맹세하고도 남을걸요."

그는 웃는 얼굴로 이야기했지만, 눈빛을 보건대 사실은 이 문제를 심각하게 생각하고 있음을 알 수 있었다.

"저는 그 이야기가 찰스 경의 뇌리에 박혔고, 경의 끔찍한 죽음에도 어느 정도 영향을 주었을 거라고 생각합니다."

"어떤 식으로요?"

"신경이 곤두서 있어서 지나가는 개만 봐도 약해진 심장에 치명타가 됐을 수 있어요. 경이 그날 밤에 주목 나무 오솔길에서 사냥개 비슷한 무언가를 정말로 목격하지 않았을까요? 저는 경을 좋아했고 그분의 심장이 약하다는 걸 알고 있었기 때문에 끔찍한 참사가 벌어지지 않을까 전부터 걱정을 했습니다."

"심장이 약하다는 것은 어찌 아셨습니까?"

"모티머 그 친구한테 들었습니다."

"어떤 개가 쫓아와서 찰스 경이 공포에 질려 사망했다고 생각하십니까?"

"그보다 더 그럴듯하게 설명할 방법이 있겠습니까?"

"저는 아직 아무 결론도 내리지 않았습니다."

"셜록 홈스 씨는요?"

나는 순간 숨이 막혔다. 무덤덤한 표정과 흔들림 없는 눈빛으로 보건대 그가 충격을 주려고 한 말은 아니었다.

"왓슨 박사님의 정체를 모르는 척한들 무슨 소용 있겠습니까. 박사님의 친구분이 거둔 성과는 여기까지 익히 알려져 있고, 친구분을 찬양하는 박사님의 정체도 노출이 된걸요. 모티머는 저에게 박사님의 성함을 알려주면서 홈스 씨의 친구분이 아니라고 잡아떼지 못하더군요. 박사님이 여기 계시다면 셜록 홈스 씨도 이 사건에 관심이 있다는 뜻일 테니 그분의 생각이 당연히 궁금하지 않겠습니까?"

"죄송하지만 그 질문에는 대답해드릴 수가 없네요."

"그럼 홈스 씨께서 여기까지 친히 왕림해주실지는 여쭈어봐도 될까요?"

"지금 당장은 런던을 떠날 수가 없다고 합니다. 다른 사건들로 발이 묶여 있어서요."

"이렇게 안타까울 수가! 무지몽매한 저희를 깨우쳐주시면 좋으련만. 조사를 하다 도움이 필요하시면 말씀만 하시죠. 어떤 점이 의심스러운지, 어떤 식으로 사건을 수사할 작정인지 살짝 귀띔해주시면 지금 당장이라도 도움이나 조언을 드릴 수 있습니다."

"헨리 경의 집을 방문하는 것이 이번 여행의 목적이라 그런 도움은 전혀 필요 없습니다."

"훌륭하십니다! 당연히 경계하고 신중하게 접근하셔야죠. 주제넘게 간섭하다니 책망을 들어도 쌉니다. 앞으로 다시는 사건에 대해서 언급하지 않겠습니다."

스테이플턴이 말했다.

우리는 풀로 덮인 좁은 갈림길이 시작되는 지점에 도착했다. 황야로 이어지는 구불거리는 갈림길이었다. 왕년에 화강암 채석장이었던 가파른 바위 언덕이 오른쪽에 등장했다. 우리 앞의 시커먼 벼랑 틈새에서 고사리와 딸기나무 들이 자라고 있었다. 머나먼 언덕 기슭에서 잿빛 연기 기둥이 피어올랐다.

"이 길을 따라서 조금만 걸으면 메리피트 하우스가 나옵니다. 한 시간만 시간을 내주시면 박사님을 제 여동생에게 소개하고 싶은데요."

나는 이 말을 듣고 헨리 경을 지키고 있어야 한다는 생각이 퍼뜩 들었다. 하지만 그의 서재 책상에 쌓여 있던 서류와 청구서 들이 떠올랐다. 그건 내가 도울 수 있는 부분이 아니었다. 그리고 홈스도 황야의 이웃들을 조사해야 한다고 분명히 말하지 않았던가. 나는 스테이플턴의 초대를 받아들였다. 우리는 같이 길을 걸었다.

그가 굽이치는 구릉과 넘실거리는 넓은 초원, 여기저기서 불쑥 고개를 내민 삐죽빼죽한 화강암 언덕을 둘러보며 말했다.

"황야는 참 근사한 곳이죠. 황야에서는 지루할 일이 없습니다. 이곳에 얼마나 놀라운 비밀들이 숨겨져 있는지 아무도 모를 겁니다. 워낙 넓고 황량하고 신비로우니까."

"황야를 잘 아시는 모양입니다."

"내려온 지 이 년밖에 안 됐습니다. 토박이들이 보기에는 풋내기죠. 저희는 찰스 경이 정착한 직후에 내려왔어요. 하지만 취미 삼아 황야 곳곳을 누비고 다닌 저보다 이 일대의 지형을 잘 아는 사람은 별로 없을 겁니다."

"지형을 파악하기가 어려운가요?"

"아주 어렵죠. 예를 들어 희한하게 생긴 언덕들이 삐죽빼죽 솟아 있는 북쪽의 저기 저 넓은 평야만 해도 그래요. 어때 보입니까?"

"말을 타고 질주하기에 좋겠는데요."

"그렇게 생각할 만하죠. 이곳에서도 그렇게 생각했다가 목숨을 잃은 사람이 있습니다. 저기 푸른 얼룩이 군데군데 땅을 빽

빽빽하게 덮고 있는 지대가 보이십니까?"

"네, 다른 곳에 비해 비옥해 보이네요."

스테이플턴은 웃음을 터뜨렸다.

"거기가 그림펀 늪지입니다. 잘못 발을 디뎠다가는 사람이고 동물이고 살아서 나갈 수가 없어요. 어제도 제가 보는 앞에서 야생 조랑말 한 마리가 늪으로 어슬렁어슬렁 들어갔습니다. 그리고 빠져나오지 못했죠. 한참 동안 늪 밖으로 고개를 내밀고 있었지만 결국에는 빨려 들어갔어요. 건조한 계절에도 건너기 위험한데 요즘처럼 가을비가 내린 뒤에는 더욱 끔찍하지요. 하지만 저는 늪지 한복판까지 갔다가 무사히 돌아올 수 있습니다. 아이구, 가엾은 조랑말 한 마리가 또 들어갔군요!"

갈색의 무언가가 초록색 사초 사이에서 이리저리 발버둥을 치고 있었다. 녀석이 몸부림치며 목을 길게 치켜들자 끔찍한 울음소리가 황야에 메아리쳤다. 나는 그 광경을 보고 공포로 얼어붙었지만 동행은 나보다 강심장이었다.

"사라졌네요! 늪지가 녀석을 삼켰군요. 이틀 만에 두 마리째인데 앞으로 더 늘어나겠죠. 날이 가물 때는 아무렇지도 않게 다니다 늪에 발목이 잡히면 그제야 뭔가 다르다는 걸 알아차리니까요. 그림펀 늪지는 참 고약한 곳이죠."

"선생은 마음대로 다닐 수 있다고요?"

"네, 몸놀림이 빠른 사람이라면 다닐 수 있는 길이 있어요. 제가 발견했습니다."

"왜 그렇게 끔찍한 곳에 발을 들여놓으시는 겁니까?"

"저기 저 언덕들 보이시죠? 늪지가 몇 년에 걸쳐서 언덕을 슬금슬금 에워싸는 바람에 사방이 막혀서 사실상 섬이 됐습니다. 저런 곳에 희귀 식물과 나비 들이 있죠. 갈 방법을 알아내는 게 문제지만요."

"저도 나중에 한번 가봐야겠네요."

그는 놀란 얼굴로 나를 쳐다보았다.

"맙소사, 그런 생각은 하지도 마십시오. 제가 살인을 저지른 셈이 됩니다. 미리 말씀드리지만 박사님이 살아서 돌아올 가능성은 전혀 없어요. 저는 복잡한 지형지물을 외우고 있기 때문에 건널 수 있는 겁니다."

그때 내가 외쳤다.

"아니, 저건 무슨 소리죠?"

말로 표현할 수 없을 만큼 구슬픈, 길고 나지막한 신음 소리가 황야를 휩쓸고 지나갔다. 온 사방이 그 소리로 가득했지만 어디에서 나는지는 알 수 없었다. 처음에는 웅얼거리는 희미한 소리처럼 들리더니 굵은 울부짖음으로 커졌다가 다시 애수에 젖어서 떨리는 중얼거림으로 잦아들었다. 스테이플턴은 호기심에 찬 얼굴로 나를 쳐다보았다.

"황야가 이렇게 이상야릇한 곳입니다."

"이게 도대체 무슨 소립니까?"

"농부들 말로는 바스커빌 가문의 사냥개가 먹잇감을 찾는 소리라고 합니다. 저도 한두 번 들어봤는데, 이렇게 크게 들린 적은 처음이네요."

나는 서늘한 공포를 달래며 초록색 잡풀로 군데군데 얼룩져 보이는 굽이치는 넓은 평원을 둘러보았다. 우리 뒤편 바위산에서 시끄럽게 울어대는 까마귀 한 쌍 말고는 광활한 황야에서 개미 한 마리 움직이지 않았다.

"선생처럼 알 만큼 아는 분이 그런 소리를 믿으시는 건 아니겠죠? 도대체 어디서 이런 이상한 소리가 나는 걸까요?"

"늪지에서 가끔 희한한 소리가 날 때도 있습니다. 진흙이 가라앉거나 물이 차오르거나 하면서요."

"아뇨, 아닙니다, 살아 있는 생명체가 내는 소리였어요."

"음, 그럴 수도 있을 겁니다. 알락해오라기의 울음소리를 들어본 적 있습니까?"

"아뇨, 없습니다."

"영국에서는 거의 볼 수 없죠. 사실상 멸종된 새이긴 하지만 황야에서는 뭐든 가능하답니다. 방금 전에 들은 소리가 마지막

남은 알락해오라기의 울음소리로 밝혀지더라도 저는 놀라지 않을 겁니다."

"제 평생 그렇게 섬뜩하고 희한한 소리는 처음입니다."

"네, 황야는 정말 묘한 곳이니까요. 저 언덕 비탈을 보세요. 뭐가 보입니까?"

바위를 쌓아 만든 고리 모양의 회색 조형물 스무 개가량이 가파른 비탈을 뒤덮고 있었다.

"저게 뭐죠? 양을 가두어두는 우리인가요?"

"아뇨, 위대한 우리 선조들이 살던 집이에요. 선사시대에는 황야의 인구밀도가 높았는데 그들이 떠난 후로 아무도 여기에 살지 않아서 선조들의 주거지가 고스란히 보존되었죠. 원형 오두막인데 지붕만 사라졌습니다. 들어가보면 불자리와 잠자리까지 남아 있답니다."

"저 정도면 촌락이라고 할 수 있겠습니다. 사람들이 언제 살았던 겁니까?"

"신석기시대요. 정확한 연대는 알 수 없습니다."

"저기서 뭘 했을까요?"

"언덕에 가축을 풀어서 풀을 뜯게 하고 돌도끼가 청동 검으로 대체되기 시작하니 땅을 파서 주석을 찾았겠죠. 반대편 언덕의 커다란 도랑을 보세요. 우리 선조가 남긴 흔적이에요. 알고 보면 황야에는 흥미로운 부분들이 많답니다, 왓슨 박사님. 아, 잠시만요. 저건 분명 팔랑나비과의 나비인데."

조그만 나비인지 나방이 펄럭거리며 우리 앞을 지나가자 스테이플턴은 엄청난 기세와 속도로 달려갔다. 낭패스럽게도 녀석은 늪지 방향으로 직행했지만, 나의 동행은 잠시도 머뭇거리지 않고 초록색 잠자리채를 흔들며 이 잡초 더미에서 저 잡초 더미로 깡충깡충 뛰어가며 뒤를 쫓았다. 회색 옷을 입고 지그재그로 이리 폴짝 저리 폴짝 뛰어다니는 그의 모습이 거대한 나방 비슷하게 보였다. 남다른 움직임에 감탄하는 한편으로 저러다 위험한 늪지에 빠지면 어쩌나 걱정하며 지켜보았다. 그러다 발소리가 들리기에 고개를 돌려보니 옆길에서 이쪽으로 걸어오는 여자가 보였다. 메리피트 하우스의 위치를 가늠케 하는, 연기가 피어오르는 장소에서 걸어왔는데 그쪽 땅이 살짝 꺼져 있다 보니 바로 옆에 다다를 때까지 보이지 않았던 것이다.

황야에 사는 숙녀가 많지는 않을 테니 조금 전에 이야기를 들은 스테이플턴 양이 분명했다. 그녀가 미인이라고 들은 기억이 났다. 내 쪽으로 걸어오는 여자는 보기 드문 미인이었다. 오빠와 여동생이 그렇게 다를 수가 없었다. 스테이플턴은 피부가 까맣지도 하얗지도 않고 금발에 회색 눈인데 여동생은 내가 영국에서 보았던 그 어떤 여자보다 머리카락이 까맣고 우아하며 날

씬하고 키가 컸다. 선이 고운 얼굴에서 당당함이 묻어났고, 이목구비의 균형이 어찌나 완벽하게 잡혀 있는지 섬세한 입술과 아름답게 반짝이는 까만색 눈동자가 없었더라면 자칫 냉정해 보일 정도였다. 입고 있는 우아한 원피스까지 흠잡을 데 없는 그녀의 모습은 황야의 인적 없는 길에 등장한 기묘한 존재였다. 내가 고개를 돌렸을 때 그녀는 오빠를 쳐다보고 있다가 내 쪽으로 서둘러 다가왔다. 모자를 들어서 인사하고 자기소개를 하려던 찰나, 그녀의 말을 듣고 깜짝 놀랐다.

"돌아가세요! 당장 런던으로 돌아가세요."

나는 놀라서 멀뚱멀뚱 그녀를 쳐다보았다. 그녀는 이글거리는 눈으로 나를 노려보며 초조한 듯 발끝으로 땅을 두드렸다.

"왜 제가 돌아가야 하는지요?"

"이유는 말씀드릴 수 없어요. 제발 제 말대로 하세요. 돌아가서 다시는 황야에 발을 들이지 마세요."

그녀는 어눌한 발음으로 열띠게 속삭였다.

"이곳에 온 지 얼마 되지도 않았는데요."

"이런, 이런! 당신을 생각해서 경고하는 건데 모르시겠어요? 런던으로 돌아가세요! 오늘 저녁에 당장! 무슨 일이 있어도 이 근처에는 얼씬하지 마세요! 쉿, 오빠가 오네요! 제가 한 말은 한 마디도 입 밖에 내지 마세요. 저기 쇠뜨기말 사이에 핀 난초 하나만 꺾어다 주실래요? 황야에서는 발에 밟히는 게 난초죠. 더 일찍 오셨으면 아름다운 풍경을 보셨을 텐데 놓치셨네요."

스테이플턴은 추격을 포기하고 벌겋게 달아오른 얼굴로 숨을 헐떡이며 우리 곁으로 돌아왔다.

"아, 베릴!"

그가 알은체했지만 다정한 말투가 아니었다.

"안녕, 오빠, 얼굴이 시뻘거네?"

"응, 팔랑나비를 쫓고 있었거든. 늦가을에는 거의 볼 수 없는 희귀한 녀석이라. 아쉽게 놓쳤어!"

그는 무심한 투로 이야기했지만 조그만 눈으로 자기 동생과 나를 계속 번갈아가며 흘끗거렸다.

"서로 인사를 한 모양이네?"

"응, 헨리 경한테 늦게 오셔서 황야의 진정한 아름다움을 놓쳤다고 말씀드리던 중이었어."

"뭐라고? 이분을 누구라고 생각했다고?"

"헨리 바스커빌 경 아니야?"

"아뇨, 아뇨. 저는 평민이자 그분의 친구에 불과합니다. 왓슨 박사라고 합니다."

그녀의 솔직한 얼굴이 짜증으로 살짝 붉어졌다.

"엉뚱한 소리를 하고 있었네요."

그녀가 말했다.

"뭐, 오래 얘기한 것도 아니잖니."

그의 오빠가 궁금한 것이 많은 눈으로 말했다.

"왓슨 박사님을 손님이 아니라 여기서 사실 분처럼 대했거든. 난초를 구경하기에 너무 이른지 늦었는지 별 관심도 없으실 텐데 말이야. 그래도 저희가 사는 메리피트 하우스에 와주실 거죠?"

조금 걸어가자 한때 잘나가던 목장이었다가 현대식 주택으로 개조된 을씨년스러운 집이 나왔다. 과수원이 집을 에워싸고 있었지만 황야에서 보통 그렇듯 나무들이 제대로 자라지 못하고 시들시들해서 전체적으로 초라하고 우울한 분위기를 풍겼다. 얼굴이 쭈글쭈글하고 나이가 많은 수상한 하인이 빛바랜 외투 차림으로 우리를 맞았다. 집에 들어서자 널찍한 거실은 여주인의 취향으로 보이는 우아한 가구들로 가득했다. 화강암이 여기저기 흩어져 있고 머나먼 지평선까지 한없이 펼쳐진 황야를 창밖으로 바라보고 있노라니 고등교육을 받은 남자와 아름다운 여인이 어쩌다 이런 곳에 살게 되었는지 궁금해지지 않을 수 없었다.

"이런 데서 살고 있다니 특이하죠?"

그가 내 생각을 알아차리기라도 한 것처럼 물었다.

“하지만 우리는 제법 행복하게 지내고 있답니다. 그렇지, 베릴?”

“꽤 행복하게 지내고 있지요.”

그녀는 대답했지만 진심으로 그렇게 생각하는 말투는 아니었다.

스테이플턴이 말했다.

“저는 잉글랜드 북부에서 학교를 운영했어요. 저 같은 기질의 사람에게는 반복적이고 재미없는 일이었지만, 아이들과 더불어 생활하며 생각의 틀을 잡아주고 저만의 개성과 이상으로 아이들의 마음을 움직이는 것은 소중한 경험이었죠. 하지만 운명의 여신은 우리 편이 아니었어요. 학교에 심각한 전염병이 발생해서 학생 셋이 죽은 겁니다. 저는 그때 입은 타격을 끝내 극복하지 못하고 거의 전 재산을 날렸죠. 사랑스러운 아이들이 죽지만 않았더라면 황야에 와서 잘됐다며 기뻐했을 겁니다. 식물학과 동물학을 좋아하다 보니 여기서 할 일을 무궁무진하게 찾을 수 있고 여동생도 저 못지않게 자연을 좋아합니다. 창밖으로 황야를 내다보는 왓슨 박사님의 표정을 보니 왠지 이런 걸 궁금해하는 눈치더군요.”

“스테이플턴 씨보다 동생분이 이곳에서 지내기가 조금 지루하지 않을까 하는 생각이 들었습니다.”

그녀가 얼른 대꾸했다.

"아니에요, 아니에요. 전혀 지루하지 않아요."

"우리에겐 책도 있고 연구할 거리도 있고 재미있는 이웃들도 있으니까요. 모티머는 본인의 관심 분야에 대해서 아는 게 정말 많죠. 안타깝게 돌아가신 찰스 경도 존경스러운 분이었습니다. 가깝게 지내던 사이라 얼마나 가슴이 아픈지 모릅니다. 오늘 오후에 헨리 경을 찾아가 인사를 드리면 실례일까요?"

"분명 반가워할 겁니다."

"박사님께서 제가 방문하겠다는 이야기를 전해주시겠습니까? 경이 새로운 환경에 적응할 때까지 변변찮게나마 도움을 드리고 싶습니다. 왓슨 박사님, 2층으로 올라가서 제가 수집한 나비 표본을 구경하시겠어요? 잉글랜드 남서부를 통틀어서 이보다 완벽한 표본은 없습니다. 구경을 하고 나면 점심을 드실 수 있을 겁니다."

나는 얼른 내가 있어야 할 곳으로 돌아가고 싶었다. 우수에 젖은 황야, 조랑말의 안타까운 죽음, 바스커빌 가문의 으스스한 전설과 연관된 섬뜩한 소리 때문에 마음이 울적했다. 게다가 스테이플턴 양이 그런 식으로 분명하고 확실하게 경고한 데에는 심각한 이유가 있을 거라는 생각이 들었다. 나는 점심을 먹고 가라는 청을 뿌리치고 풀이 웃자란 오솔길을 되짚어서 돌아가기로 했다.

아는 사람만 아는 지름길이 있는지 큰길에 도착해보니 놀랍게도 스테이플턴 양이 길가 바위에 앉아 있었다. 서둘러 오느라 발갛게 상기된 아름다운 얼굴을 하고 손을 허리춤에 대고 있었다.

"왓슨 박사님을 앞지르려고 모자 쓸 겨를도 없이 여기까지 뛰어왔어요. 조금이라도 지체했다가는 오빠한테 들킬 수도 있으니까요. 박사님을 헨리 경으로 착각하는 어이없는 실수를 저지른 것에 대해서 사과드리고 싶어요. 제가 한 말은 못 들은 걸로 해주세요. 어차피 박사님하고는 아무 상관 없는 얘기였으니까요."

"어떻게 그럴 수가 있겠습니까, 스테이플턴 양. 저는 헨리 경의 친구로서 경의 안위를 걱정할 수밖에 없는걸요. 헨리 경을 열심히 런던으로 돌려보내려고 했던 이유를 말씀해주시겠습니까?"

"그냥 별생각 없이 해본 소리예요, 왓슨 박사님. 절 좀더 알게 되면 이유 없는 말이나 행동을 할 때가 있는 사람이란 걸 깨달으실 거예요."

"아뇨, 그럴 리가요. 저는 스테이플턴 양이 얼마나 떨리는 목소리로 말을 했는지 기억합니다. 그때의 눈빛도 기억하고요. 솔직하게 말씀해주시기 바랍니다, 스테이플턴 양. 이곳으로 온 순간부터 주변을 뒤덮은 어둠의 그림자가 느껴집니다. 사방이 잡풀이 뒤덮고 있어서 길을 모르는 사람은 빠져 죽을 수도 있다는 그림펀 늪지를 지나는 심정이에요. 무슨 뜻에서 하신 말씀인지 알려주시면 헨리 경에게 당신의 경고를 반드시 전하겠습니다."

고민하는 표정이 얼굴을 스치고 지나갔지만, 그녀는 다시금 냉정한 눈빛을 하고 대답했다.

"너무 심각하게 생각하지 마세요, 왓슨 박사님. 오빠와 저는 찰스 경의 죽음에 충격을 많이 받았어요. 경이 황야를 지나서 저희 집까지 산책하는 것을 좋아하셨기 때문에 가깝게 지냈거든요. 그분은 가문에 드리워진 저주에 신경을 많이 쓰셨죠. 때문에 비극이 벌어졌을 때 경이 그간 전전긍긍했던 이유가 정말 있지 않을까 하는 생각이 들었답니다. 그래서 가문의 다른 사람이 여기 내려와서 살 거라는 소식을 듣고 걱정이 돼서 어떤 위험이 도사리고 있는지 경고하고 싶었어요. 그뿐이에요."

"위험이라니요?"

"사냥개 전설 아시죠?"

"저는 그런 허튼소리를 믿지 않습니다."

"저는 믿어요. 만약 헨리 경이 박사님의 말씀을 귀담아듣는다면 바스커빌 가문에 비극만 일어났던 이곳이 아닌 다른 곳으로 데려가세요. 세상은 넓잖아요. 이렇게 위험한 곳에 살아야 할 이유가 없지 않나요?"

"위험한 곳이기 때문에 살려는 것이지요. 헨리 경의 성격이 그렇습니다. 이보다 좀더 분명하게 이유를 가르쳐주시지 않는 한, 경은 꿈쩍하지 않을 겁니다."

"분명한 이유는 드릴 수 없어요. 그런 건 모르니까요."

"한 가지만 더 묻겠습니다, 스테이플턴 양. 처음부터 그런 의도로 저에게 조언했다면 왜 오빠에게는 비밀로 하라고 하셨나요? 오빠는 물론이고 어느 누구도 타박할 부분이 없는데요."

"오빠는 바스커빌 홀에 사람이 살길 원해요. 그래야 황야에 사는 어려운 사람들에게 도움이 된다고 생각해요. 제가 헨리 경을 내보내려고 한 걸 알면 불같이 화를 낼 거예요. 할말을 다했으니 더이상 아무 말도 하지 않겠어요. 이제 가보겠습니다. 제가 없어진 걸 알면 오빠가 박사님을 만나러 간 건 아닌가 의심할 거예요. 안녕히 가세요!"

그녀는 돌아선 뒤 몇 분 만에 바위들 사이로 사라졌고, 나는 막연한 두려움을 달래며 바스커빌 홀로 걸음을 옮겼다.

왓슨 박사의 1차 보고서

8.

이제부터는 지금 내 앞 책상 위에 있는, 당시 셜록 홈스에게 보낸 편지를 공개하며 사건의 추이를 소개하고자 한다. 한 장이 없어지기는 했지만 나머지는 고스란히 옮겨 적었으니 기억이 아무리 또렷하더라도 당시에 느꼈던 심정과 의혹을 이보다 더 정확히 소개할 수는 없을 것이다.

* * *

바스커빌 홀, 10월 13일

친애하는 홈스에게

우울해 보이는 세상의 한 구석에서 어떤 일들이 벌어지고 있는지 내가 보낸 편지와 전보를 통해 소상히 알고 있겠지. 여기서 지내면 지낼수록 광활한 황야의 기운과 음산한 매력이 점점 사람의 영혼을 물들인다네. 일단 황야의 품안으로 발을 들여놓으면 현대 영국의 모든 흔적이 사라지고, 선사시대 사람들이 곳곳에 남긴 집과 작품이 의식을 점령하지. 어딜 걷든 이 잊힌 사람들이 살던 집과 그들의 무덤, 신전을 표시하는 데 쓰였을 거석이 사방에서 나를 맞이한다네. 언덕 비탈에 그들이 지어놓은 회색 돌집을 보고 있노라면 우리의 시대는 어디론가 사라진다네. 동물 가죽을 두른 털북숭이 남자가 낮은 문으로 기어나와서 돌촉 화살을 활에 거는 광경이 보이기라도 하면 자기 자신보다 그의 존재가 더 자연스럽게 느껴질 걸세. 이 척박한 땅에 많은 사람들이 살았다는 점이 희한하지. 내 비록 고고학자는 아니지만, 그들은 전쟁을 싫어하고 괴롭힘을 많이 당한 사람들이라서 남들 같으면 외면했을 환경을 받아들일 수밖에 없었던 게 아닐까 싶네.

철저한 실리주의자인 자네는 임무와 무관한 이런 이야기가 별로 흥미롭지 않겠군. 태양이 지구를 도는지 지구가 태양을 도는지 전혀 관심이 없다던 자네의 말을 어찌 잊을 수 있겠나. 그러니 헨리 경과 관련된 이야기로 돌아가도록 하겠네.

지난 며칠 동안 보고서를 보내지 않은 이유는 오늘까지 주목

할 만한 일이 없었기 때문일세. 그러다 놀라운 사건이 벌어졌는데 그건 조금 있다가 이야기하기로 하지. 그전에 여러 주변 상황부터 설명하겠네.

지금까지 언급한 적이 없었지만, 황야로 도주한 탈옥수가 있다네. 이제는 그가 다른 지역에 은신처를 마련했다고 믿을 만한 이유가 생겨서 인적이 드문 황야 일대에 살던 사람들도 안도의 한숨을 내쉬었지. 도주한 지 보름이 지나도록 목격되지도 않고 소식도 들리지 않았거든. 그가 이 주 내내 황야에서 버텼을 리는 없어. 숨어 지내는 데에는 어려움이 없었을 걸세. 아무 돌집이나 은신처로 삼을 수 있었을 테니까. 하지만 황야의 양을 잡아먹지 않는 한 먹을 게 없지 않은가. 그래서 그가 다른 데로 은신처를 옮겼을 거라는 결론에 이르렀고, 외딴 지역의 농부들은 발을 뻗고 잘 수 있게 되었지.

바스커빌 홀에는 건장한 남자가 넷이나 있어서 아무 문제 없지만 스테이플턴 남매를 생각하면 가끔 불안해지더군. 아주 외진 데 살아서 말이지. 하녀와 늙은 하인 하나씩을 두고 남매가 사는데 오빠 역시 건장한 편이 아니거든. 노팅힐의 살인자처럼 자포자기한 자가 침입하기라도 하면 속수무책일 것이 분명하다네. 헨리 경과 내가 그들의 처지를 걱정해서 마부 퍼킨스를 그 집에서 재우자고 해도 스테이플턴이 요지부동이지 뭔가.

사실 우리 친구 헨리 경이 어여쁜 이웃에게 관심을 강하게 보이기 시작했다네. 그럴 만도 한 것이, 외딴곳에서 지내려니 경처럼 활달한 남자에게 얼마나 시간이 더디게 느껴지겠나. 게다가 아가씨가 매력적이고 아름답거든. 왠지 모르게 열대 지방의 이국적인 분위기를 풍겨서 냉정하고 이성적인 오빠와 뚜렷한 대조를 이루지. 오빠는 불같은 성미를 감추고 있는 것 같기도 하다네. 오빠가 동생을 꼼짝 못하게 쥐고 사는 모양이야. 동생은 뭐라고 말을 꺼낼 때마다 허락을 구하는 것처럼 오빠 쪽을 계속 흘끗거리거든. 물론 오빠가 동생에게 잘해줄 거라고 믿네만. 스테이플턴은 냉담한 성격이라 눈빛은 건조하고 얇은 입술은 경직되어 있지. 자네도 보면 흥미진진한 연구 대상이다 싶을 걸세.

스테이플턴은 첫날에 헨리 경을 만나러 왔고, 바로 다음날 아침에 사악한 휴고의 전설이 비롯되었다는 장소로 우리를 안내했다네. 황야를 몇 킬로미터 걸어가면 나오는데 전설에 걸맞게 음울한 곳이었지. 바위산 사이로 작은 골짜기를 지나자 하얀 황새풀이 흩뿌려진 풀밭이 나오더군. 풍식 작용으로 끝이 뾰족하게 깎여서 거대한 맹수의 송곳니처럼 보이는 거석 두 개가 풀밭 한가운데 서 있었다네. 어느 모로 보나 오래전에 벌어졌던 비극적인 사건의 한 장면이 떠올랐지. 헨리 경은 지대한 관심을 보이며 스테이플턴에게 초자연적인 존재가 인간사에 개입할 수 있다고 생각하는지 여러 번 묻더군. 지나가는 투로 물었지만 실은 심각하게 여기고 있다는 걸 분명히 느낄 수 있었다네. 스테이플턴은 신중하게 대답했다네. 그가 말을 아끼고 있으며 헨리 경을 생각해서 본심을 감추고 있다는 것을 알 수 있었지. 그는 비슷한 사례라며 악령에 시달린 어느 가족의 이야기를 들려주었고 그 문제에 관한 한 다른 사람들과 의견이 같다는 인상을 남겼지.

우리는 돌아오는 길에 메리피트 하우스에서 점심을 먹었는데 거기서 헨리 경이 스테이플턴 양을 만났다네. 그는 처음 본 순간부터 그녀에게 홀딱 반한 눈치였는데, 그것이 그의 일방적인 감정이었다면 내 손에 장을 지지겠네. 그는 집까지 걸어가는 동안 몇 번이나 그녀 이야기를 꺼냈고 그때부터 스테이플턴 남매를 만나지 않은 날이 하루도 없었지. 오늘 남매가 여기 와서 저녁을 먹으면 다음주에는 우리가 그 집에 가서 저녁을 먹자는 이야기가 나오는 식일세. 스테이플턴으로서는 환영할 만한 결합일 텐데도, 헨리 경이 여동생에게 관심을 보이면 대단히 못마땅한 표정을 짓다 내게 들킨 적이 한두 번이 아니라네. 여동생에 대한 애착이 크고 그녀가 결혼하면 외롭겠지만, 이렇게 훌륭한 상대와 여동생의 결혼을 방해한다면 이기심의 극치가 아닌가.

그럼에도 그는 두 사람의 친밀감이 사랑으로 발전하길 바라지 않는 눈치야. 둘만 있는 상황을 막으려고 애를 쓰는 것을 여러 번 목격한 바 있다네. 우리의 난관에 연애 문제까지 더해진다면 헨리 경 혼자 외출하지 않도록 철저하게 단속하라는 자네의 지시를 지키기가 훨씬 어려워질 것 같네.

요전 날(정확히는 목요일)에는 모티머 박사와 함께 점심을 먹었다네. 롱다운에서 고분을 발굴했는데 선사시대 두개골이 나와서 기뻤다더군. 모티머 박사처럼 한 우물만 열심히 파는 사람도 없을 걸세! 잠시 후에 스테이플턴 남매가 합류했다네. 헨리 경이 부탁하자 이 사람 좋은 의사가 주목 나무 오솔길로 우리를 전부 데리고 나가서 사건이 벌어졌던 밤의 정황을 정확하게 알려주었지. 주목 나무 오솔길은 주목 나무를 다듬어 만든 산울타리 사이로 이어지는 길고 음산한 산책길인데 길 양쪽으로 좁은 풀밭이 있다네. 길 끝에 쓰러져가는 오래된 정자가 있고, 중간에는 황야로 나가는 문이 있지. 여기서 찰스 경이 시가 재를 남겼어. 문은 걸쇠가 달린 흰색 나무문일세. 그 앞으로 넓은 광야가 펼쳐지지. 나는 자네의 가설을 떠올리며 어떤 일이 벌어졌을지 열심히 상상해보았다네. 문 앞에 서 있던 노신사가 황야에서 나타난 무언가를 보고 혼비백산해서 달리고 또 달리다 오로지 공포와 탈진으로 죽었다니. 그는 길고 어두침침한 울타리 사이로 도망쳤지. 무엇 때문에 도망을 쳤을까? 황야의 양치기 개를 보고? 아니면 아무 소리 없이 나타난 시커멓고 끔찍하게 생긴 유령 같은 사냥개를 보고? 인간이 개입한 사건이었을까? 창백한 얼굴에 빈틈없는 배리모어는 숨기고 있는 비밀이 있을까? 온통 흐릿하고 애매모호하기 짝이 없지만 범죄의 어두운 그림자가 드리워져 있는 것만은 분명하다네.

자네에게 마지막 편지를 보내고 나서 새로운 이웃을 한 명 만났다네. 여기서 남쪽으로 칠 킬로미터 정도 가면 나오는 래프터 홀에는 프랭클랜드라는 노인이 살고 있어. 항상 벌건 얼굴이고 백발에 다혈질인 노인이라네. 영국 법에 관심이 지대해서 소송으로 상당한 재산을 축냈다더군. 단순히 재미를 위해 싸우기 때문에 무슨 문제가 발생했을 때 이쪽 편에 서건 저쪽 편에 서건 그에게는 피차일반이야. 소송거리가 다양하니 그의 취미 생활에는 돈이 많이 들겠지. 자기 사유지에 걸쳐 있는 길은 막아버리고 다른 사람들이 열어달라고 해도 듣지 않는다네. 남의 집 대문을 부순 다음 태곳적부터 길이 있던 자리라고 으름장을 놓기도 하고, 무단침입죄로 고소하겠다는 집주인 앞에서 콧방귀를 뀔 때도 있네. 영지권과 공유지권에 대해서 지식이 많은데, 이것을 펀워디 주민들에게 유리한 쪽으로 활용하기도 하고 불리한 쪽으로 활용하기도 한다네. 그래서 최근에 세운 공적에 따라 마을 대로를 당당하게 행진할 때도 있고 마을 사람들이 노인과 닮은 인형을 만들어 화형식에 처할 때도 있었지. 사람들 말로는 지금 그가 진행중인 소송이 약 일곱 건인데 이게 끝나면 남은 재산이 바닥나 꼬리를 내릴 수밖에 없을 테니 앞으로 순한 양이 될 거라고 하더군. 소송만 아니면 친절하고 사람 좋아 보이는데. 이렇게 소개하는 이유는 주변에 어떤 사람들이 사는지 이야기해달라고 자네가 신신당부했기 때문일세. 지금 그는 재미있는 일을 하고 있다네. 아마추어 천문학자답게 보유한 고성능 망원경을 자기집 지붕 위에 설치하고 탈옥수를 잡겠다는 일념으로 하루 종일 황야를 감시하고 있어. 그 일에만 기운을 쏟으면 좋을 텐데, 친족의 동의 없이 무덤을 파헤쳤다고 모티머 박사를 고소할 거라는 소문이 있어. 그가 롱다운의 고분에서 선사시대 두개골을 발굴했으니 말일세. 아무튼 프랭클랜드 덕분에 단조로운 일상에 절실히 필요했던 희극적인 요소가 가미되었다네.

탈옥수, 스테이플턴 남매, 모티머 박사, 래프터 홀에 사는 프랭클랜드의 근황을 전했으니 마지막으로 가장 중요한 배리모어 부부에 대해서, 특히 간밤에 벌어진 놀라운 사건에 대해서 이야기를 하겠네.

먼저 배리모어가 정말 여기 있는지 확인하기 위해 자네가 런던에서 보낸 전보 말일세. 우체국장의 증언을 들어보니 본래의 시도는 헛수고였고 그가 있었는지 없었는지 전혀 알 수가 없다는 이야기는 이미 했지. 내가 상황을 설명하자 헨리 경은 배리모어를 불러다가 단도직입적으로 전보를 직접 수령했느냐고 물었다네. 배리모어는 그랬다고 했지.

"아이가 자네 손에 쥐여주었나?"

헨리 경이 물었어.

배리모어는 놀란 표정을 짓더니 잠깐 고민하더군.

"제가 그때 창고에 있어서 아내가 갖다주었습니다."

"답장은 자네가 직접 보냈고?"

"아뇨. 뭐라고 답장을 보낼지 불러주었고 아내가 아래층에서 받아 적었습니다."

저녁에 그가 자진해서 다시 이야기를 꺼내더군.

"헨리 경, 오늘 아침에 무슨 의도에서 그런 질문을 하셨는지 모르겠습니다. 제가 경의 신뢰를 잃을 만한 행동을 한 건 아니겠지요?"

헨리 경은 아니라고 안심시키며, 마침 런던에서 산 옷들이 도착한 터라 예전에 입었던 옷가지들을 선물하며 그를 달랬지.

나는 배리모어 부인에게 관심을 두고 있네. 부인은 체구가 크고 탄탄한 여인이네. 착실하며 금욕적으로 살고 있지. 그보다 더 감정이 드러나지 않는 인물은 찾기 힘들 정도야. 하지만 자네한테도 얘기했다시피 첫날밤에 그녀가 흐느껴 우는 소리를 들은 뒤로 그녀의 얼굴에서 눈물 자국을 여러 번 보았다네. 깊은 슬픔이 심장을 갉아먹기라도 하는 것처럼. 무언가 죄책감에 시달리는 건가 싶을 때도 있고, 배리모어가 폭군 같은 남편인가 의심스러울 때도 있다네. 특이하고 의심스러운 구석이 있는 남자라고 느꼈거든. 그런데 어젯밤에 의구심을 증폭시키는 사건이 벌어졌다네.

그 자체로는 시시한 사건일 수 있어. 자네도 알다시피 나는 잠귀가 밝은 편이잖은가. 이 집에서는 보초 역할을 하다 보니 평소보다 더 선잠을 잘 수밖에 없지. 어젯밤 2시경에 내 방 앞을 살금살금 지나가는 발소리를 듣고 잠에서 깼다네. 일어나서 문을 살짝 열고 내다보았더니 기다랗고 시커먼 그림자가 복도를 따라서 움직이고 있더군. 어떤 남자가 한 손에 촛불을 들고 조심스럽게 걸어가고 있었어. 남자는 셔츠에 바지를 입고 있었고 맨발이었지. 실루엣밖에 보지 못했지만 키로 보았을 때 배리모어였다네. 죄가 있는 듯 주위를 살피며 아주 조용히 걷는 모습이 수상해 보였어.

자네에게도 설명했다시피 2층 복도는 중앙의 정사각형 홀을 둘러싼 난간에서 끊겼다가 난간이 끝나는 지점에서 반대편 복도로 이어진다네. 나는 그가 시야에서 사라질 때까지 기다렸다가 뒤를 밟았지. 내가 발코니에 이르렀을 때 그는 반대편 복도 끝에 다다랐어. 열린 문 틈새로 촛불이 비치는 것을 보고 어떤 방으로 들어갔는지 알 수 있었다네. 그쪽 복도의 방에는 지내는 사람은 물론 가구도 없었기 때문에 왜 그리로 들어갔는지 정말 이상했네. 그가 꼼짝 않고 서 있기라도 한 것처럼 새어 나오는 불빛이 전혀 흔들리지 않더군. 나는 최대한 살금살금 걸어가서 열린 문틈으로 들여다보았지.

배리모어가 촛불을 유리창에 대고 쭈그리고 앉아 있더군. 내 쪽에서 배리모어의 옆얼굴이 반 정도 보였다네. 황야의 어둠을 열심히 내다보는 얼굴이 기대감으로 딱딱하게 굳어 있었어. 잠시 후 시선은 창밖을 향한 채 그가 자리에서 일어섰지. 그러더니 깊은 신음 소리를 내고 짜증을 내며 촛불을 껐어. 나는 당장 방으로 돌아갔고 잠시 후 다시 한번 그가 내 방 앞을 살금살금 지나서 왔던 길을 되짚어가는 발소리가 들렸다네. 그 뒤로 한참이 지나 선잠이 들었는데 이번에는 열쇠 구멍에 열쇠를 넣고 돌리는 소리가 들리더군. 어디서 나는 소리인지 알 수는 없었지만 말일세. 뭔지는 모르겠지만 이 암울한 집에서 무슨 일이 은밀하게 벌어지고 있어. 조만간 우리가 정체를 밝혀내고야 말 걸세. 자네는 사실만 알려달라고 했으니 내가 어떤 가설을 세웠는지는 설명하지 않겠네. 나는 오늘 아침에 헨리 경과 오랜 대화를 나누고 어젯밤 목격한 광경을 토대로 작전을 짰지. 이 편지에서는 밝히지 않겠지만 다음번 보고서는 흥미진진할 걸세.

황야를 밝히는 불빛

9.

왓슨 박사의 2차 보고서.

* * *

바스커빌 홀, 10월 15일

친애하는 홈스에게

여기 내려오고 처음 며칠 동안은 자네에게 전할 소식이 별로 없었지만 지금은 그때 흘려보낸 시간을 만회하고 있음을 알아야 하네. 많은 사건들이 정신을 차릴 수 없는 속도로 연달아 일어나고 있어. 지난번 보고서에서는 창밖을 내다보던 배리모어의 이야기로 정점을 찍었지. 내 생각에 이번에는 자네도 놀랄

만한 이야깃거리들이 상당히 모였다네. 상황이 예상하지 못했던 방향으로 흘러갔어. 어떻게 보면 마흔여덟 시간 전에 비해 말끔하게 정리됐다고 볼 수도 있고 어떻게 보면 복잡해진 것 같기도 하네. 아무튼 낱낱이 얘기할 테니 자네가 직접 판단해 보게.

다음날 아침, 식사를 하기 전에 배리모어가 전날 밤 들어갔던 방을 살펴보았다네. 그가 열심히 내다보았던 서쪽으로 난 창문은 알고 보니 이 집의 여느 창문들과 다른 점이 하나 있더군. 저택에서 황야를 가장 가까이서 볼 수 있는 창문이었어. 다른 방에서는 원경만 어렴풋이 보이는데 여기서는 두 나무 사이로 트인 공간을 통해 황야를 바로 내려다볼 수 있더군. 배리모어는 황야에서 무언가를, 아니면 누군가를 찾으려고 이 집에서 황야가 제일 잘 보이는 창문 앞에 서 있었던 거지. 유달리 깜깜한 밤이었는데 무슨 수로 사람을 찾으려고 한 걸까? 문득 치정에 얽힌 사건이 아닐까 하는 생각이 들었네. 그렇다면 그의 은밀한 움직임과 불안해하던 부인의 모습을 설명할 수 있지 않겠나. 이자는 시골 처녀의 마음을 훔치고도 남을 만큼 잘생겼으니 그럴듯한 가설처럼 느껴졌지. 내가 방으로 돌아온 뒤에 들은 열쇠 소리는 배리모어가 남들 모르게 누굴 만나러 나가는 소리였을 거야. 아무튼 나는 그날 아침에 이런 결론을 내렸기에, 나중에 그게 얼마나 근거 없는 억측이었는지 밝혀질지라도 자네에게 이야기하는 걸세.

배리모어가 수상하게 움직였던 이유가 무엇이었건 간에 진상을 파악할 때까지 나 혼자 알고 있자니 부담스럽더군. 그래서 아침 식사를 마친 뒤에 서재로 가서 헨리 경에게 내가 본 광경을 이야기했네. 그는 내가 예상했던 것보다 담담한 반응을 보이더군.

"저도 배리모어가 밤에 돌아다니는 걸 알고 있었습니다. 안 그래도 물어볼 생각이었죠. 박사님이 말씀하신 시각에 그가 복도를 왔다 갔다 하는 소리를 몇 번 들었거든요."

"매일 밤마다 그 방에 들어가는 걸까요?"

"그럴지 모릅니다. 뒤를 밟아서 의도를 알아내야겠어요. 만약 박사님의 친구분인 홈스 씨가 여기 있다면 어떻게 하셨겠습니까?"

"지금 경이 얘기한 대로 했을걸요. 배리모어의 뒤를 따라가서 뭘 하는지 알아냈을 겁니다."

"그럼 우리 둘이 뒤를 밟아보죠."

"배리모어가 발소리를 들을 텐데요."

"그는 가는귀가 살짝 먹었습니다. 어쨌든 해보죠. 오늘밤 제 방에서 밤새우며 그가 지나갈 때까지 기다려봅시다."

헨리 경은 꽤나 기대가 되는 모양이더군. 이것이 다소 지루했던 황야에서의 삶에 약간의 활기를 가져다줄 거라고 생각하는 눈치가 역력했다네.

헨리 경은 찰스 경에게 새로 지을 건물의 도면을 그려준 건축가를 비롯해 런던의 도급업자와 이미 연락을 취해놓았어. 조만간 대대적인 개보수 작업을 시작할 예정이었지. 플리머스에서 실내 장식업자와 가구상까지 부른 것을 보면 원대한 계획을 품고 가문의 영광을 재현하는 데 돈과 노력을 아끼지 않을 기세였네. 저택의 보수와 개비가 끝났을 때 아내까지 있다면 모든 게 완벽해지겠지. 자네한테만 털어놓는 얘기지만 상대 숙녀가 마음만 있으면 그것도 금세 해결될 기미가 보인다네. 이웃에 사는 미모의 스테이플턴 양에게 넋을 잃은 경보다 여자에게 푹 빠진 남자는 내 평생 본 적이 없거든. 그런데 진실한 사랑의 여정은 예상처럼 순탄치가 않다네. 오늘만 해도 뜻밖의 일들 때문에 이 친구가 상당히 당황하고 성가셔했거든.

앞서 말한 배리모어에 얽힌 대화가 끝나자 헨리 경은 모자를 쓰고 외출할 준비를 하더군. 나도 당연히 따라나설 준비를 했지.

"아니, 박사님도 같이 가십니까?"

그가 묘한 표정으로 나를 보더군.

"경이 황야에 가는지 아닌지에 따라서 제 대답이 달라지겠군요."

"네, 황야에 갑니다."

"제 임무가 뭔지 아시잖습니까. 귀찮게 해서 죄송합니다만, 저더러 경의 곁을 떠나면 안 된다고, 특히 황야에 혼자 보내면 안 된다고 홈스가 얼마나 신신당부했는지 들으셨잖습니까."

헨리 경은 상냥한 미소를 지으며 내 어깨에 손을 얹었어.

"박사님, 제아무리 지혜로운 홈스 씨라도 황야에 온 제게 어떤 일이 생길지 전부 예견하지는 못하셨잖습니까. 무슨 뜻에서 하는 얘긴지 아시죠? 설마하니 중요한 자리를 망칠 작정이십니까? 저 혼자 가게 해주시죠."

이럴 수도 없고 저럴 수도 없고 참 난처했다네. 뭐라고 대답하면 좋을지, 어떻게 하면 좋을지 우물쭈물하는 새 그는 지팡이를 들고 나가버렸지.

다시 생각해보니 그가 어떤 핑계를 대더라도 혼자 내보내지 말았어야 했다는 자책이 들더군. 내가 런던으로 올라가서 지시를 어기는 바람에 불행한 사고가 생겼다고 자네에게 고백해야 한다면 어떤 심정일지 상상이 되지 뭔가. 생각만으로도 얼굴이 달아올랐다네. 지금이라도 늦지 않았다는 생각에 당장 메리피트 하우스 쪽으로 출발했지.

전속력으로 달려갔지만 큰길이 두 갈래로 나누어지는 지점에 다다르도록 헨리 경은 전혀 보이지 않았다네. 엉뚱한 방향을 선택하게 될까 두려운 마음에 주변이 한눈에 내려다보이는 언덕으로 올라갔지. 채석장이었던 언덕이 있거든. 언덕에서 보니 경의 모습이 바로 눈에 들어오더군. 언덕에서 사백 미터쯤 떨어진 황야의 오솔길을 걷고 있었네. 옆에 있는 숙녀는 스테이플턴 양이 틀림없었지. 척 봐도 약속을 하고 만났다는 것을 알 수 있겠더군. 두 사람은 열띠게 대화를 나누며 천천히 걸었어. 그녀는 자기가 하는 이야기를 강조하는 것처럼 손을 흔들었고, 그는 열심히 듣고 있다가 한두 번 고개를 저으며 강한 반대 의사를 내비쳤지. 바위 사이에 서서 그들을 지켜보는 동안 어떻게 하면 좋을지 갈피를 잡을 수가 없었다네. 그를 시야에서 한시도 떼어 놓지 않는 것이 내 임무이긴 하지만 쫓아가서 다정한 대화 중간에 끼어드는 건 예의가 아니지. 그렇다고 친구를 염탐하다니 이 또한 얼마나 괘씸한 짓인가. 하지만 당시에는 언덕에서 그를 지켜보는 것보다 더 좋은 방법이 없었으니 나중에 실토하자고 양심을 달랬지. 그에게 갑작스럽게 위험이 닥치더라도 너무 멀리 있어서 아무 도움이 될 수 없었지만, 참으로 난감한 상황이라 그 이상 어쩔 도리가 없었다는 데 자네도 동의할 걸세.

그러다 문득 우리 친구 헨리 경과 숙녀가 멈춰 서서 대화를 나누고 있는 모습을 지켜보는 사람이 나 말고 또 있다는 사실을 깨닫게 되었네. 허공에 둥둥 떠다니는 초록색 덩어리가 보이기에 무엇인지 확인해보니 어떤 남자가 막대에 매달아서 달고 다니는 물건이지 뭔가. 스테이플턴이 잠자리채를 들고 나선 거지. 그는 나보다 두 사람에게 훨씬 가까운 위치에 있었어. 내 눈에는 그들 쪽으로 움직이는 것처럼 보였다네. 그 순간 헨리 경이 갑자기 스테이플턴 양을 끌어당겨서 한쪽 팔로 감싸 안았어. 그녀는 고개를 돌리고 빠져나오려 안간힘을 쓰는 것같이 보이더군. 그가 그녀를 향해 고개를 숙이자 그녀는 반항하는 듯이 한쪽 손을 들었지. 그러다 갑자기 둘이 멀찌감치 떨어지더니 황급히 고개를 돌리지 뭔가. 스테이플턴 때문이었어. 우스꽝스러운 잠자리채를 뒤에 대롱대롱 매단 그가 그들을 향해 미친듯이 달려가고 있었거든. 연인들을 향해 삿대질을 하는 그의 모습이 흥분해서 춤을 추는 것처럼 보일 지경이었지. 어떤 상황인지 나로서는 짐작할 길이 없었어. 다짜고짜 욕을 해대는 스테이플턴에게 헨리 경이 설명을 했는데 상대방이 받아들이지 않으니까 골을 내더라고. 스테이플턴 양은 도도하게 입을 다물고 가만히 서 있었어. 마침내 스테이플턴이 몸을 홱 돌리면서 여동생에게 위압적으로 손짓하자 그녀는 머뭇거리며 헨리 경을 흘끗 쳐다보고는 오빠 곁으로 걸어가더군. 스테이플턴의 성난 몸짓으로 보건대 여동생까지 싸잡아서 못마땅해하는 눈치였어. 헨리 경은 잠깐 그 자리에 서서 그들이 떠나는 모습을 쳐다보다 낙담한 듯 고개를 떨구고 왔던 길을 천천히 되짚어갔지.

어찌된 영문인지 알 길이 없었지만 여하튼 은밀한 광경을 친구 모르게 지켜보고 있던 것이 참으로 부끄러워졌다네. 그래서 언덕을 달려 내려가 기슭에서 헨리 경을 기다렸지. 화가 나서 시뻘게진 얼굴을 한 그는 어찌하면 좋을지 모르는 사람처럼 눈썹을 잔뜩 찡그리고 걸어오더군.

"아니, 박사님! 어디서 나타나신 겁니까? 그렇게 말씀드렸는데도 저를 따라오신 건 아니죠?"

나는 전부 설명했지. 어째서 집에 남아 있을 수가 없었고, 어떻게 그를 따라왔으며, 어쩌다 모든 광경을 목격했는지. 처음에는 나를 향해 눈을 번뜩였지만 솔직한 고백에 화가 가라앉았는지 결국에는 씁쓸한 웃음을 터뜨리더군.

"초원 한복판이라면 아무 방해도 받지 않을 거라고 생각했어요. 그런데 아뿔싸, 온 마을 사람들이 제 구애를 구경하러 나온 느낌이네요. 그렇게 형편없는 구애를! 어디서 보셨습니까?"

"언덕 위에서요."

"뒷줄에서 보셨군요. 그녀의 오라비는 제법 앞줄에 있었는데. 그가 우리를 덮치는 광경을 보셨습니까?"

"네, 봤습니다."

"이 오라비라는 작자가 제정신이 아닌가 보다는 생각이 들지 않으시던가요?"

"그런 생각은 하지 않았습니다."

"그러셨겠죠. 저도 어제까지는 그자가 정신이 멀쩡한 인간이라고 생각했습니다. 이제는 그자가 쇠고랑을 차든 제가 쇠고랑을 차든 양단간에 결판을 낼 겁니다. 아니, 어디가 못마땅한 걸까요? 박사님은 몇 주 동안 제 옆에서 지내셨으니 솔직하게 알려주십시오! 제가 사랑하는 여자의 좋은 남편이 될 수 없는 이유라도 있습니까?"

"없죠."

"제 사회적인 위치를 못마땅해하는 것은 아닐 테니, 단순히 저라는 사람이 싫다는 거 아니겠습니까. 뭐가 마음에 안 드는 걸까요? 저는 지금까지 남자건 여자건 한 번도 상처를 입힌 적이 없어요. 그런데 그 작자는 동생의 손끝 하나 건드리지 못하게 하지 뭡니까."

"그렇다고 얘기하던가요?"

"그걸로 끝이면 다행이게요? 만난 지 몇 주밖에 안 됐지만 처음 본 순간부터 그녀가 내 사람이라고 느꼈고 그녀도 마찬가지였어요. 그녀도 저와 함께 있을 때 행복해했다고 맹세할 수 있습니다. 여자들은 말보다 눈으로 많은 것을 전달하잖습니까. 그런데 그자는 우리 둘만 있는 꼴을 절대 못 봅니다. 오늘 처음으로 그녀와 단둘이서 얘기를 나눌 수 있는 기회가 생겼어요. 그녀는 저를 만나서 기뻐했지만 밀어를 속삭이지도 않았고, 제가 하려고 해도 한사코 막더군요. 여긴 위험한 곳이라며 당신이 떠나면 그보다 행복한 일은 없겠다는 말만 계속하지 뭡니까. 저는 그녀를 만난 순간 이곳을 떠나야 할 이유가 사라졌다고, 정말로 내가 떠나길 바란다면 같이 가는 방법밖에 없다고 얘기했습니다. 그러면서 말 그대로 청혼을 했죠. 그런데 그녀의 대답을 듣기도 전에 오라비라는 작자가 미친 사람처럼 우리한테 달려든 겁니다. 화가 나서 하얗게 질린 얼굴을 하고 분노로 눈을 이글거리면서 말입니다. 자기 동생한테 무슨 짓이냐고, 어디서 불쾌하게 감히 치근덕대느냐고, 준남작이면 뭐든 마음대로 해도 되는 줄 아느냐면서 욕을 하더군요. 그자가 그녀의 오라비만 아니었다면 따끔하게 혼내줬을 겁니다. 그 대신 이렇게 대답해줬죠. 그녀에 대한 감정은 한 점 부끄럼이 없으며 그녀를 아내로 맞이하는 영광을 누리고 싶을 따름이라고요. 그래도 상황이 달라지는 기미가 없기에 화가 나서 옆에 그녀가 있는데도 격하게 쏘아붙이고 말았습니다. 그 바람에 박사님도 보셨다시피 그자가 여동생을 데리고 가버렸고, 저는 동네에서 가장 곤혹스러운 신세가 되어버렸지요. 왜 이런 사태가 벌어졌을까요, 박사님? 알려주시면 은혜는 평생 잊지 않겠습니다."

위로를 한두 마디 건네려 했지만 어안이 벙벙하기는 나도 마찬가지였다네. 우리 친구는 작위, 재산, 나이, 성격, 외모에서 나무랄 데가 없어. 그의 집안을 괴롭히는 암울한 운명 말고는 딱히 걸리는 부분이 없지 않은가. 숙녀의 뜻은 물어보지도 않고 접근을 매몰차게 차단하고, 그녀 또한 그런 상황을 군소리 없이 받아들이다니 놀라울 따름이지. 하지만 스테이플턴이 그날 오후에 직접 찾아오면서 우리의 답답함은 해소가 되었다네. 그는 오전에 보인 무례한 행동을 사과하러 왔어. 헨리 경과 서재에서 한참 동안 단둘이 대화를 나누더니 틀어졌던 사이가 아물었는지 다음주에 메리피트 하우스에 가서 저녁을 먹기로 했지.

헨리 경은 이렇게 이야기하더군.

"그가 제정신이 아닌 것 같다고 한 말은 취소하지 않겠습니다. 오늘 아침 나를 향해 달려들었을 때의 눈빛을 잊을 수가 없거든요. 하지만 그보다 더 근사하게 사과할 수 있는 사람은 세상에 없을 것 같네요."

"왜 그랬는지 해명을 하던가요?"

"여동생이 자기 인생의 전부라더군요. 그럴 수 있죠. 그가 자기 여동생의 진가를 아는 것 같아 다행이라고 생각합니다. 남매는 늘 붙어 지냈답니다. 그의 말로는 자기가 친구라고는 동생밖에 없는 외로운 사람이라고 하니, 동생을 떠나보낸다는 생각만 해도 끔찍하겠죠. 제가 그녀에게 호감을 느끼는 줄도 몰랐는데 그렇다는 걸 두 눈으로 확인하고는 동생이 곁을 떠날 수도 있겠다는 생각이 들자 충격을 받아서 그 순간 자기가 뭐라고 말했고 어떻게 했는지 기억이 나지 않는답니다. 그런 사태가 벌어져서 정말 미안하다며, 자기 동생 같은 미인을 평생 곁에 붙잡아둘 수 있을 거라는 생각이 얼마나 어리석고 이기적인 발상인지 깨달았다더군요. 그녀가 결혼을 한다면 다른 누군가와 하는 것보다 이웃인 저 같은 사람이 더 좋다면서요. 아무튼 엄청난 충격이었기 때문에 받아들이려면 어느 정도 시간이 필요하답니다. 제가 석 달 동안 참고 기다리면서 그녀에게 사랑을 요구하지 않고 우정을 쌓아가는 데 만족하면 더이상 반대하지 않겠다고 했습니다. 제가 그러마고 약속하면서 사태가 일단락됐죠."

이렇게 해서 우리의 사소한 수수께끼 하나는 해결이 되었다네. 늪지 속에서 허우적거리다 어딘가에라도 발을 디뎠으니 의미 있는 일이지 뭔가. 이제 스테이플턴이 여동생의 구혼자가 헨리 경이라는 훌륭한 신랑감인데도 왜 그렇게 싫어했는지 이유를 알게 되었네. 그런데 복잡하게 엉킨 실타래의 실 한 가닥이 또 있지. 한밤중에 들린 울음소리, 눈물 자국이 남은 배리모어 부인의 얼굴, 격자창이 있는 서쪽 방을 남몰래 들락거리던 집사에 얽힌 수수께끼 말이야. 홈스, 축하해주기 바라네. 그리고 자네 대신 잘해낼 줄 알았다고, 나를 자신 있게 내려보내길 잘했다고 얘기해주기 바라네. 하룻밤의 수고로 모든 궁금증이 해소되었으니 말일세.

하룻밤의 수고라고 했지만 첫날밤에는 완전히 허탕을 쳤으니 사실은 이틀 밤의 수고라고 해야겠지. 첫날에는 새벽 3시까지 헨리 경의 방에서 밤새 기다렸지만 계단에 있는 괘종시계 소리 말고는 아무 소리도 들리지 않았거든. 그보다 더 초라한 불침번은 없을 거야. 결국 우리는 의자에 앉은 채로 잠이 들어버렸어. 하지만 좌절하지 않고 다시 시도해보기로 의기투합했지. 다음 날 밤에 우리는 등불을 희미하게 켜놓고 담배를 피우며 아무 소리도 내지 않고 기다렸다네. 믿기지 않을 정도로 시간이 더디 흘렀지만 끈질긴 호기심 덕에 기다릴 수 있었어. 사냥감이 들어오길 바라며 덫을 지켜보는 사냥꾼의 심정이 그럴 테지. 괘종시계가 1시를 알리고 2시를 알렸어. 절망하며 또다시 포기하려던 찰나, 우리 두 사람은 지쳐 있던 감각을 전부 깨워서 다시금 정신을 차리며 벌떡 일어나 앉았다네. 살금살금 복도를 지나가는 발소리가 들렸거든.

우리는 발소리가 멀리 사라질 때까지 숨을 죽이고 귀를 기울였지. 이윽고 헨리 경이 조심스럽게 문을 열었고, 추적에 나섰다네. 상대는 이미 홀의 발코니를 지난 뒤라 복도는 온통 어두컴컴하더군. 우리는 살금살금 반대편 복도로 건너갔지. 덕분에 키가 크고 까만 수염을 기른 남자가 어깨를 웅크리고 까치발로 복도를 걸어가는 순간을 놓치지 않고 포착할 수 있었다네. 남자는 예의 그 방으로 들어갔고 문 테두리 사이로 새어 나온 촛불의 빛이 어둑어둑한 복도 위로 한줄기 노린빛을 드리웠지. 우리는 마룻널 위로 체중을 싣기 전에 일일이 확인하며 조심스럽게 다가갔다네. 일부러 신발을 벗고 왔는데도 걸음을 옮길 때마다 낡은 마룻널이 삐걱삐걱 소리를 내더군. 우리가 다가가는 소리를 못 들을 수 없을 정도로. 다행히 그는 가는귀가 먹은데다 뭘 하는지 몰라도 거기에 온 신경을 집중하고 있었어. 문 앞에 다다른 우리가 틈새로 들여다보니 이틀 전날 밤에 보았던 것처럼 촛불을 들고 창가에 쭈그리고 앉아서 새하얀 얼굴을 창에 대고 뭔가에 집중하고 있지 않겠나.

우리는 어떻게 하자고 사전에 계획을 세우지는 않았어. 헨리 경으로 말할 것 같으면 단도직입적인 접근이 옳다고 생각하는 사람이라네. 그가 방안으로 불쑥 들어가자 배리모어가 숨을 헉 하고 내뱉으며 벌떡 일어나더군. 이내 화가 나서 부들부들 떨리는 몸을 가누며 우리를 마주보고 섰지. 새하얀 가면 같은 얼굴을 한 그가 헨리 경과 나를 번갈아 노려보는데 경악과 충격으로 가득찬 눈빛이더군.

"여기서 뭐하는 건가, 배리모어?"

"아무것도 아닙니다. 창문을 확인했습니다. 밤마다 순찰을 돌면서 잠겼는지 확인을 하거든요."

그는 어찌나 흥분했던지 말도 제대로 하지 못할 정도였고 들고 있는 초의 촛불이 떨려서 그림자들이 위아래로 널을 뛰었지.

"2층에서?"

"네, 모든 창문을요."

헨리 경이 단호하게 이야기했다네.

"이보게, 배리모어. 우리는 진실을 알아내기로 마음을 먹은 참일세. 그러니 괜히 헛수고하지 말고 대답하게. 어서! 거짓말은 사양일세! 창문 앞에서 뭘 하고 있었나?"

그는 난감한 얼굴로 우리를 바라보며 극심한 회의감과 괴로움으로 어쩔 줄 모르는 사람처럼 손을 맞잡고 비틀어댔지.

"나쁜 짓은 저지르지 않았습니다. 창문에 촛불을 대고 있었을 뿐입죠."

"왜 창문에 촛불을 대고 있었나?"

"묻지 말아주십시오, 헨리 경. 묻지 말아주세요! 분명히 맹세하지만 이건 제 비밀이 아니라서 말씀드릴 수가 없습니다. 저 한 사람만의 문제라면 주인님께 숨기려는 생각조차 하지 않았을 겁니다."

나는 퍼뜩 좋은 생각이 나서 집사가 창턱에 놓아둔 촛불을 집어 들었지.

"이걸 신호 삼아서 들고 있었던 게 분명합니다. 응답이 있는지 어디 한번 볼까요?"

나는 그가 그랬던 것처럼 촛불을 들고 창밖의 어두운 풍경을 내다보았다네. 달이 구름에 가린 터라 시커멓게 늘어선 나무와 그보다는 덜 어두운 너른 황야가 희미하게 보이더군. 잠시 후 나는 의기양양하게 탄성을 내뱉었다네. 점같이 조그만 노란 불빛이 갑자기 검은 장막을 뚫고 나오더니 창문틀이 만든 까만 정사각형 가운데에서 은은하게 반짝이는 게 아닌가.

"저것 봐요!"

내가 외쳤어.

"아뇨, 아뇨, 아무것도 아닙니다. 아무것도 아니에요. 분명히 맹세하지만……."

집사가 끼어들더군.

"촛불을 움직여보세요, 박사님! 저것 봐, 불빛도 따라서 움직이지 않나! 이런 파렴치한 같으니라고. 이런데도 신호가 아니라고 할 텐가? 어서 대답해보게! 밖에 있는 자네의 공범은 누구고 무슨 음모를 꾸미고 있는 건가?"

헨리 경이 외쳤지.

집사는 대놓고 반항하는 표정을 짓더군.

"이건 제 문제이지 주인님 문제는 아닙니다. 말씀드릴 수 없습니다."

"그럼 지금 당장 이 집에서 나가게."

"알겠습니다. 나가시라면 나가지요."

"이건 명예롭지 못한 해고일세. 원 참, 부끄러운 줄은 알겠지. 자네 가족은 우리 가족과 한 지붕 아래에서 백여 년을 살았는데 이 집에서 음모를 꾸밀 줄이야."

그때 여자의 목소리가 들렸네.

"아닙니다, 아니에요. 음모를 꾸민 것이 아닙니다!"

공포로 남편보다 더 하얗게 질린 배리모어 부인이 문 앞에 서 있더군. 격한 표정을 짓고 있지 않았더라면 숄과 치마에 감싸인 산만 한 덩치의 그녀가 우스꽝스럽게 보였을 걸세.

"이 집에서 나가야 해, 일라이자. 이제 끝이야. 짐 챙겨요."

집사가 말했지.

"존, 존, 나 때문에 이런 거예요? 저 때문입니다, 헨리 경. 다 저 때문이에요. 저를 생각해서, 제가 부탁해서 저지른 일이에요."

"그럼 얘길 해요! 무슨 일인지!"

"딱한 제 남동생이 황야에서 굶고 있어요. 저희가 사는 집 문 앞에서 죽게 내버려둘 수는 없어서……. 촛불은 동생에게 먹을 거리를 마련했다고 알리는 신호이고, 그 아이의 불빛은 어디로 가져다주면 되는지 위치를 알리는 신호랍니다."

"자네 남동생이라 하면……."

"탈옥수입니다. 셀든이라는 죄수요."

"이게 진실입니다. 제 비밀이 아니라 얘기할 수 없다고 말씀드리지 않았습니까. 이제 제가 경을 상대로 음모를 꾸민 게 아니라는 걸 아시겠습니까?"

배리모어가 말했지.

이것이 그가 밤마다 몰래 촛불을 들고 창문 앞에 서 있었던 이유였다네. 놀란 헨리 경과 나는 부인을 빤히 쳐다보았지. 이 무신경하고 성실한 여인이 이 나라에서 가장 악명 높은 범죄자와 한 핏줄이라니 가당키나 한 이야기일까?

"네, 맞습니다. 제 결혼 전 성이 셀든이고, 그 아이가 남동생이죠. 어렸을 때 너무 오냐오냐 키웠더니 세상이 자기 것이라고 생각하고 뭐든 마음대로 할 수 있다고 착각을 하게 되었어요. 그러다 나이가 들고 못된 친구들과 어울리면서 악에 물들었습니다. 어머니의 억장이 무너지고 집안의 명예도 땅에 처박혔죠. 동생은 갈수록 악랄한 범죄를 저지르더니 결국에는 자비로우신 하느님 덕분에 교수형만 겨우 면하는 신세가 됐지 뭡니까.

그래도 저에게는 여전히 어렸을 때부터 돌보아주고 함께 놀았던 곱슬머리 꼬맹이예요. 그래서 그 아이가 감옥에서 도망쳐 제게로 온 거예요, 주인님. 제가 여기 있고 도움을 청하면 저희가 거절하지 못하리라는 것을 아니까요. 어느 날 밤 그 아이가 간수들에게 쫓기며 지친 몸과 주린 배를 안고 여기로 찾아왔을 때 저희가 어쩔 수 있었겠습니까? 저희는 그 아이를 거두어서 먹이고 보살펴주었지요. 그러다 주인님이 내려오시자 추적이 한풀 꺾일 때까지 황야에서 지내는 것이 안전하겠다고 생각해 몸을 숨겼답니다. 저희는 동생이 아직 황야에 숨어 있는지 확인하려고 하루건너 하루 밤마다 창문 앞에 서서 촛불로 신호를 보냈고, 응답이 있으면 남편이 빵과 고기를 들고 나갔죠. 날마다 그 아이가 떠났길 기도하면서도 저기 숨어 있는 한 버릴 수 없었어요. 이것이 정직한 기독교도로서 고백하는 사건의 전말이랍니다. 비난해야 할 사람이 있다면 남편이 아니라 저라는 걸 아시겠죠. 남편이 저를 위해서 저지른 일이니까요."

진심이 느껴지고 설득력이 있는 이야기였다네.

"사실인가, 배리모어?"

"네, 헨리 경. 모두 사실입니다."

"음, 아내의 비밀을 지켜줬다고 자네를 나무랄 수는 없지. 내가 한 말은 잊어버리게. 두 사람 다 방으로 돌아가고 이 문제는 아침에 의논하도록 하세나."

그들이 나가고 우리는 다시 한번 창밖을 내다보았지. 헨리 경이 창문을 열자 차가운 밤바람이 얼굴을 때리더군. 저멀리 시커먼 어둠 속에서 조그만 노란 점 하나가 여전히 빛나고 있었네.

"배짱이 두둑하기도 하네요."

헨리 경이 말했지.

"아마 여기서만 보이는 위치에 촛불을 놓았을 겁니다."

"그렇겠죠. 거리가 얼마나 될까요?"

"클레프트 토어 근처가 아닐까 싶은데요."

"기껏해야 이삼 킬로미터 정도 떨어져 있겠죠?"

"그럴 겁니다."

"배리모어가 음식을 날라야 했을 테니 멀지 않겠죠. 악당이 저 촛불 옆에서 기다리고 있다니. 박사님, 가서 저자를 잡아야겠습니다!"

나도 똑같은 생각을 하고 있었다네. 배리모어 부부가 우리를 신뢰해서 비밀을 털어놓은 게 아니잖나. 어쩔 수 없이 실토한 거였지. 이자는 지역을 위협하는 존재이자 연민도 변명도 용납할 수 없는 순 악질 아닌가. 이 기회에 그를 더이상 아무도 해칠 수 없는 곳으로 돌려보내는 것이야말로 우리의 의무였어. 그 이상도 그 이하도 아니었다네. 우리가 손을 놓으면 그로 인해 다른 사람이 잔인하고 악랄한 대가를 치를 게 아닌가. 예컨대 우리 이웃 스테이플턴 남매가 언제든지 공격을 당할 수 있지 않겠나? 헨리 경이 죄수를 잡자고 열을 낸 것도 스테이플턴 남매를 생각했기 때문이었을지 모르지.

"나도 가겠습니다."

내가 말했지.

"그럼 리볼버를 챙기고 신발도 신으시죠. 저자가 초를 끄고 가버릴 수도 있으니 한시라도 빨리 출발하는 게 좋겠습니다."

우리는 오 분 후에 집을 나서 그를 잡으러 출발했다네. 나지막이 탄식하는 가을바람과 바스락거리며 떨어지는 낙엽을 헤치며 어두컴컴한 잡목림 사이로 발걸음을 재촉했지. 축축한 냄새와 썩은 내가 밤공기를 가득 메웠어. 이따금 달이 잠깐 고개를 내밀 때도 있었지만 구름이 빠른 속도로 이동하며 달을 가리웠지. 우리가 황야로 막 나왔을 때 가는 비가 내리기 시작했다네.

"경도 무기가 있습니까?"

내가 물었지.

"말채찍을 들고 왔습니다."

"그자가 자포자기한 상황이라고 하니 단숨에 덮쳐야 합니다. 반항할 틈을 주지 말고 기습해서 잡아야 해요."

"홈스 씨라면 이런 상황에서 뭐라고 했을까요? 악의 기운이 기승을 부리는 이런 야심한 시각에 외출하는 것에 대해 뭐라고 했을까요?"

그의 말에 응답이라도 하는 듯 그림펀 늪지 근처에서 들었던 이상한 울음소리가 느닷없이 광활하고 어둑어둑한 황야를 가르지 뭔가. 울음소리는 밤의 침묵을 뚫고 길고 낮은 웅얼거림에서 울부짖음으로 점점 커졌다가 구슬픈 신음 소리로 바뀌면서 잦아들었다네. 귀에 거슬리는 거칠고 위협적인 소리가 몇 번이고 반복되면서 온 사방이 함께 진동했지. 내 소맷부리를 붙잡은 헨리 경의 하얗게 질린 얼굴이 어둠 속에서 번뜩이더군.

"맙소사, 저게 뭘까요, 박사님?"

"모르겠습니다. 황야에서 나는 소리예요. 예전에도 들은 적이 있습니다."

소리가 잦아들자 완벽한 침묵이 우릴 에워쌌지. 우리는 귀를 기울였지만 아무 소리도 들리지 않았다네.

헨리 경이 입을 열었지.

"박사님, 그건 사냥개의 울음소리였습니다."

갑자기 덮친 공포로 갈라진 그의 목소리를 들으니 내 피도 싸늘하게 식는 것 같더군.

"사람들은 이 소리를 듣고 뭐라고 합니까?"

그가 물었지.

"어떤 사람들요?"

"여기 사는 시골 사람들요."

"아, 그들이 뭘 알겠습니까. 그건 알아서 뭐하시게요?"

"얘기해주세요, 박사님. 뭐라고 부릅니까?"

나는 망설였지만 대답을 피할 방법이 없었다네.

"바스커빌 가문의 사냥개가 우는 소리라고 하더군요."

그는 신음을 토하고 말을 하지 않다가 마침내 입을 열었지.

"개 우는 소리는 맞는 것 같지만 꽤나 멀리서 들리는 것 같던데요."

"어디서 나는 소리인지 잘 모르겠더군요."

"바람과 함께 커졌다 작아졌다 했어요. 저쪽에 그림펀 늪지가 있지 않습니까?"

"네, 맞습니다."

"음, 그쪽에서 들렸어요. 솔직히 고백하세요, 박사님. 박사님도 사냥개 울음소리라고 생각하지 않으셨나요? 저는 어린애가 아닙니다. 저를 위한답시고 거짓말로 둘러대실 필요 없어요."

"지난번에는 스테이플턴 씨와 함께 들었습니다. 그 사람 말로는 희귀한 새소리일지 모른다고 하던데요."

"아뇨, 아뇨, 사냥개 소립니다. 아, 그 온갖 개 이야기에 진실이 깃들어 있었던 걸까요? 정말 사악한 전설이 절 위협할 수 있을까요? 박사님은 개 이야기를 믿지 않으시죠, 그렇죠?"

"그럼요, 그럼요."

"런던에서는 웃어넘겼는데 어두컴컴한 황야에 서서 울음소리를 들으니 기분이 전혀 다르군요. 저희 백부님은 어떻고요! 쓰러진 백부님 옆에 개 발자국이 찍혀 있었다지 않습니까. 전부 맞아떨어집니다. 저는 겁이 많은 편이 아닌데도 방금 그 소리를 듣고 피가 얼어붙었어요. 제 손을 만져보세요!"

헨리 경의 손은 대리석처럼 차가웠어.

"내일이면 괜찮아질 겁니다."

"울음소리를 잊을 수 없을 것 같습니다. 이제 어쩌면 좋을까요?"

"돌아갈까요?"

"아뇨, 그건 안 됩니다. 셀든을 잡으러 나왔으니 잡아야죠. 우리는 죄수를 쫓고 지옥의 개는 십중팔구 우리를 쫓고 있겠네요. 갑시다, 지옥의 악마들이 황야에서 날뛰고 있다 하더라도 할 일은 해야죠."

우리를 둘러싼 바위 언덕들이 어둑어둑하게 어른거리는 가운데, 앞에서 빛나고 있는 노란 불빛을 향해 어둠을 뚫고 비틀거리며 발걸음을 천천히 옮겼다네. 칠흑 같은 어둠 속의 불빛만큼 거리 가늠이 안 되는 것도 없어서, 어떨 때는 머나먼 지평선 위에서 깜빡이는 것처럼 느껴지기도 하고 또 어떨 때는 몇 미터만 더 가면 잡을 수 있을 것처럼 느껴지기도 하더군. 마침내 불빛의 근원이 보였을 때에야 정말 바로 앞까지 왔다는 걸 알 수 있었지. 흔들리는 촛불은 바위 틈새에 꽂혀 있어서 바람도 막을 수 있는 데다 바스커빌 홀이 아닌 다른 위치에서는 보이지 않겠더군. 우리는 큼지막한 화강암 바위 뒤에 몸을 숨기고 촛불을 훔쳐보았다네. 살아 있는 것의 흔적이라고는 없는 황야 한복판에서 타고 있는 한 자루의 양초를 보고 있자니 기분이 묘했지. 한줄기의 노란 불빛과 불빛을 받아 어슴푸레 빛나는 바위.

"이제 어떻게 할까요?"

헨리 경이 속삭였지.

"여기서 기다립시다. 그자는 촛불 근처에 있을 거예요. 잠깐이라도 모습을 볼 수 있을지 몰라요."

내 말이 떨어지기 무섭게 초를 꽂아둔 바위 너머로 누런 얼굴이 고개를 내밀었다네. 사악한 욕망 때문에 여기저기 찢기고 파여서 험상궂은 짐승 같은 얼굴이더군. 늪지에서 지낸 탓에 지저분했고, 수염이 무성했지. 떡이 진 머리는 늘어져서 언덕 비탈의 굴속에 살았던 원시인이라고 해도 믿길 정도였다네. 단춧구멍만 한 교활한 눈이 촛불에 비쳤는데, 사냥꾼의 발소리를 들은 간교하고 잔인한 짐승처럼 어둠 속에서 고개를 돌려 좌우를 살피고 있더군.

무엇 때문인지 그는 의심스러워하는 눈초리였어. 배리모어는 평소에 비밀 신호를 보냈는데 그러지 않았기 때문인지, 조짐이 이상하다고 느낄 만한 다른 이유가 있어서인지 몰라도 흉악한 얼굴에 공포의 기미가 어려 있더군. 당장이라도 촛불을 끄고 어둠 속으로 사라질 태세였지. 그래서 나는 앞으로 뛰쳐나갔고 헨리 경도 나를 따라 뛰어나왔다네. 그 순간 탈옥수가 욕설을 내뱉으며 돌을 던졌지만 우리가 몸을 숨기고 있던 바위에 맞아서 깨졌지. 벌떡 일어나서 몸을 돌리는 그는 땅딸막하지만 탄탄한 체구를 가졌더군. 그때 공교롭게도 구름 사이로 달이 고개를 내밀었다네. 우리가 언덕 꼭대기를 지나자 산양처럼 바위를 뛰어넘으며 엄청난 속도로 달려 내려가는 그자의 모습이 보였지. 운이 좋으면 총을 쏴서 불구로 만들 수도 있었겠지만 내가 리볼버를 들고 나간 이유는 자기 방어를 위해서지 맨손으로 도망치는 사람을 쏘기 위해서가 아니지 않나.

우리 둘 다 달리는 속도도 제법 빠르고 체력도 좋았지만 그를 잡지 못하리라는 것을 이내 깨달았지. 우리는 그가 머나먼 언덕 비탈의 바위를 요리조리 밟아가며 날쌔게 달리는 조그만 점으로 보일 때까지 한참 동안 달빛 속에서 추격전을 벌였다네. 기진맥진할 때까지 달리고 또 달렸지만 그와의 거리는 점점 멀어질 따름이었지. 결국 우리는 달리기를 멈췄어. 숨을 헐떡이며 바위에 앉아서 저멀리 사라져가는 그의 모습을 지켜보는 수밖에 없었지.

바로 그때 정말이지 희한하고 예상치 못했던 일이 벌어졌다네. 바위에서 일어나 가망 없는 추격전을 포기하고 집으로 돌아가기 위해 몸을 돌린 찰나였어. 삐죽빼죽한 화강암 바위산의 꼭대기가 오른편에 낮게 걸린 은반 같은 달의 아랫부분을 가리고 있었는데, 새까만 조각상인 양 환한 달빛을 등지고 그 바위산 꼭대기에 서 있는 어떤 남자의 실루엣이 보이지 뭔가. 내가 잘못 봤다고 생각하지 말게, 홈스. 내 평생 그렇게 선명한 광경은 처음이었으니까. 키가 크고 호리호리한 남자였다고 장담할 수 있어. 다리를 살짝 벌리고 팔짱을 낀 채 자기 앞에 펼쳐진, 토탄과 화강암으로 이루어진 거대한 황야에 대해 곰곰이 생각하기라도 하는 것처럼 고개를 숙이고 있더군. 섬뜩한 이곳에 깃든 정령일지도 모르지. 탈옥수는 아니었다네. 이 남자는 탈옥수가 사라진 곳과 멀찌감치 떨어진 데에 서 있었거든. 키도 훨씬 컸고. 놀라서 비명을 지르며 헨리 경에게 얘기하려 했지만, 내가 헨리 경의 팔을 잡으려고 고개를 돌린 순간 남자는 벌써 사라진 뒤였다네. 달의 아랫부분을 가린 뾰족한 바위산 꼭대기만 보일 뿐 말없이 꼼짝 않고 서 있던 인물은 흔적조차 없었지.

나는 그쪽으로 건너가서 바위산을 수색하고 싶었지만 꽤 멀리 있었어. 헨리 경은 가문의 으스스한 전설을 떠올리는 울음소리 때문에 신경이 곤두서 있어서 새로운 모험을 시작할 기분이 아니었다네. 바위산에 혼자 서 있던 당당한 분위기를 풍기는 이상한 사람을 직접 보고 전율을 느낀 나와는 다를 것 아닌가. 그는 이렇게 말하더군.

"간수였을 겁니다. 이자가 탈옥한 뒤로 황야에 간수들이 득시글거리니까요."

뭐, 그의 말이 맞겠지만 나는 좀더 확실한 증거를 찾고 싶은 심정일세. 오늘 프린스타운 간수들에게 어딜 찾아야 하는지 알려줄 작정이야. 당당하게 우리 손으로 잡아서 감옥으로 돌려보내지 못한 것이 아쉬울 따름이지. 여기까지가 간밤에 벌인 모험에 대한 설명이라네.

홈스, 내가 보고 하나는 제대로 하고 있다는 걸 자네도 인정해야 할 거야. 내가 전한 이야기들은 대부분 사건과 무관하지만, 그래도 모든 사실을 알려주고 자네가 결론을 도출하는 데 가장 도움이 될 만한 정보를 선택할 수 있게끔 하는 것이 최선이라고 생각하네. 우리의 수사가 진전이 되고 있긴 해. 적어도 배리모어 부부가 보인 수상한 행동의 동기를 파악했고 덕분에 상황이 상당 부분 정리가 됐으니 말일세. 하지만 특이한 사람들이 살고 있는 수수께끼 같은 황야의 속은 전혀 모르겠어. 다음 보고서에서는 실마리를 전할 수 있을지도 모르겠네. 자네가 이곳으로 내려오는 게 가장 좋겠지만.

왓슨 박사의 일기장에서

10.

여기까지는 수사 초기에 셜록 홈스에게 보낸 보고서를 그대로 옮겨 적었다. 하지만 이런 방식을 포기하고 그 무렵에 적어 놓은 일기를 참고하며 기억에 의존해야 할 시점에 이르렀다. 일기장을 몇 장 읽고 나면 영원히 머릿속에 각인된 당시 장면들의 세세한 부분까지 떠오를 것이다. 우리가 탈옥수를 놓치고 황야에서 이상한 경험을 하고 난 다음 날 아침부터 이야기를 계속 이어나가도록 하겠다.

* * *

10월 16일

흐리고 안개. 보슬비가 살짝 내림. 하늘을 뒤덮은 구름이 이따금 걷히면 지루하게 굽이굽이 이어지는 황야가 드러난다. 언덕 비탈 위로 가느다란 은빛 물줄기가 흐르고, 저멀리 보이는 젖은 바위들이 햇빛에 반짝인다. 안팎으로 우울한 분위기다. 헨리 경은 간밤의 흥분이 가라앉자 침울해졌다. 나는 마음이 무겁고, 코앞까지 닥친 위험을 예감한다. 사라질 줄 모르는 위기감의 정체를 알 수 없기 때문에 더 끔찍하다.

위기감을 느낄 만도 하다. 일련의 사건들을 생각해보라. 사악한 기운이 우리를 감싸고 있음을 암시하고 있지 않은가. 이 저택의 마지막 주인이 대대로 이어져 내려오던 저주의 모든 조건에 맞아떨어지는 죽음을 맞이했고, 농부들은 황야에서 괴물을 보았다고 이야기한다. 멀리서 사냥개가 으르렁거리는 듯한 소리를 나도 두 번이나 들었다. 자연의 법칙에 어긋나는, 믿기지도 않고 있을 법하지도 않은 일이다. 사냥개 유령이 실제로 발자국을 남기고 울음소리를 냈을 가능성은 없다. 스테이플턴이나 모티머는 그런 미신을 믿을지 모르지만 나는 상식적인 사람이다. 무슨 일이 있어도 미신을 믿지 않을 것이다. 그런 미신을 믿는다면 악마 같은 개가 있다는 데 만족하지 않고 입과 눈에서 지옥불이 뿜어져 나온다고 말해야 직성이 풀리는 한심한 농부들과 뭐가 다르겠는가. 홈스라면 그런 헛소리를 들은 척도 하지 않을 테고, 나는 그의 뜻을 대신하는 사람이다. 하지만 내가 황야에서 두 번이나 울음소리를 들은 것은 사실이다. 실제로 거대한 사냥개가 황야를 배회하고 있다고 하면 모든 게 설명이 된다. 하지만 그런 개가 어디서 숨어 지내고 어디서 먹이를 얻었을 것이며, 어디서 왔단 말인가. 게다가 어째서 낮에는 본 사람이 아무도 없을까.

자연의 법칙으로 설명하려 해도 굉장히 어렵기는 마찬가지다. 그리고 사냥개와는 별개로 런던에서 마주친 기이한 사건, 마차에 타고 있던 남자, 헨리 경에게 황야로 가지 말라고 경고했던 편지를 감안해야 한다. 최소한 이것들은 실제로 벌어진 사건이며 적, 혹은 그를 보호하려는 친구의 소행이다. 적, 혹은 친구인 그 인물은 지금 어디 있을까? 계속 런던에 있을까, 아니면 우리를 따라서 여기로 내려왔을까? 내가 보았던 바위산 위의 남자가 그자일까?

흘끗 보았을 뿐이지만 그와 관련해서 몇 가지는 장담할 수 있다. 그는 내가 여기서 만난 적 있는 황야 주민이 아니다. 그는 스테이플턴보다 키가 훨씬 크고 프랭클랜드보다 호리호리했다. 배리모어일 수도 있지만 그가 우리를 따라 나왔을 것 같지는 않다. 그렇다면 런던에서 그랬던 것처럼 정체불명의 인물이 우리를 따라다니고 있다는 말이 된다. 우리가 그를 따돌리지 못한 것이다. 그자를 잡을 수만 있다면 여러 어려움이 해결될지 모른다. 그를 잡기 위해 모든 노력을 기울여야 한다.

처음에는 헨리 경에게 계획을 전부 털어놓고 싶은 충동을 느꼈다. 하지만 단독으로 움직이며 최대한 보안을 유지하자는 좀 더 현명한 결정을 내렸다. 그는 요즘 넋이 나가 말도 별로 하지 않았다. 황야에서 들은 소리 때문에 이상하리만치 불안해한다. 괜히 이런저런 말로 그의 불안감을 가중하지 말고 혼자 애써볼 생각이다.

오늘 아침 식사가 끝난 이후에 조그만 소동이 있었다. 배리모어가 헨리 경에게 단독 면담을 요청했고, 둘이 서재에 들어가서 한참 동안 나오지 않았다. 나는 당구실에 앉아 있었는데 언성이 여러 번 높아졌기 때문에 두 사람이 무슨 이야기를 하는지 알아차렸다. 잠시 후에 헨리 경이 문을 열고 나를 불렀다.

"배리모어가 불만을 토로했습니다. 자진해서 비밀을 털어놓았는데도 처남을 잡으러 나가다니 부당하다는 거죠."

집사는 창백하면서도 침착한 얼굴로 우리 앞에 서 있었다.

"제가 너무 열을 낸 건지도 모르겠습니다. 만약 그랬다면 죄송합니다. 오늘 새벽에 두 분이 들어오는 소리를 듣고 셀든을 쫓으러 갔다가 돌아오는 길이라는 것을 알게 되었을 때 얼마나 놀랐는지 모릅니다. 제가 상대를 더하지 않아도 그 딱한 아이는 싸울 상대가 차고 넘치는데요."

"자네가 자진해서 털어놓았다면 이야기가 달라졌겠지. 하지만 어쩔 수 없는 상황에 처하게 되니까, 그것도 자네가 아니라 자네 부인이 얘기한 것 아닌가."

헨리 경이 말했다.

"주인님께서 그걸 악용하실 줄은 몰랐습니다. 정말 몰랐습니다."

"그자는 모두에게 위협적인 존재야. 황야 곳곳에 외딴집들이 띄엄띄엄 흩어져 있는데 그는 무슨 짓이든 아랑곳하지 않을 위인 아닌가. 얼굴을 얼핏 보기만 했는데도 그렇다는 걸 알겠더군. 스테이플턴 남매의 집만 해도 그를 막을 사람이 스테이플턴 씨밖에 없지 않은가. 그를 다시 철창에 가둘 때까지 어느 누구도 안심할 수 없는 상황일세."

"처남이 남의 집에 무단 침입하는 일은 없을 겁니다. 그건 제가 보장합니다. 이 나라에서 해를 끼치는 일도 절대 없을 테고요. 며칠만 있으면 필요한 것들이 마련돼서 남미로 떠날 겁니다. 처남이 아직 황야에 있다는 것을 경찰에 알리지 말아주시길 간곡히 부탁드립니다. 경찰이 황야 수색을 포기했으니 배가 출발할 때까지 얌전히 숨어 있기만 하면 되니까요. 이 사실이 경찰에 알려지면 저희 부부는 곤경에 처할 수밖에 없습니다. 제발 비밀로 해주십시오."

"박사님 생각은 어떻습니까?"

나는 어깨를 으쓱했다.

"그자가 이 나라에서 사라진다면 납세자의 부담이 덜겠네요."

"그전에 누굴 해코지할 가능성도 있잖습니까."

"그런 정신 나간 짓은 하지 않을 겁니다, 주인님. 저희가 필요한 건 다 마련해주고 있으니까요. 이럴 때 범행을 저지르면 은신처를 노출하는 것밖에 안 되겠죠."

"하긴. 뭐, 그렇다면 배리모어……."

헨리 경이 말했다.

"고맙습니다, 주인님. 정말 감사합니다! 처남이 다시 붙잡히면 가엾은 제 아내는 살지 못할 겁니다."

"이러면 우리가 중범죄를 방조하고 교사하는 게 되겠죠, 박사님? 하지만 사정까지 들은 마당에 그자를 경찰에 넘길 수도 없고 하니 이 문제는 배리모어가 말한 대로 처리하는 걸로 하겠습니다. 그래, 배리모어. 그만 나가도 좋네."

그는 더듬더듬 감사 인사를 전하고 몸을 돌리다가 머뭇거리더니 다시 헨리 경을 마주보았다.

"저희에게 잘해주시니 어떻게든 보답을 하고 싶습니다. 제가 한 가지 아는 게 있습니다, 주인님. 진작 말씀드렸어야 하는 건데. 수사가 끝나고 한참 뒤에서야 발견한 사실입니다. 아직 아무한테도 얘기하지 않았습니다. 가엾은 찰스 경의 죽음과 관련이 있고요."

헨리 경과 나는 둘 다 벌떡 일어섰다.

"백부님이 어떻게 돌아가셨는지 알고 있나?"

"아뇨, 그건 아닙니다."

"그럼 뭔가?"

"그 시각에 찰스 경께서 문 앞에 서 계셨던 이유를 압니다. 어떤 여자를 만나기 위해서였습니다."

"여자를 만나기 위해서였다고? 백부님이?"

"네."

"여자의 이름을 아는가?"

"이름을 모르지만 머리글자는 압니다. 머리글자가 L.L.이었습니다."

"그걸 어떻게 알아냈나, 배리모어?"

"찰스 경께서는 그날 아침에 편지를 받으셨습니다. 지역의 유지이고 인심이 좋으셔서 누구든 문제가 생기면 경에게 도움을 청했기 때문에 평소에도 편지가 많이 왔죠. 그날 아침에는 편지가 한 통뿐이라서 유심히 보게 되었습니다. 쿰트레이시에서 온 편지였는데 주소가 여자 글씨체로 씌어 있었어요."

"그런데?"

"그 후 저는 편지에 대해서 잊었고 아내가 아니었으면 다시 떠올릴 일도 없었을 겁니다. 아내가 몇 주 전에 찰스 경이 돌아가신 후 처음으로 그분의 서재를 정리하다 벽난로 쇠살대 뒤편에서 타다 남은 편지를 발견했습니다. 거의 타버리고 마지막 부분만 남아 있었는데 종이가 검게 그을렸지만 읽을 수는 있었습니다. 추신 부분 같았는데 이렇게 적혀 있더군요.

'제발, 제발 부탁드려요. 신사답게 이 편지를 태워버리고 10시까지 문 앞으로 나와주세요.'

아래에 L.L.이라고 서명이 되어 있었습니다."

"그 종잇조각을 보관하고 있나?"

"아뇨. 손을 댔더니 바스러져버렸습니다."

"이전에 똑같은 글씨체로 적힌 편지가 찰스 경 앞으로 배달된 적이 있었나?"

"글쎄요, 경의 편지를 유심히 살핀 적이 없어서요. 우편물이 하나가 아니었다면 그 편지도 눈여겨보지 않았을 겁니다."

"L.L.이 누군지는 전혀 모르겠고?"

"네, 모르겠습니다. 하지만 이 여자의 정체를 파악하면 찰스 경의 죽음에 대해서 많은 정보를 알아낼 수 있을 거라고 생각합니다."

"이렇게 중요한 정보를 왜 숨겼는지 이해가 안 되는군, 배리모어."

"그게, 그 직후에 저희에게 골치 아픈 일이 생긴 겁니다. 게다가 찰스 경이 무척 잘해주셔서 저희 내외는 경을 좋아했거든요. 괜히 들쑤셔봐야 가엾은 주인님에게는 아무 도움이 되지 못할뿐더러 여자가 끼어 있는 문제라면 조심스럽게 접근해야지 않겠습니까? 저희가 아무리……."

"이 일이 백부님의 명예에 누가 될지 모른다고 생각했던 거로군."

"네, 공개되어봐야 좋을 게 하나도 없다고 생각했습니다. 그런데 새로 오신 주인님께서 이렇게 마음을 써주셔서 이 문제를 계속 숨기자니 왠지 죄를 짓는 듯한 기분입니다."

"알겠네, 배리모어. 그만 나가보게."

집사가 나가자 헨리 경은 나를 돌아보았다.

"박사님, 새로 알게 된 정보에 대해 어떻게 생각하십니까?"

"문제가 더 복잡해지는 느낌인데요."

"제 생각도 그렇습니다. 하지만 L.L.이라는 사람을 찾아낼 수만 있다면 문제가 해결되겠죠. 그것만큼은 분명합니다. 진실을 아는 인물이 있으니 우리는 그녀를 찾기만 하면 됩니다. 어떻게 하는 게 좋을까요?"

"홈스에게 곧바로 알려야겠습니다. 이 이야기가 분명 그의 수사에 단초가 될 겁니다. 이 소식을 들으면 여기로 내려올 겁니다."

나는 당장 방으로 달려가서 그날 아침에 나눈 대화를 정리해 홈스에게 보낼 보고서를 작성했다. 그가 베이커 스트리트에서 보내는 전갈은 어쩌다 한 번인데다 짧고, 내가 전한 정보나 임무에 대해서 일언반구가 없는 것을 보면 무척 바쁜 모양이다. 협박 사건에 전력을 쏟고 있는 게 분명하다. 하지만 새로운 변수가 등장했으니 이 사건에 다시금 관심을 보이고 집중하겠지. 그가 여기 있었으면 하는 마음이 간절하다.

10월 17일

하루 종일 비가 내려 담쟁이덩굴이 흔들리고 처마에서 낙숫물이 뚝뚝 떨어졌다. 춥고 황량하며 비 피할 데도 없는 황야에서 지내는 탈옥수가 생각났다. 딱한 친구 같으니라고! 죄가 어떠하든 이 정도로 고생했으니 어느 정도는 죗값을 치렀을 것이다. 그리고 또 다른 사람도 생각났다. 마차 속의 얼굴, 달을 등지고 서 있었던 인물. 보이지 않는 감시자인 어둠의 남자도 폭우가 쏟아지는 저곳에 있을까? 저녁에 나는 우비를 입고 얼굴을 때리는 빗방울과 귀에 휘파람을 부는 바람을 가르며 어두컴컴한 그림자들로 가득한 비에 젖은 황야로 나섰다. 지반이 단단했던 고지대마저 진창이 되어가고 있었다. 그림펀 늪지에 들어설 생명들이 가엾을 따름이다. 나는 일전에 고독한 감시자를 보았던 블랙 토어 바위산으로 올라가 험준한 꼭대기에서 우울한 구릉 지대를 내려다보았다. 적갈색 지면 위로 빗줄기가 바람에 날리고, 낮게 깔린 짙은 청회색의 구름이 기이하게 생긴 언덕들 옆으로 잿빛 화환을 드리웠다. 안개로 반쯤 가려진 왼쪽의 멀찍한 분지에서는 바스커빌 홀의 가느다란 탑 두 개가 나무들 위로 고개를 내밀었다. 언덕 비탈에 빽빽이 자리잡은 선사시대 오두막 말고 눈에 보이는 인적은 그것뿐이었다. 이틀 전 밤에 바로 이 자리에 서 있었던 고독한 남자는 흔적조차 없었다.

파울마이어의 외딴 농가로 이어지는 거친 오솔길을 걸어 돌아오다가 이륜마차를 직접 몰고 가던 모티머 박사와 만났다. 그는 거의 날마다 바스커빌 홀로 연락해서 어떻게 지내는지 확인하며 우리를 살뜰히 챙겼다. 그날은 내가 괜찮다는데도 마차로 집까지 데려다주겠다고 했다. 그는 키우던 스패니얼이 없어져서 심란해하고 있었다. 황야로 나간 스패니얼이 돌아오지 않는다고 했다. 나는 되는 대로 위로의 말을 건네면서도 그림펀 늪지로 빨려들어갔던 조랑말을 떠올렸다. 그는 아무래도 귀여운

강아지를 두 번 다시 못 볼 것 같다.

거친 길 위를 덜커덩덜커덩 달리는 중에 물었다.

"모티머 박사님, 마차로 갈 수 있을 만한 거리에 사는 몇 안 되는 이웃들 중에서 박사님이 모르는 사람은 없겠죠?"

"아마 없을 겁니다."

"그중에 이름의 머리글자가 L.L.인 여자분이 있을까요?"

그는 곰곰이 생각했다.

"저도 잘 모르는 집시와 일꾼 들이 있긴 하지만 농부나 신사 계층 중에는 머리글자가 L.L.인 사람이 없는데요. 아, 잠깐만요."

그는 말을 멈추었다가 덧붙였다.

"로라 라이언스의 머리글자가 L.L.이네요. 쿰트레이시에 사는 아가씨입니다."

"로라 라이언스가 누굽니까?"

"프랭클랜드 씨의 딸이에요."

"네? 그 괴짜 노인네요?"

"맞아요. 그녀는 황야로 그림을 그리러 왔던 라이언스라는 성의 화가와 결혼을 했다가 망나니 같은 그자에게 버림을 받았어요. 듣기로는 전적으로 한쪽 잘못이라고 할 수도 없었다고 하더군요. 아버지가 허락 없이 결혼을 했다며 지원을 끊었거든요.

아마 다른 이유도 한두 가지 있었겠죠. 늙은 죄인과 젊은 죄인 사이에서 아가씨가 상당히 고생을 했습니다."

"지금은 어떻게 살고 있습니까?"

"프랭클랜드 노인네가 돈을 주는 것 같긴 한데 벌인 일도 많고 해서 얼마 되지는 않을 거예요. 그녀가 아무리 지은 죄가 있다 하더라도 시궁창 인생으로 전락하도록 내버려둘 수는 없죠. 사연이 알려지자 몇몇 사람들이 제대로 생활비를 벌 수 있게 일감을 주었어요. 스테이플턴도 하나 맡겼고, 찰스 경도 하나 맡겼죠. 별거 아니지만 저도 하나 맡겼고요. 타자수로 자리를 잡을 수 있게 말입니다."

모티머 박사는 무엇 때문에 L.L.이라는 머리글자에 대해 묻는지 궁금해했지만, 나는 답을 하지 않고 그의 호기심을 해결하는 데 성공했다. 여러 사람에게 떠벌릴 이유가 없었다. 내일 날이 밝으면 쿰트레이시로 갈 것이다. 평판이 엇갈리는 로라 라이언스라는 여성을 만날 수 있다면 쇠사슬처럼 얽힌 수수께끼 가운데 한 가지를 해결할 수 있는 발판을 마련할 수 있을 것이다. 내가 점점 영리해지고 있는 모양이다. 모티머 박사가 집요하게 질문의 이유를 캐묻자 지나가는 말처럼 프랭클랜드의 두개골은 어떤 유형이냐고 물어서 집까지 가는 내내 그가 골상학에 대한 이야기만 늘어놓게 했다. 내가 셜록 홈스와 함께 지낸 세월이 몇 년인데 배운 게 아무것도 없겠는가.

폭풍우가 불던 우울한 이날과 관련해서 기록으로 남길 만한 사건이 하나 더 있다. 방금 전에 배리모어와 대화를 나누다 때가 되면 꺼내서 쓸 수 있는 강력한 카드를 발견했다.

모티머 박사는 우리와 함께 저녁을 먹었다. 식사가 끝나자 헨리 경과 함께 에카르테 카드 게임을 했다. 집사가 서재에 있는 내게 커피를 갖다주었을 때 몇 가지를 물어보았다.

"그래, 자네 처남은 떠났나 아니면 아직도 저기 숨어 있나?"

"모르겠습니다. 있어봐야 골치만 아파서 얼른 떠나주었으면 좋겠는데 말이죠! 지난번에 먹을거리를 가져다준 뒤로 아무 소식도 못 들었습니다. 삼 일 전이네요."

"그때 그를 실제로 보았나?"

"아뇨. 하지만 다음번에 지나가면서 보니 음식이 없어졌더군요."

"처남이 왔다 간 거로군?"

"그렇다고 봐도 무방합니다. 다른 작자가 가져가지 않은 이상요."

나는 커피잔을 입가로 들어올리다 말고 배리모어를 빤히 쳐다보았다.

"자네는 다른 작자가 있다는 걸 아는 모양일세?"

"네. 황야에 사는 다른 작자가 있죠."

"본 적이 있는가?"

"아뇨."

"그런데 어찌 아나?"

"일주일쯤 전에 셀든에게 들었습니다. 그자도 황야에 숨어 지내는 것 같은데 제 짐작으론 탈옥수는 아닌 것 같습니다. 어째 찜찜합니다, 왓슨 박사님. 솔직히 좀 찜찜하죠."

그는 갑자기 열을 내며 말했다.

"내 말 잘 듣게, 배리모어! 나는 자네 주인과 관계된 문제에 깊은 관심이 있다네. 내가 군소리 없이 여기까지 내려온 것은 모두 경을 돕기 위해서일세. 그러니 뭐가 찜찜한지 제대로 털어놓게."

배리모어는 잠깐 머뭇거렸다. 자신의 경솔함을 후회하는 한편, 감정을 말로 표현하기 어려워하는 듯했다.

"이 모든 사태가 그렇습니다."

그는 빗줄기가 내리치는 황야가 보이는 창문을 손으로 가리키며 마침내 외쳤다.

"분명히 저기 어딘가에서 음흉한 수작이 벌어지고, 사악한 음모가 꾸며지고 있어요. 헨리 경이 런던으로 돌아가시면 소원이 없겠습니다!"

“뭣 때문에 그렇게 불안해하는 건가?”

“찰스 경의 죽음을 보세요! 검시관 말로는 아주 끔찍한 죽음이었을 거라고 하더군요. 밤마다 황야에서 들리는 소리는 어떻고요. 해가 떨어진 뒤에는 아무리 돈을 많이 준대도 거기로 나가려는 사람이 없을 겁니다. 황야에 숨어서 뭔가를 지켜보며 기다리는 정체불명의 사나이는 또 어떻습니까. 그자는 무엇을 기다리는 걸까요? 그게 어떤 징조일까요? 바스커빌 가문의 사람에게 좋은 일일 리 없겠죠. 헨리 경의 새 하인들에게 저택을 맡기고 여기서 떠날 수 있다면 여한이 없겠습니다.”

“정체불명의 사나이 말이지. 그자에 대해서 좀더 듣고 싶은데. 셀든이 뭐라고 하던가? 그가 어디서 숨어 지내는지, 뭘 하는지 알던가?”

“한두 번 본 적이 있는데 워낙 속을 드러내지 않는 작자라 정체를 알 수가 없다고 합니다. 처음에는 경찰인 줄 알았는데 그건 아니고 나름대로 꿍꿍이가 있는 눈치라고요. 행색으로 보면 신사 양반인데 황야에서 뭘 하는지 전혀 모르겠답니다.”

“그자는 어디에서 산다고 하던가?”

“언덕 비탈에 있는 오래된 집에서요. 오래전에 사람들이 살았던 돌집 말입니다.”

“뭘 먹고 지내는 거지?”

“물건을 갖다 주는 남자애가 있답니다. 쿰트레이시에서 필요한 물건들을 구해오겠죠.”

“고맙네, 배리모어. 이 부분에 대해서는 나중에 좀더 자세한 이야기를 나누도록 하세.”

집사가 나가고 나는 어두컴컴한 창가로 다가가서 빗물로 얼룩진 유리창 너머로 빠르게 지나가는 구름과 바람에 이리저리 흔들리는 나무들을 바라보았다. 집안에 있어도 정신이 사나운데 황야의 돌집에서는 오죽할까. 무슨 원한이 있기에 이런 때 그런 곳에서 숨어 지낼까. 얼마나 심각하고 절실한 목표가 있기에 그런 시련을 견디고 있을까. 모든 문제의 원흉이 황야의 돌집 안에 숨어 있을지 모른다. 나는 하루도 지체 않고 모든 수단과 조치를 동원해서 수수께끼의 핵심으로 파고들 것이다.

바위산의 사나이

11.

내 일기 발췌는 이쯤에서 마무리를 짓고, 기괴한 사건들이 끔찍한 결론을 향해 정신없이 이어지기 시작한 10월 18일에서부터 이야기를 다시 시작하도록 하자. 이후로 며칠 동안 벌어진 사건들은 머릿속 깊숙이 각인되어서 당시의 기록을 보지 않아도 떠올릴 수 있다. 따라서 두 가지 중요한 정보를 얻은 날에서부터 이야기를 시작하겠다. 두 가지 중요한 정보 중 하나는 쿰트레이시의 로라 라이언스 부인이 편지를 보내서 찰스 바스커빌 경에게 그가 죽음을 맞이한 시각, 그 장소에서 만나기로 약속을 했었다는 것이고, 다른 하나는 언덕 비탈의 돌집을 뒤지면 황야에서 숨어 지내는 사나이를 찾을 수 있다는 것이었다. 이런 두 가지 정보를 알게 되었는데도 현재의 암울한 상황을 그대로 방치한다면 내 머리가 모자라든지 용기가 부족하든지 둘 중 하나일 거라는 생각이 들었다.

모티머 박사가 늦게까지 카드 게임을 하다 갔기 때문에 전날 저녁에는 라이언스 부인에 대해 입수한 정보를 헨리 경에게 전달할 기회가 없었다. 그래서 아침 식사를 하는 자리에서 그 이야기를 하고 쿰트레이시에 같이 가겠느냐고 물었다. 경은 적극적으로 호응했지만 함께 고민해보니 나 혼자 가는 게 나을 것 같았다. 격식을 차리고 찾아갈수록 얻어낼 수 있는 정보가 적었다. 때문에 나는 헨리 경을 저택에 남겨두고 약간 양심의 가책을 느끼며 새로운 모험길에 올랐다.

쿰트레이시에 도착하자 나는 마부 퍼킨스더러 마차를 세우라 하고 여자를 찾아 나섰다. 그녀의 거처는 마을 중심부에 있는데다 눈에 띄어서 쉽게 찾을 수 있었다. 하녀가 소개 없이 곧장 나를 안내했다. 응접실로 들어서자 레밍턴 타자기 앞에 앉아 있던 여자가 환영의 뜻이 담긴 상냥한 미소를 지으며 벌떡 일어났다. 그러다 이내 처음 보는 사람이라는 것을 알아차리고는 실망한 표정으로 다시 앉으며 무슨 일로 왔느냐고 물었다.

라이언스 부인을 보고 처음 든 생각은 엄청난 미인이라는 것이었다. 눈과 머리칼은 똑같이 짙은 적갈색이었고, 주근깨가 제법 많은 뺨은 갈색 머리와 잘 어울리는 장미 속잎처럼 얌전한 분홍색으로 발그스레했다. 거듭 강조하지만 첫인상은 감탄 그 자체였다. 하지만 곧 첫인상의 감탄은 사그라졌다. 표정이 교양 없다고 해야 할지, 눈빛이 냉정하다고 해야 할지, 입술이 야물지 못해서 완벽한 미모를 망쳐놓고 있다고 해야 할지 얼굴 어딘가가 이상했다. 어디까지나 나중에 곰곰 떠올려보니 그렇다는 얘기다. 그 순간에는 앞에 앉은 여인이 아주 아름답다는 것만 겨우 알 수 있었다. 그녀는 무슨 일로 왔느냐고 내게 물었다. 나는 내가 맡은 임무가 얼마나 까다로운지 그 질문을 받고서야 깨달았다.

"저는 부인의 부친과 아는 사이입니다."

내가 생각해도 어설프기 짝이 없는 인사였다. 부인의 냉랭한 반응이 그 사실을 깨우쳐주었다.

"저와 제 아버지는 공유할 게 없는 사이인데요. 제가 아버지에게 신세진 일도 없고 아버지의 친구가 제 친구가 될 것도 아니고요. 돌아가신 찰스 바스커빌 경과 몇몇 친절한 분들이 아니었다면 고마운 아버지 덕분에 저는 굶어 죽었을지 몰라요."

"제가 찾아온 이유가 바로 돌아가신 찰스 바스커빌 경 때문입니다."

부인의 뺨이 붉어졌다.

"제가 드릴 말씀은 별로 없는데요."

그녀는 타자기의 자판을 신경질적으로 두드리며 물었다.

"경과 알고 지내셨죠?"

"이미 말씀드렸잖아요. 경께 큰 신세를 졌다고. 혼자 먹고살 수 있게 된 것도 그분이 제 딱한 처지에 관심을 기울여주신 덕분이에요."

"그분께 편지를 보낸 적이 있습니까?"

그녀는 적갈색 눈을 분노로 번뜩이며 휙 하니 고개를 들더니 날카롭게 물었다.

"질문의 의도가 뭐죠?"

"공개적인 추문을 피하기 위해섭니다. 사태가 걷잡을 수 없이 확대되기 전에 본인에게 묻는 게 나으니까요."

그녀는 새하얗게 질린 얼굴로 아무 말도 하지 않다가 마침내 아랑곳하지 않겠다는 듯이 화가 난 표정으로 나를 올려다보았다.

"알겠어요. 대답해드리죠. 질문이 뭐였죠?"

"찰스 경에게 편지를 보낸 적이 있습니까?"

"세심하게 신경써주셔서 감사하다고 몇 번 보낸 적 있어요."

"보낸 날짜를 기억하십니까?"

"아뇨."

"그분을 직접 뵌 적이 있나요?"

"네, 쿰트레이시에 그분이 오셨을 때 한두 번요. 수줍음이 많은 분이라 선행도 숨어서 베푸셨어요."

"만난 적도 거의 없고 편지를 주고받은 적도 별로 없는 분이 어떻게 부인의 사정을 알고 도움을 주셨나요?"

그녀는 조금도 주저하지 않고 난감한 질문에 대답했다.

"제 안타까운 사연을 알고 도와주러 나선 남자분들이 몇 분 있었어요. 그중에 스테이플턴 씨가 찰스 경의 이웃이자 가까운 친구였죠. 마음을 많이 써주신 그분을 통해서 찰스 경이 제 사정을 알게 되신 거예요."

찰스 바스커빌 경이 스테이플턴을 내세워서 몇 차례 선행을 베푼 적이 있다는 것을 익히 알고 있었다. 부인의 이야기가 사실이라고 생각되었다.

"찰스 경에게 만나달라는 편지를 보낸 적이 있습니까?"

나는 질문을 계속했다.

라이언스 부인의 얼굴이 분노로 벌게졌다.

"정말이지 망측하기 짝이 없는 질문이네요."

"죄송하지만 이 질문을 반복할 수밖에 없습니다."

"그럼 대답할게요. 아뇨."

"찰스 경이 세상을 떠난 날에 만나자고 한 적이 없단 말씀이죠?"

그녀의 얼굴에서 핏기가 가시고 시체처럼 새하얘졌다. 그녀는 입술이 바짝 말라서 '아뇨'라고 제대로 말하지도 못했다. 나는 그녀의 대답을 입 모양으로 알아차렸다.

"기억을 못 하시는 모양이로군요. 편지의 내용을 일부 읊어드릴 수도 있는데요.

'제발, 제발 부탁드려요. 신사답게 이 편지를 태워버리고 10시까지 문 앞으로 나와주세요'."

그녀는 기절을 하는가 싶더니 엄청난 노력 끝에 정신을 차렸다.

"이 세상에 신사는 사라지고 없는 건가요?"

숨이 막힌 그녀는 말을 제대로 잇지 못했다.

"오해하지 마십시오. 찰스 경은 편지를 태웠습니다. 하지만 탔어도 뭐라고 적혀 있는지 읽을 수 있기도 하죠. 편지를 썼다고 인정하시는 겁니까?"

"네, 썼어요. 썼어요. 아니라고 할 이유가 없잖아요? 부끄러운 짓을 저지른 것도 아닌데. 나는 그분께 도움을 청하려고 했어요. 직접 만나서 대화를 나누면 도움을 받을 수 있을 것 같아서, 그래서 만나달라고 한 거예요."

그녀는 울부짖더니 영혼을 토하듯 속사포처럼 말을 쏟아냈다.

"왜 그렇게 야심한 시각을 골랐습니까?"

“경이 다음날 런던에 가서 몇 달 동안 머무를 거라는 소식을 뒤늦게 들었으니까요. 그보다 더 일찍은 만날 수 없는 개인적인 이유가 있었어요.”

“집으로 찾아가지 않고 정원에서 만나자고 한 이유는 뭡니까?”

“여자가 그런 시각에 남자 혼자 사는 집으로 찾아갈 수 있다고 생각하세요?”

“갔을 때 무슨 일이 있었습니까?”

“안 갔어요.”

“라이언스 부인!”

“하늘에 대고 맹세할 수 있어요. 안 갔어요. 일이 생겨서 못 갔어요.”

“무슨 일요?”

“개인적인 문제예요. 밝힐 수 없어요.”

“찰스 경이 세상을 떠난 그 시각, 그 장소에서 경을 만나기로 한 약속을 지키지 않았다는 겁니까?”

“맞아요.”

나는 몇 번이고 추궁했지만 더이상 정보를 얻지 못했다.

“라이언스 부인. 알고 계신 것들을 털어놓지 않는 엄청난 죄를 저지르고 뒷감당을 어떻게 하시려고 합니까? 제가 만약 경찰에 도움을 요청하면 부인이 얼마나 심각한 상황에 처했는지 아실 텐데요. 만약 죄가 없다면 제가 처음에 물었을 때 그날 편지를 보내지 않았다고 잡아떼신 이유가 뭡니까?"

나는 결론이 나지 않는 장시간의 면담을 접고 자리에서 일어나면서 말했다.

"엉뚱한 오해를 사서 추문에 휩쓸리는 건 아닌가 겁이 났기 때문이에요."

"찰스 경에게 편지를 태워달라고 간곡하게 부탁한 이유는요?"

"편지를 읽으셨다면 아시겠죠."

"편지를 처음부터 끝까지 모두 읽었다고 말씀드리지는 않습니다."

"한 부분을 읊으셨잖아요."

"추신만 읊었죠. 말씀드렸다시피 찰스 경이 편지를 태워서 전부 읽을 수는 없었습니다. 다시 한번 묻겠습니다. 찰스 경이 사망한 날에 보낸 편지를 없애달라고 간곡하게 부탁한 이유가 뭡니까?"

"개인적인 문제라니까요."

"부인이 경찰 수사를 피해 저에게 진실을 이야기해야 하는 이유가 한 가지 더 추가되었네요."

"좋아요, 말씀드릴게요. 제 불행한 사연을 들었으면 아시겠지만 저는 경솔하게 결혼을 했어요. 그리고 결혼을 후회할 만한 이유가 있고요."

"저도 들었습니다."

"제 결혼 생활은 혐오스러운 남편에게 학대당하는 날의 연속이었어요. 법은 그의 편이었고, 저는 그와 다시 살아야 할지 모른다는 공포에 날마다 시달렸어요. 찰스 경에게 편지를 보낸 이유는 일정 금액을 지불하면 자유를 되찾을 수 있다는 소식을 접했기 때문이에요. 저에겐 모든 것이 걸린 일이었죠. 마음의 평화, 행복, 자존감, 모든 것요. 찰스 경이 자선을 베푸는 성격이라는 것을 알았기 때문에 직접 만나서 사연을 말씀드리면 도움을 받을 수 있겠다고 생각했어요."

"왜 만나러 가지 않으셨습니까?"

"그새 다른 분께 도움을 받았거든요."

"찰스 경에게 편지를 보내서 사정을 설명하지 않으신 이유가 뭔가요?"

"다음날 조간신문에 그분의 사망 기사가 실리지 않았더라면 편지를 보냈겠죠."

부인의 증언은 앞뒤가 맞았고 아무리 질문을 퍼부어도 구멍이 생기지 않았다. 일단은 그녀가 찰스 경 사망 무렵에 정말 남편을 상대로 이혼소송을 제기했는지 확인하는 수밖에 없었다.

바스커빌 홀에 가지 않았다는 그녀의 말이 거짓말일 리는 없었다. 바스커빌 홀에 오려면 마차를 타고 왔다가 새벽녘이 되어서야 쿰트레이시로 돌아갈 수 있었을 텐데 아무도 모르게 다녀올 수는 없었다. 따라서 그녀의 증언이 사실이거나 사실에 가까울 가능성이 높았다. 나는 당황스럽고 무거운 마음으로 그녀의 집을 나섰다. 수사를 하려고 나설 때마다 담벼락이 앞을 가로막는 것 같았다. 부인의 표정과 태도를 곱씹으면 곱씹을수록 무언가를 숨기고 있다는 생각이 들었다. 왜 그렇게 얼굴이 새하얘졌을까? 실토할 수밖에 없는 상황에 몰릴 때까지 아니라고 잡아뗀 이유는 뭘까? 찰스 경이 세상을 떠났을 당시에는 왜 침묵으로 일관한 걸까? 결백하다고 주장하면서도 뭔가 켕기는 구석이 있는 눈치였다. 하지만 당장은 이쪽의 수사를 잠시 멈추고 황야의 돌집으로 가서 다른 증거를 찾아야 했다.

돌집 수사야말로 막연하기 짝이 없었다. 황야에 가서 살피니 언덕마다 원시인들의 흔적이 남아 있었다. 정체불명의 남자가 원시인들이 살던 오두막에서 숨어 지낸다고 한 배리모어의 증언이 유일한 단서인데, 수백 개나 되는 돌집이 여기저기 흩어져 있었다. 그렇지만 나는 그자가 블랙 토어 꼭대기에 서 있는 모습을 보았다. 따라서 블랙 토어를 중심으로 수색 작전을 펼쳐 내가 찾는 돌집이 나올 때까지 일일이 뒤질 것이다. 돌집을 찾아서 그자를 발견하면 리볼버를 동원해서라도 그의 정체를 밝혀 끈질기게 우리를 괴롭히는 이유를 직접 듣고야 말 것이다. 사람이 많은 리젠트 스트리트에서는 우리를 피해서 도망칠 수 있었을지 몰라도 아무도 없는 황야에서는 그럴 수 없을 것이다. 만약 돌집은 찾았는데 그자가 없으면 올 때까지 몇 시간이건 기다릴 작정이었다. 홈스는 런던에서 그자를 놓쳤다. 명탐정이 실패한 과업을 내가 완수한다면 얼마나 엄청난 업적이 될 것인가.

지금까지 운명의 여신이 몇 번이나 우리를 배신했지만 이번만큼은 내 편이었다. 게다가 행운의 전령은 다름 아니라 프랭클랜드였다. 내가 그 집 앞을 지나려고 했을 때 희끗희끗한 구레나룻에 얼굴은 시뻘건 그가 큰길 쪽으로 열려 있는 정원 문 앞에 서 있었다. 그가 평소답지 않게 쾌활한 목소리로 외쳤다.

"안녕하신가, 왓슨 박사. 마차를 세우고 들어와서 와인 한잔하며 나를 축하해주시게."

그가 딸을 어떤 식으로 대했는지 들은 뒤로 그에 대한 감정은 결코 호의적이라 할 수 없었지만 안 그래도 퍼킨스와 마차를 돌려보내고 싶던 차에 좋은 기회였다. 나는 마차에서 내리고 저녁 먹을 시간에 맞춰서 걸어가겠다는 말을 헨리 경에게 전해달라고 퍼킨스에게 부탁했다. 그런 다음 프랭클랜드를 따라서 그의 집 식당으로 들어갔다.

"오늘은 아주 기분 좋은 날이올시다. 내 인생의 기념비적인 날이라고 할까."

그가 킬킬거렸다.

"내가 두 건을 해냈지 뭐요. 법은 법이고, 이 세상에는 거리낌 없이 법의 권위를 보여주는 자가 있다는 것을 그 작자들에게 가르쳐줬단 말이오. 내가 미들턴 영감의 정원을 한가운데로 관통해서 지나갈 수 있는 통행권을 확보했다는 거 아니오, 그것도 그 영감네 집 대문에서 백 미터밖에 안 떨어진 곳을. 솜씨가 어떻소? 서민의 권리를 함부로 짓밟으면 안 된다는 것을 힘깨나 쓰는 양반한테 가르쳐줘야지! 당당하게 이의를 제기해야지! 펀워디 주민들이 종종 소풍을 갔던 숲도 내가 폐쇄했다오. 몰상식한 인간들은 재산권의 개념도 모르고 아무데나 쓰레기를 버려도 된다고 생각하거든. 두 가지 사건 모두 내가 승소를 거두었다는 거 아니겠소, 왓슨 박사. 자기 소유의 수렵지에서 사냥한 존 몰랜드 경을 무단 통행으로 고소해서 승소한 이래 처음 있는 일이오."

"무슨 수로 승소하셨습니까?"

"판결문을 찾아서 읽어보쇼. 읽어볼 가치가 있거든. 고등법원의 프랭클랜드 대 몰랜드 사건. 이백 파운드를 들여서 내가 이겼지."

"그러면 무슨 이득이 생깁니까?"

"아니, 이득은 전혀 없다오. 나 스스로도 자랑스럽게 여기는 부분이지만 나는 그 문제로 이득을 취하려는 게 아니올시다. 공익을 위해서 소송을 건 거지. 펀워디 주민들이 분명 오늘 저녁에 내 인형을 갖다놓고 화형식을 치를 거요. 지난번에 그랬을 때 그런 망신스러운 추태를 그만두어야 하지 않겠느냐고 경찰에 이야기하긴 했지만 이 지역의 한심한 경찰들은 보호받아 마땅한 나를 제대로 보호해줄 능력이 없다니까. 프랭클랜드 대 정부 사건의 결과가 알려지면 이 문제가 공론화될 거요. 나를 그런 식으로 취급했다가는 후회하게 될 거라고 진작부터 일렀는데 결국 내 말이 현실로 이루어지는 거지."

"어떻게요?"

노인은 전문가라도 된 듯 잘난 척하며 말했다.

"경찰들이 알고 싶어 하는 정보를 내가 알고 있거든. 하지만 나는 불한당들을 도울 생각이 절대 없지."

나는 그의 수다에서 벗어날 핑곗거리를 찾고 있다가 갑자기 솔깃해졌다. 하지만 조금이라도 관심을 보이면 입을 닫아버릴 이 노인네의 청개구리 같은 성격을 익히 알았다.

"누가 밀렵이라도 한 모양이죠?"

나는 심드렁하게 물었다.

"하하, 그보다 훨씬 더 심각한 문제지! 황야로 도망친 죄수라면 어떨까?"

나는 움찔했다.

"설마 그자가 어디 있는지 아시는 건 아니겠죠?"

"정확한 위치는 모르지만 경찰에서 잡겠다면 도움을 줄 수는 있지. 어디에서 식량을 구하는지 알아내서 역추적하면 그자를 잡을 수 있다는 생각은 안 해봤겠지?"

그는 불안할 정도로 진상에 근접해 있었다.

"그렇겠죠. 하지만 죄수가 황야에 있다는 걸 무슨 수로 장담하십니까?"

"식량을 갖다주는 심부름꾼을 내 눈으로 똑똑히 보았거든."

배리모어 생각에 가슴이 철렁했다. 이 심술 맞은 노인네에게 책을 잡히면 일이 심각해진다. 하지만 그가 그다음으로 한 말을 듣고 나는 마음의 짐을 덜었다.

"놀랍게도 어린애가 식량을 갖다주더군. 내가 지붕 위에서 망원경으로 날마다 감시하고 있지. 똑같은 시각에 똑같은 길을 걸어가는데 죄수가 아니면 누구한테 가는 거겠소?"

이런 행운이 있나! 나는 꾹 참고 관심 있는 척하지 않았다. 어린애라니! 배리모어도 정체불명의 사나이에게 필요한 물건을 갖다주는 남자아이가 있다고 했다. 프랭클랜드에게 꼬리를 밟힌 것은 탈옥수가 아니라 그자였다. 프랭클랜드에게서 정보를 얻어낼 수 있다면 한참 동안 피곤하게 찾아다닐 필요가 없었다. 못미더워하며 무관심한 척하는 것이 가장 확실하게 알아낼 방법이다.

"황야에서 양을 치는 아버지에게 저녁을 갖다주는 아들일 가능성이 높지 않습니까?"

반박하는 기미를 살짝 드러내기만 했는데도 폭군 노인네가 발끈했다. 화가 난 고양이처럼 회색 수염을 빳빳하게 세우고 표독스러운 눈빛으로 노려보며 끝없이 펼쳐진 황야를 가리켰다.

"무슨 말도 안 되는 소리를! 저기 블랙 토어 보이시오? 그 너머의 가시덤불로 뒤덮인 야트막한 언덕은? 거기로 말할 것 같으면 황야를 통틀어서 돌이 가장 많은 곳이올시다. 선생 같으면 저런 데서 양을 치겠소? 참말이지 별 황당한 소리를 다 듣겠네."

나는 잘 몰라서 한 소리라고 대답했다. 내가 고개를 숙이자 기분이 좋아졌는지 그는 더 많은 정보를 털어놓았다.

"나는 확실한 근거가 있어야 결론을 내리는 사람이오. 보따리를 들고 왔다 갔다 하는 남자아이를 한두 번 본 게 아니란 말이지. 날마다, 어떨 때는 하루에 두 번도 보았어. 잠깐만, 왓슨 박사. 내가 잘못 본 건가? 저기 언덕 비탈에서 뭔가가 움직이고 있는 것 같은데?"

몇 킬로미터 떨어진 지점에서 칙칙한 초록색과 회색을 배경으로 까만색의 조그만 점 하나가 분명히 보였다.

"자, 자! 선생이 직접 보고 판단하시오."

프랭클랜드가 2층으로 달려 올라가며 외쳤다.

삼각대에 놓인 어마어마한 크기의 망원경이 지붕 위의 평평한 납판에 설치돼 있었다. 프랭클랜드는 망원경에 눈을 갖다 대더니 탄성을 질렀다.

"얼른, 왓슨 박사. 녀석이 언덕을 넘어가기 전에 얼른 보시구려!"

과연 조그만 보따리를 어깨에 짊어진 소년이 언덕을 터벅터벅 걸어 올라가고 있었다. 춥고 파란 하늘을 배경으로 누더기를 걸친 아이가 꼭대기에 다다른 모습이 또렷하게 보였다. 아이는 누가 쫓아오지 않을까 걱정하는 사람처럼 주변을 슬금슬금 둘러보며 언덕 너머로 사라졌다.

"어떻소! 내 말이 맞지 않소?"

"그러네요. 아이가 비밀스러운 볼일이 있는 것 같습니다."

"어떤 볼일인지는 시골 순경이라도 짐작할 수 있겠지. 하지만 그들이 나한테서 정보를 얻을 일은 없을 거요. 선생도 비밀을 지켜주어야 하오. 한마디도 발설하면 안 돼! 알아들으셨소?"

"그러죠, 뭐."

"그들이 나를 얼마나 치욕스럽게 대했는지 아시오? 암, 치욕스러웠다마다! 프랭클랜드 대 정부 사건의 진상이 알려지면 분노의 물결이 이 나라를 뒤덮을 거라고 장담할 수 있소. 나는 절대 경찰을 도울 생각이 없소이다. 펀워디의 주민들이 인형이 아니라 나를 직접 화형대에 세워도 경찰은 본체만체할걸? 설마 지금 가려는 건 아니겠지? 이 엄청난 날을 기념해서 함께 축배를 들어야지!"

나는 그의 간청을 뿌리쳤다. 집까지 바래다주겠다는 것도 간신히 사양했다. 길을 따라 걸어가다 그의 시선이 닿지 않는 위치에 이르자 황야로 방향을 틀어서 아이가 사라진 돌투성이 언덕으로 향했다. 모든 게 순조로웠다. 운명의 여신이 던져준 기회를 내가 잡을 수 있었던 것은 끈기와 노력이 있었기 때문이었다.

언덕 꼭대기에 다다랐을 무렵에는 해가 지기 시작해서 내 앞의 기다란 내리막길은 온통 황금빛으로 물든 초록색으로 바뀌어 있었다. 뒤쪽은 어두컴컴한 그늘이었다. 머나먼 지평선 위로 실안개가 낮게 걸려 있었고, 환상적인 윤곽선을 자랑하는 벨리버와 빅슨 토어가 그 위로 고개를 내밀고 있었다. 광활한 황야에서는 아무 소리도 들리지 않고 아무 움직임도 보이지 않았다. 갈매기인지 마도요인지 모를 회색의 커다란 새가 파란 천공으로 높이 날아올랐다. 거대한 하늘과 하늘 아래로 펼쳐진 황무지 사이에서 살아 움직이는 생명체라고는 새와 나밖에 없는 듯했다. 을씨년스러운 풍경, 고독감, 실체를 알 수 없는 긴급한 임무가 뒤엉키면서 가슴속 한 구석이 서늘해졌다. 아이는 온데간데없었다. 아래로 보이는 언덕 사이에 오래된 돌집이 모여 있었는데, 한가운데에 있는 한 집은 바람을 꽤 막아줄 수 있을 만큼 지붕이 많이 남아 있었다. 그 집을 발견하자 심장이 쿵쾅거렸다. 정체불명의 사나이가 숨어 지내는 은신처가 분명했다. 마침내 은신처 앞에 다다랐으니 비밀을 알아내는 것도 시간 문제였다.

잠자리채를 들고 앉아 있는 나비를 향해 접근하는 스테이플턴처럼 조심스럽게 다가가보니 누가 살고 있는 흔적이 눈에 들어왔다. 바위 사이로 문처럼 보이는 무너진 구멍까지 길이 나 있었다. 안은 잠잠했다. 정체불명의 사나이가 안에 있는지 아니면 황야를 배회하고 있는지는 알 수 없었다. 흥분으로 온몸이 찌릿찌릿했다. 나는 주머니에 손을 넣어서 담뱃갑을 옆으로 치우고 리볼버를 움켜쥔 채 잽싸게 입구로 걸어갔다. 안을 들여다보았는데 아무도 없었다.

하지만 헛다리를 짚지 않았다는 증거가 여기저기 보였다. 그자가 사는 집이 분명했다. 한때 원시인이 잠을 청했을 석판 위에 방수천으로 돌돌 말린 담요가 몇 장 있었다. 급조한 벽난로에는 재가 쌓여 있었다. 취사도구와 반쯤 찬 물 양동이가 벽난로 옆을 지키고 있었다. 여기저기 흩어져 있는 빈 깡통을 보니 여기서 지낸 지 꽤 된 것 같았다. 돌 틈새로 들어오는 빛에 익숙해지자 한쪽 구석에 놓인 작은 접시와 반쯤 마시고 남은 술병이 보였다. 집 한복판에 테이블 역할을 할 법한 납작한 돌이 있었고, 거기에 조그만 천 보따리가 놓여 있었다. 망원경으로 본 아이가 어깨에 짊어지고 있던 보따리가 분명했다. 빵 한 덩이, 우설 통조림 한 개, 복숭아 통조림이 두 개 들어 있었다. 물건들을 살피고 내려놓는데, 보따리 바닥에 글씨가 적힌 종이가 보이자 심장이 쿵쾅거렸다. 종이에는 연필로 비뚤배뚤 이렇게 적혀 있었다.

왓슨 박사는 쿰트레이시로 갔음.

나는 이 짧은 메시지의 의미가 뭘까 고민하며 종이를 쥔 채 잠깐 동안 서 있었다. 정체불명의 사나이가 미행한 사람은 헨리 경이 아니라 나였다. 내 뒤를 직접 밟지는 않았다. 아마도 심부름꾼 아이를 미행으로 붙였을 것이다. 이것이 그 아이의 보고서였다. 나는 황야로 내려온 이래 일거수일투족을 감시당했던 것이다. 어쩐지 내내 그물에 감싸인 듯한 느낌이 가시지 않더라니. 마지막에 가서야 붙잡혔다는 걸 알아챌 수 있을 만큼 교묘하고 정교한 그물 말이다.

다른 보고서도 있을 가능성이 다분하기에 돌집을 뒤져보았지만 비슷한 것은 흔적조차 찾을 수 없었다. 일상의 안락함 따위는 안중에도 없는 검소한 사고방식의 소유자라는 것 말고는 이 특이한 곳에 살고 있는 남자의 성격이나 의도를 파악할 만한 단서가 전혀 없었다. 나는 얼마 전의 폭우를 떠올리며 군데군데 틈이 벌어진 지붕을 쳐다보았다. 얼마나 강하고 확고한 동기를 가지고 있어야 이런 힘든 환경에서 버틸 수 있을지 생각했다. 그는 악랄한 적일까 아니면 뜻밖의 수호천사일까? 나는 그걸 알아내기 전에는 돌집을 나서지 않겠다고 굳게 다짐했다.

밖에서는 저물어가는 태양에 서쪽 하늘이 진홍빛과 황금빛으로 이글거렸다. 햇빛이 저멀리 보이는 그림펀 늪지를 비추자 늪이 붉게 물들었다. 바스커빌 홀의 두 탑과 그림펀 마을의 위치를 알려주는 희미한 연기가 보였다. 그 사이에 있는 언덕 너머로 스테이플턴 남매가 사는 집이 시야에 들어왔다. 황금빛 석양이 비추자 모든 것이 아늑하고 그윽하고 평화롭게 보였다. 하지만 나는 평화를 전혀 느끼지 못하고 정체불명의 사나이와의 대면이 시시각각으로 다가온다는 막연한 공포로 몸서리를 쳤다. 굳은 의지로 오싹한 기분을 달래며 어두컴컴한 구석에 앉아서 집주인이 돌아올 때까지 끈질기게 기다렸다.

마침내 누가 오는 소리가 들렸다. 신발 밑창이 덜거덕덜거덕 돌에 부딪히는 소리가 멀리에서부터 점점 가까워졌다. 나는 가장 어두컴컴한 구석에 몸을 숨기고 주머니 안의 리볼버 공이치기를 당기며 이자의 정체를 확인하기 전에는 모습을 드러내지 않으리라 다짐했다. 그가 걸음을 멈추었는지 한참 동안 정적이 흘렀다. 그러다 또다시 발소리가 이어지더니 돌집 입구에 그림자가 드리워졌다.

"멋진 저녁일세, 왓슨. 그나저나 안보다는 밖이 훨씬 더 편할 텐데."

잘 아는 목소리가 들렸다.

황야에서 벌어진 살인 사건

12.

순간 숨이 막히고 귀를 믿을 수가 없었다. 잠시 후에 감각과 목소리가 되돌아오면서 영혼을 누르던 어마어마한 중압감이 당장에 가셨다. 차갑고 날카로우며 빈정거리기 좋아하는 목소리의 주인공은 세상에서 단 한 명밖에 없었다.

"홈스, 자넨가!"

"나오게. 리볼버 조심하고."

나는 조잡한 상인방 아래로 허리를 숙이며 나갔다. 그는 바위에 앉아서 재미있다는 듯이 눈을 반짝이며 놀란 나를 쳐다보았다. 야위고 초췌했지만 표정은 맑고 또렷했다. 명민한 얼굴은 햇볕에 그을고 바람에 거칠어졌다. 트위드 양복에 납작한 모자를 쓰고 있는 모습이 황야에서 종종 보이는 여행객과 다를 게 없어

보였다. 고양이처럼 깔끔한 것을 좋아하는 홈스는 베이커 스트리트에 있을 때 같이 얼굴에 수염 하나 없고 셔츠도 완벽했다.

"내 평생 누굴 만나서 이보다 반가운 적은 없었네."

나는 그의 손을 움켜쥐었다.

"이보다 더 놀란 적도 없었겠지?"

"음, 솔직히 인정해야겠네."

"자네만 놀란 게 아니라네. 입구에서 스무 발자국 앞에 다다랐을 때까지, 자네가 내 은신처를 찾아낸 것은 둘째 치고 안에서 기다리고 있을 줄은 꿈에도 몰랐거든."

"내 발자국을 보고 알아차린 모양이지?"

"아닐세, 왓슨. 온갖 발자국이 뒤죽박죽 섞인 와중에 자네 발자국을 알아볼 재주는 없지. 자네가 나를 정말로 속이고 싶으면 담뱃가게를 바꿔야 해. 옥스퍼드 스트리트의 브래들리 상호가 찍힌 담배꽁초가 보이면 내 친구 왓슨이 근처에 있다는 것을 알 수 있거든. 길옆에 꽁초가 있더군. 빈 돌집으로 돌진하려는 결정적인 순간에 내동댕이친 거겠지."

"그렇다네."

"그랬을 줄 알았지. 자네가 얼마나 집요한지 알기에 집주인이 돌아오길 기다리며 무기를 쥐고 매복을 하고 있을 거라 확신했지. 그래, 내가 탈옥수인 줄 알았던 겐가?"

"자네 정체를 알 수가 없어서 알아낼 작정이었지."

"대단하군, 왓슨! 내가 있는 곳은 무슨 수로 알아냈나? 탈옥수를 잡으러 나선 날 밤에 달빛을 등지고 서는 경솔한 작태를 보인 나를 보았겠지?"

"맞아, 그때 자네를 보았지."

"그리고 이 집을 찾을 때까지 돌집을 뒤지고 다녔나?"

"아니, 자네 심부름꾼이 눈에 띄어서 그걸 지표로 삼을 수 있었어."

"망원경을 들고 감시하던 노신사의 소행이로군. 렌즈에 반사되는 빛을 처음 봤을 땐 뭔가 했지."

그는 일어나서 돌집 안을 들여다보았다.

"하, 카트라이트가 보급품을 갖다놓았군. 이 종이는 뭐지? 자네가 쿰트레이시에 다녀왔다는 건가?"

"그렇다네."

"로라 라이언스 부인을 만나러?"

"그렇지."

"잘했네! 우리의 수사가 같은 곳을 향해 달리고 있었던 모양일세. 각각의 수사 결과를 취합하면 사건에 대해서 상당히 완벽한 정보를 가질 수 있겠어."

"자네가 와주어서 얼마나 기쁜지 모른다네. 솔직히 책임져야 할 일도 그렇고 풀리지 않는 수수께끼가 점점 부담스러워지고 있었거든. 그런데 자네는 무슨 수로 여기까지 온 거며 지금까지 뭘 하고 있었던 건가? 베이커 스트리트에서 협박 사건을 수사하는 줄 알았더니."

"자네가 그렇게 생각해주길 바랐지."

"그런 식으로 나를 이용해놓고 믿지는 않은 게로군! 나는 그보다 나은 대접을 받을 자격이 있다고 생각했는데, 홈스."

나는 어쩐지 씁쓸함을 느끼며 말했다.

"이보게 왓슨, 자네는 이전의 수많은 사건과 마찬가지로 이 사건에서도 많은 도움이 되었다네. 자네를 상대로 농간을 부린 것처럼 느꼈다면 용서해주게나. 사실 자네를 위해서 그런 측면도 없지 않았네. 결국 자네가 위험해지지 않을까 걱정이 되어 직접 내려와서 사건을 조사하게 된 거지. 내가 헨리 경과 자네와 함께 지내면 보는 관점이 서로 같아지고, 우리의 강적이 나 때문에 경계 태세를 갖출 것 아닌가. 바스커빌 홀에 묵었다면 이렇게 열심히 돌아다니지 못했을 테니 앞으로도 계속 정체불명의 인물로 숨어 지내다 결정적인 순간에 뛰어들 작정이라네."

"나한테까지 비밀로 한 이유가 뭔가?"

"자네가 알고 있어봐야 도움이 안 되고 내 존재가 들통날 가능성만 높아지기 때문이었지. 자네가 전하고 싶은 말이 있거나 괜히 이것저것 챙겨주고 싶어서 불필요한 위험을 감수할 수 있으니까. 연락 사무소에서 근무했던 꼬맹이 기억하지? 카트라이트 말이야. 그 아이가 나와 함께 내려와서 빵이며 깨끗한 속옷이며 필요한 물건들을 가져다주고 있다네. 그거면 됐지 뭐가 더 필요하겠나? 발 빠르게 움직이며 제2의 눈이 되어주고 있으니 자네와 그 아이 모두 도움이 많이 되었지."

"내가 보고서를 보낼 필요도 없었겠군!"

보고서를 작성하는 데 들인 공과 작성 과정에서 느낀 자부심이 생각나 목소리가 떨렸다.

홈스가 주머니에서 종이 뭉치를 꺼냈다.

"이게 다 자네 보고서일세, 왓슨. 얼마나 열심히 읽었는지 모른다네. 보고서가 런던에 도착하면 내가 하루 뒤에 받아볼 수 있도록 조치를 취해놓았지. 유난히 까다로운 이 사건을 수사하는 데 있어서 자네가 보여준 열의와 명석함은 입에 침이 마르도록 칭찬해도 모자랄 걸세."

나는 속았다는 데 골이 나 있었지만 홈스의 따뜻한 칭찬에 이내 분노가 사그라들었다. 그리고 홈스의 말마따나 그가 황야에 있다는 사실을 내가 모르는 것이 우리의 목적 달성을 위해서 최상의 방책임을 깨달았다.

"다행이로군."

서서히 그늘이 걷혀가는 내 얼굴을 보며 홈스가 말했다.

"이제 로라 라이언스 부인을 만나러 간 결과를 들려주겠나? 자네가 쿰트레이시로 갔다는 말을 들었을 때 부인을 만나러 갔다는 것을 금세 알아차렸지. 쿰트레이시에서 사건에 도움이 될 만한 인물은 그녀밖에 없으니까. 사실 자네가 오늘 찾아가지 않았으면 내일 내가 찾아갔을 걸세."

해가 지고 땅거미가 황야 위로 내려앉았다. 날이 쌀쌀해져서 우리는 돌집 안으로 들어갔다. 나는 저녁노을 아래서 홈스와 나란히 앉아서 부인과 나눈 대화를 들려주었다. 그는 큰 관심을 보였고 몇몇 부분들은 내 이야기를 반복해서 듣고 난 다음에서야 만족스러워했다.

"중요한 정보일세. 복잡한 사건에서 내가 채우지 못한 부분을 자네가 채워주었어. 이 여인과 스테이플턴이라는 남자가 보통 사이가 아니라는 건 자네도 눈치챘겠지?"

내 이야기가 끝났을 때 그가 말했다.

"그건 몰랐는데."

"의심의 여지가 없다네. 단둘이 만나고, 편지를 주고받고, 서로를 완벽하게 이해하는 사이지. 이제 우리는 막강한 무기를 쥐게 됐군. 이 무기를 동원해서 그의 부인을 떼어내고……."

"부인?"

"자네에게 정보를 들었으니 나도 내가 아는 정보를 알려주는 걸세. 스테이플턴 양으로 통하는 여자가 사실은 그의 부인이라네."

"맙소사, 홈스! 확실한 건가? 그런데도 헨리 경이 그녀를 좋아하도록 내버려두었나?"

"헨리 경이 그녀를 좋아하게 된들 상처받을 사람은 헨리 경뿐이니 말이야. 자네도 목격했다시피 스테이플턴은 헨리 경이 그녀와 애정 행각을 벌이지 못하도록 기를 쓰고 막았지. 다시 한 번 얘기하지만 여동생이 아니라 부인이라 그런 걸세."

"이렇게 치밀하게 속이는 이유가 뭘까?"

"그녀를 독신으로 포장해야 더 쓸모가 있다고 생각하는 거 아니겠나."

입 밖에 내지 않았던 직감과 어렴풋했던 의혹들이 순간 또렷한 형체를 갖추며 박물학자에게로 집중됐다. 밀짚모자를 쓰고 잠자리채를 들고 다니는 무덤덤하고 시원찮은 인간에게서 새로운 면모가 느껴졌다. 웃는 얼굴 뒤로 엄청난 인내심과 교활함을 감춘 살인마.

"그가 우리의 적인가? 런던에서 우리를 미행했던 자도 그 사람이고?"

"내가 생각하기에는 그렇다네."

"경고의 편지는…… 그녀가 보낸 것이로군!"

"그렇지."

오랫동안 나를 괴롭혔던 어둠 사이로 사악한 악당의 모습이 서서히 드러났다.

"확실한 건가, 홈스? 그녀가 스테이플턴의 아내라는 것은 무슨 수로 알아냈나?"

"그가 자기 상황을 망각하는 지경에 이르는 바람에 자네를 처음 만났을 때 과거를 이야기해버렸거든. 아마도 그날의 실수를 수도 없이 후회했을 걸세. 자기가 예전에 잉글랜드 북부에서 교사 생활을 했다고 하지 않았나. 이 세상에 교사만큼 추적하기 쉬운 직종도 없다네. 전문 알선 업체가 있어서 한번 교직에 몸담았던 사람은 누구든 신원 조회를 할 수 있거든. 수소문해보니 어쩔 수 없는 상황으로 문을 닫은 학교가 있었고 학교를 운영하던 사람은 아내와 함께 잠적했다고 하더군. 이름은 달랐지만 인상착의가 일치하더군. 잠적한 자가 곤충학에 일가견이 있었다는 정보를 입수했을 때 조사는 끝났지."

어둠이 걷히고 있었지만 아직 그림자로 덮인 부분이 많았다.

"그녀가 정말 아내라면 로라 라이언스 부인과의 관계는 어찌 되는 건가?"

내가 물었다.

“자네가 입수한 정보 덕분에 그 부분이 밝혀졌네. 자네가 직접 찾아가서 확인한 덕에 상황이 많이 정리가 되었어. 나는 라이언스 부부 사이에 이혼 얘기가 오가고 있었다는 걸 몰랐거든. 그 얘기가 사실이라면 라이언스 부인은 스테이플턴이 미혼인 줄 알고 이혼 후 그와 결혼할 수 있겠다고 믿은 거겠지.”

“언제쯤 그녀가 착각에서 깨어날까?”

“착각에서 깨어나면 우리 편이 되어줄지도 모르지. 내일 날이 밝자마자 우리 둘이 부인을 만나러 가야 하네. 그나저나 왓슨, 근무지를 너무 오랫동안 비우고 있는 거 아닌가? 자네는 바스커빌 홀을 지켜야지.”

서쪽 하늘에서 노을이 사라지고 황야에 어둠이 내려앉았다. 보라색으로 변한 하늘에 별 몇 개가 희미하게 반짝였다.

“마지막으로 한 가지만 더 묻겠네. 자네와 나 사이에 더이상의 비밀은 없어야 해. 이게 다 어떻게 된 일인가? 그자의 의도가 뭔가?”

나는 일어나면서 이렇게 물었다.

홈스는 언성을 낮추었다.

“살인이지, 왓슨. 깔끔하고 냉혹하며 계획적인 살인. 자세한 건 묻지 말게. 그의 올가미가 헨리 경을 옥죄어가는 동안 내 올가미는 그를 옥죄어가고 있어. 자네가 도와준 덕분에 그는 이제

내 손에 잡힌 거나 다름없네. 유일한 위험 요소는 그가 우리보다 선수를 치는 것뿐이야. 하루이틀만 있으면 수사가 끝나겠지만 그때까지 자애로운 어머니가 병약한 아이를 보살피듯 자네가 맡은 위인을 옆에서 지켜주기 바라네. 오늘 거둔 소득은 자네의 진가를 입증했지만 그래도 그의 곁을 떠나지 않았더라면 좋았을…… 잠깐!"

끔찍한 비명소리가, 공포와 고통에 젖은 외침이 황야의 정적을 갈랐다. 소름끼치는 소리에 피가 얼어붙는 듯했다.

"맙소사! 이게 뭐지? 무슨 소리인가?"

내가 외쳤다.

홈스는 이미 벌떡 일어나서 돌집을 뛰쳐나가고 있었다. 웅크린 어깨 위로 고개를 내밀고 어둠을 응시하는 그의 탄탄하고 어두컴컴한 뒷모습이 눈에 들어왔다.

"쉿! 쉿!"

그가 속삭였다.

비명소리가 격렬했던 터라 가까이 있는 듯이 느껴졌지만 사실은 어둠이 깔린 평원의 머나먼 어딘가에서 울린 소리였다. 그때 다급한 비명이 더 가까운 곳에서 크게 들렸다.

"어딘가, 왓슨?"

"저쪽인 것 같은데."

나는 어둠 속을 가리켰다.

"아니, 저쪽일세!"

고통에 겨운 울부짖음이 좀 전보다 더 크게, 훨씬 가까이서 고요한 밤을 뒤흔들었다. 이번에는 또 다른 소리도 들렸다. 끝없이 나지막하게 속삭이는 바닷소리처럼 오르락내리락하는, 노랫가락 같으면서도 위협적인 으르렁거림이었다.

"사냥개! 서두르게, 왓슨, 얼른! 아, 너무 늦지 않았기를!"

홈스가 외쳤다.

황야를 쌩하니 달리기 시작한 홈스의 뒤를 나도 따라갔다. 그 순간 우리 바로 앞의 울퉁불퉁한 지대 어딘가에서 단말마의 비명에 이어 쿵 하는 묵직하고 둔탁한 소리가 들렸다. 우리는 달리다 말고 귀를 기울였다. 바람 한 점 없는 밤하늘에 무거운 정적이 흘렀다.

홈스가 집중이 잘 안 되는 사람처럼 이마에 손을 갖다 대고 발을 굴렀다.

"그자가 선수를 쳤네, 왓슨. 우리가 늦었어."

"아니야, 아니야, 그럴 리가!"

"손을 놓고 있었던 내가 바보야. 왓슨, 임무를 게을리하면 어떻게 되는지 이제 알았겠지! 최악의 상황이 벌어졌다면 우리 둘이서 복수를 해야 하네!"

우리는 바위에 부딪히고 가시금작화 덤불을 헤치며 숨을 헐떡이면서 언덕 꼭대기까지 달려 올라갔다가 내려오며 끔찍한 소리가 들렸던 방향을 향해 어둠을 뚫고 무작정 달렸다. 언덕 꼭대기에 도착할 때마다 홈스가 열심히 아래를 내려다보았지만 황야가 워낙 어두운 탓인지 음산한 땅 위에서 움직이는 것이라고는 아무것도 보이지 않았다.

"뭐라도 보이나?"

"전혀."

"잠깐, 저게 뭐지?"

나지막한 신음 소리가 귀에 닿았다. 아까와 마찬가지로 왼쪽에서 들렸다! 바위 능선이 끊기면서 깎아지른 듯한 절벽이 나오는 곳이었다. 절벽 아래 돌멩이로 뒤덮인 울퉁불퉁한 땅바닥에 시커멓고 기묘한 형태의 무언가가 대자로 뻗어 있었다. 우리가 그쪽으로 달려가는 동안 어렴풋했던 윤곽이 확실한 형체로 굳어졌다. 뒤로 재주를 넘으려는 것처럼 어깨가 젖혀지고 허리도 뒤로 꺾인 채 엎어진 사람이었다. 머리는 섬뜩하게 꺾여 땅을 향하고 있었다. 워낙 기괴한 자세라 우리가 들었던 신음 소리가 그의 영혼이 사그라지면서 낸 소리였다는 것을 미처 깨닫지 못할 정도였다. 이제는 우리가 굽어보고 있는 어두컴컴한 형체에서 속삭임 하나, 바스락거리는 소리 하나 들리지 않았다. 홈스가 그의 몸에 손을 댔다가 떼면서 헉하는 소리를 냈다. 그가 성냥에 불을 붙이자 피가 엉겨 붙은 손가락과 으스러진 희생자의 머리에서부터 천천히 번져나가고 있는 끔찍한 웅덩이가 보였다. 더불어 성냥불이 밝힌 또 다른 사실에 우리는 심장이 멎을 것 같았다. 헨리 바스커빌 경의 시신이었던 것이다!

우리 둘 다 불그스름하고 특이한 트위드 정장을 잊을 리 없었다. 베이커 스트리트에서 처음 만난 날 그가 입고 있던 옷이었다. 우리가 옷을 확실하게 본 순간 성냥불이 펄럭이면서 꺼졌고 그와 함께 희망도 사라졌다. 신음 소리를 내는 홈스의 얼굴이 어둠 속에서 하얗게 번뜩였다.

"짐승! 그 사악한 짐승! 아, 홈스, 그가 이런 운명을 맞도록 방치한 나를 절대 용서하지 못할 것 같네."

나는 주먹을 쥐었다.

"자네보다 내 잘못이 더 크네, 왓슨. 사건의 수수께끼를 완벽하게 푼답시고 의뢰인의 목숨을 나 몰라라 했으니. 내 탐정 인생 사상 가장 치명적인 직격탄이로군. 하지만 그렇게 경고했는데도 죽을 위험을 무릅써가며 황야로 혼자 나올 줄 무슨 수로 알 수 있었겠나? 무슨 수로 알겠느냐고?"

"그의 소름끼치는 비명소리를 들었는데도 구하지 못하다니! 그를 죽음으로 몰아넣은 사악한 개는 어디 있을까? 저 바위 사이에 숨어 있을지도 모르겠네. 스테이플턴은 어디 있을까? 자기가 저지른 짓에 대가를 치러야 할 텐데."

"당연히 그래야지. 반드시 그렇게 만들고야 말 걸세. 백부와 조카가 살해당했어. 한 명은 짐승을 보고 괴물인 줄 알고 놀라서 죽고, 또 한 명은 짐승을 보고 미친듯이 도망치다 종말을 맞이하다니. 이제 스테이플턴과 짐승의 관계를 입증하는 것이 우리의 임무일세. 헨리 경은 절벽에서 떨어져 죽었으니 아까 우리가 들은 소리 말고는 짐승의 존재를 주장할 증거가 없지 않은가. 하지만 아무리 그가 교활하다 해도 내일 해가 저물기 전에 잡고야 말겠네!"

우리는 그간의 길고 고된 여정에 애처로운 종말을 고한, 갑작스럽고 되돌릴 수 없는 참사에 망연자실하여 씁쓸한 심정으로 엉망이 된 시신 양옆에 서 있었다. 달이 떠오르자 딱한 친구가 떨어진 절벽 꼭대기로 올라가서 절반은 은빛으로 반짝이고 나머지 반은 음울한 그림자로 덮인 황야를 내다보았다. 저멀리 그림펀 마을이 있는 쪽에서 노란색 불빛 하나가 보였다. 스테이플턴 부부가 사는 외딴집에서 새어 나오는 불빛이었다. 나는 신랄한 욕설을 내뱉으며 주먹을 흔들었다.

"지금 당장 잡아들이면 안 되는 이유가 뭔가?"

"수사가 덜 끝났거든. 저자는 극도로 용의주도하고 교활한 작자일세. 우리가 무엇을 아느냐보다 어떻게 입증할 수 있느냐가 중요하다네. 한 발짝이라도 잘못 내디뎠다가는 저 악당이 빠져나갈 수 있어."

"그럼 어찌해야 하나?"

"내일 날이 밝으면 할 일이 산더미일 걸세. 오늘밤에는 가엾은 우리 친구의 시신이나 수습할밖에."

우리는 가파른 비탈길을 내려가서 은빛 바위를 배경으로 까맣고 선명하게 보이는 시신으로 다가갔다. 기이하게 뒤틀린 팔다리를 보자니 가슴이 저릴 듯이 아팠고 눈물이 앞을 가렸다.

"사람을 보내서 도움을 청해야 하네, 홈스! 경을 저택까지 무슨 수로 운반하겠나? 이런, 자네 지금 제정신인가?"

홈스가 뭐라고 고함을 지르며 시신 위로 허리를 숙였다. 그러더니 춤을 추고 웃으며 내 손을 움켜잡았다. 냉혹하고 감정을 철저하게 차단하던 친구가 맞나 싶었다. 속에 이런 광기가 숨어 있었다니!

"수염! 수염! 이자는 수염을 길렀어!"

"수염?"

"헨리 경이 아닐세. 나와 이웃하고 지내던 탈옥수일세!"

허둥지둥 시신을 뒤집자 흠뻑 젖은 수염이 차갑고 청명한 달빛 아래에서 선명하게 드러났다. 툭 튀어나온 이마와 움푹 꺼진 짐승 같은 눈이 누가 봐도 영락없었다. 촛불로 보았던 바위 너머에서 나를 노려보았던 얼굴, 탈옥수 셀든의 얼굴이었다.

순간 모든 게 확연해졌다. 예전에 입던 옷을 배리모어에게 주었다던 헨리 경의 말이 생각났다. 배리모어는 도주할 때 입도록 그 옷을 셀든에게 준 것이다. 신발, 셔츠, 모자, 전부 헨리 경의 것이었다. 불길한 비극이기는 했지만 이자는 나라의 법률에 의거해서 죽어 마땅했다. 나는 감사와 기쁨으로 벅차오르는 가슴을 달래며 어찌된 영문인지 홈스에게 알려주었다.

"딱하게도 옷 때문에 죽은 거로군. 사냥개에게 헨리 경의 소지품, 아마도 호텔에서 없어진 부츠를 주고 이 남자를 쫓게 했겠지. 알 수 없는 점이 하나 있어. 이렇게 어두컴컴한데 셀든은 자기를 쫓는 게 사냥개라는 사실을 어떻게 알았을까?"

"소리를 들었겠지."

"황야에서 사냥개 소리를 들었다고 이런 흉악범이 다시 체포될 위험을 감수하며 미친듯이 비명을 지를 정도로 공포 발작을 일으킬까? 비명소리로 생각해보면 사냥개에게 쫓기고 있다는 것을 알고 나서 한참 동안 도망친 게 분명해. 어떻게 알았을까?"

"내가 그보다 더 궁금한 건 우리의 추측이 맞는다면 사냥개가 왜……."

"나는 아무 추측도 하지 않고 있네."

"음, 어쨌든. 개가 왜 오늘밤에 풀려났나 하는 걸세. 항상 황야를 들쑤시고 다니지는 않는 것 같거든. 헨리 경이 황야로 나올 거라고 생각할 만한 근거가 있기 때문에 스테이플턴이 풀어놓았을 텐데."

"내가 궁금해하는 부분이 더 난감하다네. 자네가 궁금해하는 부분은 조만간 해결이 될 텐데, 내 궁금증은 영영 수수께끼로 남을 수도 있거든. 이 딱한 인간의 시신을 어떻게 하면 좋겠느냐는 게 문제일세. 여우와 갈까마귀 밥이 되도록 여기 방치할 수도 없고."

"일단 아무 돌집으로 옮겨놓고 경찰에 연락하는 게 어떻겠나?"

"그러면 되겠군. 그 정도라면 자네와 나 둘이서 충분히 옮길 수 있을 테니. 아니, 왓슨, 저것 보게. 그자가 직접 찾아오다니 놀랍고 뻔뻔하기 짝이 없군! 의심스러워하는 기미는 절대 보이지 말게나. 그런 기미를 조금이라도 비쳤다가는 내 계획이 와르르 무너지고 말 테니."

어떤 인물이 희미한 빨간색 담뱃불을 빛내며 황야를 가로질러 우리 쪽으로 다가왔다. 달빛이 그를 비추자 나는 박물학자의 말쑥한 차림새와 경쾌한 걸음걸이를 알아볼 수 있었다. 그는 우리를 보고 잠시 걸음을 멈추었다가 다시 걸어왔다.

"아니, 왓슨 박사님 아닙니까? 이 시각에 황야에는 웬일이시오? 맙소사, 이게 뭐죠? 누가 다쳤나요? 설마…… 우리 친구 헨리 경은 아니겠죠?"

그는 허둥지둥 내 옆을 지나서 죽은 남자 위로 허리를 숙였다. 헉하고 숨을 들이쉬는 소리가 들렸고 손에 들려 있던 시가가 떨어졌다.

"이, 이자는 누구입니까?"

그가 더듬더듬 물었다.

"프린스타운에서 탈옥한 셀든입니다."

스테이플턴은 송장 같은 얼굴로 우리를 돌아보았지만 각고의 노력 끝에 놀라움과 실망감을 감추는 데에 성공했다. 그는 홈스에게서 내 쪽으로 휙 시선을 돌렸다.

"맙소사! 충격적인 사건이로군요! 어쩌다 죽은 겁니까?"

"절벽에서 추락하는 바람에 목이 부러진 모양입니다. 저와 제 친구가 황야를 걷다 비명소리를 들었죠."

"저도 들었습니다. 그래서 나와본 거예요. 헨리 경 때문에 걱정이 돼서요."

"헨리 경이 왜요?"

나는 참지 못하고 물었다.

"저희 집으로 초대했거든요. 그런데 오질 않으니 황야에서 비명소리가 들렸을 때 당연히 걱정이 될 수밖에요. 그나저나……."

그의 시선이 나에게서 홈스에게로 옮겨갔다.

"비명소리 말고 다른 소리는 못 들으셨습니까?"

"아뇨. 스테이플턴 씨는 들으셨습니까?"

홈스가 물었다.

"아뇨."

"그럼 뭣 때문에 물으신 건가요?"

"아, 농부들끼리 하는 사냥개 괴물 이야기가 있거든요. 밤에 황야에서 개가 우는 소리가 들린다고요. 혹시 오늘밤에도 그런 소리가 들렸을지 궁금해서 물은 겁니다."

"그런 소리는 못 들었는데요."

내가 말했다.

"이 딱한 친구는 어쩌다 죽었을까요?"

"분명 자신이 어디에 숨어 있는지 들킬까 불안한 마음에 이성을 잃었을 겁니다. 그런 상태로 황야를 달리다 여기서 추락하는 바람에 목이 부러졌겠죠."

"그렇겠군요."

스테이플턴은 이렇게 말하고 한숨을 쉬었다. 어쩐지 안도의 한숨처럼 느껴졌다.

"홈스 씨는 어떻게 생각하십니까?"

내 친구는 고개를 숙여서 정중하게 인사했다.

"용케 알아보시는군요."

"저희는 다들 왓슨 박사님이 내려왔으니 홈스 씨도 조만간 올 거라고 생각하고 있었죠. 그나저나 비극을 제때 목격하셨습니다."

"그러게 말입니다. 제 친구의 짐작이 맞는 듯합니다. 불쾌한 기억을 머릿속에 담고 내일 런던으로 돌아가게 생겼네요."

"아, 내일 돌아가십니까?"

"그럴 생각입니다."

"와서 보니 영문 모를 사건의 윤곽이 잡히던가요?"

홈스는 어깨를 으쓱했다.

"늘 바라는 대로 성공을 거두는 건 아니죠. 탐정에게 필요한 것은 사실이지 전설이나 소문이 아닙니다. 그런 면에서 별로 만족스럽지 못했습니다."

친구는 솔직하고 태연한 투로 이야기했다. 스테이플턴은 그런 홈스를 쳐다보다 내게로 고개를 돌렸다.

"마음 같아서는 이 딱한 친구를 저희 집으로 옮기고 싶지만 여동생이 기겁할 테니 그러자고 하지 못하겠군요. 일단 무언가로 얼굴을 덮어주면 날이 밝을 때까지는 괜찮지 않을까 싶습니다만."

우리는 그렇게 했다. 이후에 홈스와 나는 스테이플턴의 초대를 뿌리치고 바스커빌 홀을 향해 발걸음을 옮겼다. 그는 혼자 집으로 돌아갔다. 고개를 돌려보니 광활한 황야를 천천히 걸어가는 스테이플턴의 모습이 보였다. 그의 뒤로 보이는 은색 능선 위로 끔찍한 최후를 맞이한 남자의 시신이 까만 점처럼 남았다.

"이제 거의 잡은 셈이로군. 참 파렴치한 작자야! 엉뚱한 사람이 희생된 것을 보고 심장이 멎을 만큼 충격을 받았을 텐데 저렇게 침착하다니! 왓슨, 런던에서도 같은 말을 했었네만 우리가 유래 없는 강적을 만난 걸세."

같이 황야를 걸으며 홈스가 말했다.

"저자가 자네를 본 게 안타까울 따름이지."

"처음에는 나도 그런 생각을 했다네. 하지만 어쩔 방법이 없었잖은가."

"자네가 내려왔다는 것을 알았으니 그의 계획에 변화가 생길까?"

"좀더 몸을 사릴 수도 있고 반대로 당장 극단적인 조치를 취할 수도 있지. 똑똑한 범죄자들이 대부분 그렇듯 자기 머리를 과신해서 우리를 완전히 속였다고 생각하고 있을지도 모르고."

"지금 당장 그를 체포하면 안 되는 이유가 뭔가?"

"왓슨, 자네는 태생이 행동파라 본능적으로 강력한 한 방을 원하지. 우리가 오늘밤에 그를 체포한다 한들 무슨 소득이 있겠나? 혐의를 입증할 수가 없는데. 그래서 저자가 악마처럼 교활한 걸세! 만약 그가 사람을 동원했다면 증거가 남았을지 모르지만 사냥개를 붙잡은들 개 주인의 목에 밧줄을 거는 데 무슨 도움이 되겠나?"

"우리가 수집한 증거들이 있지 않은가."

"증거는 무슨. 추측과 짐작에 불과한걸. 짐작한 이야기를 늘어놓으며 증거랍시고 이런저런 것들을 제시하면 법정에서 비웃음이나 살 걸세."

"실제로 찰스 경이 사망했잖나."

"타살의 흔적 없이 발견됐지. 자네와 나는 그의 사망 원인이 끔찍한 공포였다는 것을 알고 공포의 원인이 뭐였는지도 알지만, 무신경한 배심원 열두 명을 무슨 수로 설득할 수 있겠나? 사냥개가 죽였다는 증거가 있는가? 이빨 자국이 있기는 한가? 물론 우리야 개가 시신을 물지 않았고, 짐승이 덮쳤을 때 찰스 경은 이미 숨이 끊긴 상태였다는 것을 알지. 하지만 우리가 모든 걸 입증할 수 있는 처지가 아니잖은가."

"오늘밤 사건은?"

“오늘밤 사건도 다를 바가 없지. 사냥개와 탈옥수의 죽음 간에 직접적인 연관성이 없으니. 우리는 사냥개를 보지 못했잖나. 소리는 들었지만 짐승이 탈옥수의 꽁무니를 쫓았다고 입증할 방법이 없다네. 동기가 전혀 없거든. 그러니 지금으로서는 증거가 없다는 사실을 인정하고 제대로 된 증거를 수집할 때까지 조심하는 수밖에.”

“무슨 수로 증거를 수집할 생각인가?”

“로라 라이언스 부인이 진상을 파악하면 우리에게 도움을 주지 않을까 싶어서 거기에 희망을 걸고 있다네. 다른 복안도 있고. 내일 걱정은 내일 해도 충분하다네. 내일의 해가 저물기 전에 주도권이 내 쪽으로 넘어오길 바랄 따름이지.”

나는 그에게서 더이상 정보를 캐내지 못했다. 홈스는 바스커빌 홀 대문까지 생각에 잠긴 채 아무 말 없이 걸었다.

“같이 들어갈 텐가?”

“음. 더이상 숨을 이유가 없으니 그래도 되겠지. 들어가기 전에 하나만 당부하겠네, 왓슨. 헨리 경 앞에서 사냥개 이야기는 절대 하면 안 되네. 스테이플턴이 원하는 것처럼 셀든이 추락사했다고 믿게 해야 해. 자네 보고서에 따르면 경이 내일 스테이플턴 부부와 저녁을 같이 먹기로 했다니 내일 겪을 시련에 대비해서 단련되어 있어야 하거든.”

"나도 같이 가기로 했는데."

"자네는 핑계를 대서 빠지고 경 혼자 보내게. 쉽게 빠질 수 있을 걸세. 자, 아무래도 제대로 된 저녁 식사를 하기에는 늦은 것 같군. 간단한 요깃거리나 달라고 할까?"

덫을 놓다

13.

헨리 경은 홈스를 보고 놀라기보다 반가워했다. 최근 들어서 이런저런 사건이 있었으니 그가 런던에서 내려오지 않을까 며칠 전부터 기대했기 때문이다. 하지만 내 친구가 짐이 없고 방문한 이유도 설명하지 않는 것을 보고 눈썹을 치켜 올렸다. 홈스와 나는 셋만 남았을 때 헨리 경이 궁금해하는 부분을 설명해 주었다. 그런 다음 늦은 저녁을 먹으며 우리가 겪은 일을 최대한 그럴듯하게 가공해서 설명했다. 배리모어 부부에게 셀든의 사망 소식을 전하는 불편한 임무는 나에게 떨어졌다. 배리모어는 그 소식을 듣고 말로 설명할 수 없는 안도감을 느꼈을지 몰라도 부인은 앞치마에 고개를 묻고 흐느껴 울었다. 세상 사람들이 보기에 셀든은 짐승이나 다름없는 흉악범이었지만 그녀에게는 어린 시절을 함께 보낸 고집불통 동생이자 자기 손을 꼭 붙잡고 다닌 어린애였다. 그가 진정으로 악한 인간이었다면 죽음을 슬퍼해줄 사람은 하나도 없었을 것이다.

"아침에 박사님이 나간 뒤로 하루 종일 집안에 틀어박혀 있었어요. 약속을 지켰다는 걸 알아주셔야 합니다. 혼자서 외출하지 않겠다고 맹세하지 않았으면 좀더 재미있는 저녁 시간을 보낼 수 있었을 텐데. 스테이플턴이 자기집으로 놀러오라고 전갈을 보냈거든요."

헨리 경이 말했다.

"그랬다면 정말 재미있는 저녁 시간을 보낼 수 있었겠네요. 그나저나 목이 부러진 사람이 경인 줄 알고 우리가 슬퍼했다고 하면 달갑지 않으시겠죠?"

홈스가 건조한 투로 말했다.

헨리 경은 눈을 휘둥그레 떴다.

"어쩌다 그런 착각을?"

"그 딱한 사람이 경의 옷을 입고 있었거든요. 그에게 옷을 준 집사가 경찰의 문초를 받는 건 아닌지 모르겠습니다."

"그럴 일은 없을 겁니다. 그 옷에는 제 옷이라는 표시가 전혀 없으니까요."

"그렇다면 다행이로군요. 이 문제에 관한 한 경도 법을 어겼으니 모두를 위해서 다행이라고 하겠습니다. 양심적인 수사관으로서 이 집 식솔을 모두 체포하지 않아도 될지 모르겠네요. 왓슨의 보고서가 이 집안에서 벌어진 위법 행위를 입증하는 데에 매우 결정적인 단서라서요."

"사건은 어찌됐습니까? 복잡한 실타래 속에서 뭐라도 알아내셨습니까? 박사님도 그렇고 저도 그렇고 여기로 내려와서 봐도 뭐가 뭔지 여전히 모르겠더군요."

"조만간 제가 상황을 좀더 분명하게 정리해드릴 수 있을 겁니다. 몹시 까다롭고 복잡한 사건이었지요. 알아내야 할 부분이 아직 몇 군데 남아 있으니 조금만 더 기다려주십시오."

"박사님께서 말씀드렸겠지만 저희도 실제로 겪었습니다. 황야에서 사냥개가 울부짖는 소리를 들었으니 이제는 말도 안 되는 미신으로만 치부할 수도 없어요. 저는 미국 서부에서 지냈을 때 개를 많이 다루어보았기 때문에 소리를 들으면 압니다. 그 녀석에게 입마개를 씌우고 목줄을 매주시면 홈스 씨를 역사상 가장 위대한 탐정이라고 온 세상에 공표할 겁니다."

"경께서 도와주시면 아무 문제없이 입마개를 씌우고 목줄을 맬 수 있습니다."

"뭐든 하라시는 대로 하겠습니다."

"좋습니다. 이유를 묻지 않고 무조건 해주셔야 합니다."

"말씀만 하세요."

"이 부탁만 들어주시면 조만간 사건이 해결될 겁니다. 분명……."

홈스는 갑자기 말을 멈추더니 내 머리 위 허공을 뚫어져라 쳐다보았다. 등불에 비친 그의 얼굴이 어찌나 집중한 표정으로 미동도 않는지 긴장과 기대의 화신을 표현한 조각상이라고 해도 믿을 정도였다.

"뭡니까?"

헨리 경이 외치는 동시에 나도 외쳤다.

홈스가 고개를 숙였다. 나는 그가 감정을 숨기려 하는 것을 알아차렸다. 표정은 침착했지만 눈은 까닭 모를 환희로 반짝였다.

그가 반대편 벽에 줄줄이 걸린 초상화를 향해 손사래를 치며 말했다.

"그림을 보고 잠깐 흥분했습니다. 왓슨은 저더러 미술에 대해서 아는 게 없다고 하지만 그건 질투심에서 하는 말입니다. 서로 취향이 매우 다르거든요. 이 초상화들, 참 훌륭하군요."

"칭찬 감사합니다. 작품들을 아는 척은 하지 않겠습니다. 말이나 소라면 모를까 그림 보는 눈은 없어서요. 그림을 감상하실 여유가 있으시다니 놀랍네요."

놀란 눈빛으로 내 친구를 흘끗거리며 헨리 경이 말했다.

"훌륭한 작품은 보면 압니다. 저기 저쪽에 파란 비단옷을 입은 숙녀의 그림은 분명 넬러의 작품일 겁니다. 가발을 쓴 살진 신사는 레이놀즈의 작품이고요. 전부 이 집안 조상들을 그린 거겠죠?"

"맞습니다."

"이름을 아십니까?"

"요즘 배리모어에게 배우고 있는데, 배운 내용을 기억해서 말은 잘합니다."

"망원경을 들고 있는 분은 누굽니까?"

"서인도제도에서 로드니 제독을 모셨던 바스커빌 해군 소장입니다. 파란 외투를 입고 두루마리를 들고 계신 분은 피트 총리 밑에서 하원 의장을 지낸 윌리엄 바스커빌 경이고요."

"제 바로 맞은편에 걸린 저 왕당파 복장의 남자는요? 레이스가 달린 까만 벨벳 옷을 입고 있는 분 말입니다."

"아, 이분은 꼭 알아두셔야 하죠. 모든 사달의 원흉이자 바스커빌 가문의 사냥개 전설의 시초인 휴고 바스커빌이거든요. 잊을 수 없는 인물입니다."

나는 놀라워하며 호기심 어린 눈빛으로 초상화를 물끄러미 쳐다보았다.

"이런! 조용하고 유약해 보이는 사람인데요. 눈빛에는 사악한 기운이 엿보이긴 하지만 저는 이보다 더 다부지고 흉악한 인물을 상상했습니다."

홈스가 말했다.

"초상화 뒤에 적힌 이름과 1647년이라는 연도를 보면 의심의 여지가 없습니다."

홈스는 더이상 아무 말도 하지 않았지만 닌봉꾼 조상에게 홀렸는지 저녁을 먹는 내내 계속 초상화를 쳐다보았다. 나는 헨리 경이 자기 방으로 들어가고 난 다음에서야 그의 생각의 흐름을 파악할 수 있었다. 그가 자기 방에서 촛불을 들고 나오더니 나를 다시 식당으로 데리고 가 세월의 얼룩이 진 초상화를 비추며 이렇게 물었던 것이다.

"뭐 눈에 들어오는 거 없나?"

나는 깃털이 달린 챙 넓은 모자와 곱슬곱슬한 앞머리, 하얀 레이스 칼라로 둘러싸인 무정한 얼굴을 들여다보았다. 굳게 다문 얇은 입술과 너그럽지 않아 보이는 냉정한 눈빛이 두드러져, 잔인하다기보다 단정하고 매서운 인상이었다.

"자네가 아는 누구를 닮지 않았나?"

"턱이 헨리 경이랑 닮았네."

"내 생각뿐일지 모르지만 잠깐 기다려보게!"

그는 의자 위로 올라가더니 왼손으로 촛불을 들고 오른팔로 챙 넓은 모자와 기다란 곱슬머리를 가렸다.

"맙소사!"

나는 놀라서 외쳤다.

캔버스에는 스테이플턴의 얼굴이 있었다.

"하, 이제 자네 눈에도 보이는 모양이군. 내 눈은 얼굴을 장식하는 수염이나 모자가 아니라 얼굴 자체를 살피도록 훈련이 되어 있다네. 변장을 간파하는 능력이야말로 탐정이 갖추어야 할 첫 번째 자질이지."

"놀랍군. 그의 초상화라 해도 믿길 정도야."

"그렇지. 외모로 보나 성격으로 보나 흥미진진한 격세유전의 흔적을 찾을 수 있네. 가문의 초상화를 연구하다 보면 환생설을 믿게 되지. 그자는 바스커빌 가문의 후손이 분명해."

"재산을 물려받을 계획을 세운 후손이지."

"그렇지. 이 초상화 덕분에 가장 크게 뚫려 있던 구멍이 메워졌군. 우리가 그자를 잡았네, 왓슨. 그자를 잡았어. 그는 내일 중으로 우리 덫에 걸려서 자기가 쫓아다니던 나비처럼 하릴없이 펄럭이는 신세로 전락할 거라고 장담하네. 바늘, 코르크, 그리고 색인 카드를 준비하게. 베이커 스트리트의 소장품에 그자를 추가할 테니."

그는 웬일로 웃음을 터뜨리며 초상화에서 고개를 돌렸다. 그가 어쩌다 한 번씩 웃을 때마다 누군가는 불행한 운명을 맞이한다.

나는 평소보다 일찍 눈을 떴다. 그런데 홈스는 나보다 더 일찍 일어난 모양이었다. 옷을 갈아입는데 집 앞 진입로를 걸어오는 그의 모습이 창문으로 보였다.

"오늘 하루 종일 바쁘겠어. 덫은 설치했고 조만간 사냥이 시작될 걸세. 턱이 삐죽 나온 큼지막한 강꼬치가 우리 그물에 걸릴지 아니면 용케 빠져나갈지, 날이 저물기 전에 알 수 있을 걸세."

그는 기분이 좋은지 손을 비비면서 말했다.

"벌써 황야에 다녀온 건가?"

"그림펀 마을에 가서 셀든이 죽었다고 프린스타운으로 전갈을 보냈다네. 관련된 사람들이 그 일로 고초를 겪을 일은 없을 걸세. 충직한 카트라이트에게도 연락했지. 무사하다고 알리지 않으면 주인의 무덤을 지키는 개처럼 내가 지내던 돌집 앞을 안절부절못하고 지킬 게 뻔해서."

"이제 다음으로 할 일은 뭔가?"

"헨리 경을 만나야지. 아, 저기 오는군!"

"안녕히 주무셨습니까, 홈스 씨. 참모총장을 거느리고 교전을 준비하는 장군 같으시네요."

헨리 경이 말했다.

"잘 보셨습니다. 왓슨이 명령을 기다리고 있죠."

"저도 마찬가지입니다."

"좋습니다. 오늘 저녁에 스테이플턴 남매와 식사를 같이 하기로 약속되어 있다고요?"

"홈스 씨도 같이 가시면 좋겠습니다. 아주 친절한 분들이라 홈스 씨를 보면 정말 반가워할 겁니다."

"죄송하지만 왓슨하고 나는 런던에 가야 합니다."

"런던에요?"

"네, 현시점에서는 우리가 거기 있는 편이 나을 것 같습니다."

헨리 경의 얼굴이 누가 봐도 울상으로 변했다.

"저는 홈스 씨가 이 사건을 끝까지 맡아 해결해주실 줄 알았습니다. 바스커빌 홀도 그렇고 황야도 그렇고 혼자서 지내기에 썩 유쾌한 곳이 못 되는데요."

"헨리 경, 나를 믿고 따라주시기 바랍니다. 스테이플턴 남매에게 우리도 같이 오고 싶어 했지만 급한 일이 생겨서 런던으로 갔다고 하세요. 금방 데번으로 돌아올 겁니다. 꼭 그렇게 얘기해주시겠습니까?"

"하라시는 대로 하겠습니다."

"그 방법 말고는 대안이 없습니다."

어두워진 헨리 경의 표정으로 보건대 우리가 자길 버리는 줄 알고 상처를 받은 모양이었다.

"언제 떠나실 생각인가요?"

그가 싸늘하게 물었다.

"아침을 먹자마자 출발할 겁니다. 마차를 타고 쿰트레이시로 갈 예정입니다. 다시 돌아오겠다는 증표로 왓슨의 짐은 놔두고 떠나겠습니다. 왓슨, 스테이플턴에게 못 가게 돼서 미안하다고 편지를 보내주겠나?"

"저도 같이 런던에 가고 싶습니다. 왜 혼자 남아야 합니까?"

헨리 경이 물었다.

"여기가 경이 있어야 할 곳이기 때문이죠. 아까 시키는 대로 하겠다고 하셨죠? 여길 지켜주십시오."

"알겠습니다. 여기 있겠습니다."

"그리고 한 가지 더. 마차를 타고 메리피트 하우스로 갔다가 마차는 돌려보내세요. 스테이플턴 남매에게는 걸어갈 생각이라고 하고요."

"걸어서 황야를 지나라는 말씀입니까?"

"네."

"저더러 절대 그러지 말라고 여러 번 신신당부하지 않으셨나요?"

"이번에는 안전하니까 괜찮습니다. 경의 담력과 용기를 완벽하게 신뢰하기 때문에 부탁드리는 겁니다. 이번에는 그래주셔야겠습니다."

"그렇게 하겠습니다."

"목숨이 아까우면 메리피트 하우스에서 그림펀 로드로 향하는 일직선의 오솔길 말고 다른 길로는 가지 마세요. 그 길이 바스커빌 홀로 오는 길이기도 하죠."

"말씀하신 대로 하겠습니다."

"좋습니다. 나는 오후에 런던에 도착할 수 있게 아침 식사를 마치자마자 출발하겠습니다."

나는 그의 계획을 듣고 화들짝 놀랐다. 어젯밤에 홈스가 스테이플턴을 만났을 때 다음날 떠난다고 했던 것은 기억하고 있었지만 나도 함께 갈 줄은 몰랐다. 그가 결정적이라고 한 순간에 우리 둘 다 자리를 비우면 어쩌자는 건지 이해가 되지 않았다. 하지만 순순히 따르는 수밖에 없었기에 슬퍼하는 친구에게 작별을 고했다. 몇 시간 뒤에 쿰트레이시 역에 도착했을 때 마차는 돌려보냈다. 한 남자아이가 플랫폼에서 우리를 기다리고 있었다.

"필요한 게 있으십니까?"

"너는 이 열차를 타고 런던으로 가라, 카트라이트. 도착하자마자 헨리 바스커빌 경에게 내 이름으로 전보를 하나 보내. 수첩을 놓고 온 것 같으니 찾으면 등기우편으로 베이커 스트리트로 보내달라는 내용으로."

"알겠습니다."

"그리고 역무실에 가서 내 앞으로 온 전갈이 있느냐고 물어보고."

아이가 들고 온 전보를 홈스가 내게 건넸다.

전보 수신. 무기명 체포 영장을 가지고 가고 있음. 5시 40분에 도착 예정.

레스트레이드

"오늘 아침에 내가 보낸 전보에 대한 답장일세. 경찰 중에서도 가장 능력 있는 그의 도움이 필요할 거야. 자, 왓슨, 이제 남는 시간을 활용할 겸 자네도 익히 아는 로라 라이언스 부인을 만나러 가볼까?"

그의 작전이 점점 선명해지기 시작했다. 헨리 경을 이용해서 우리가 떠난 것처럼 스테이플턴 부부를 속이고는 결정적인 순간에 다시 나타날 계획이었다. 헨리 경이 런던에서 보낸 전보를 받았다는 이야기까지 꺼내면 그들의 머릿속에서 일말의 의혹마저 사라질 것이다. 턱이 삐죽 나온 강꼬치고기를 향해 좁혀드는 우리의 그물이 벌써부터 눈에 보이는 듯했다.

로라 라이언스 부인은 사무실에 있었다. 홈스는 솔직하고 단도직입적으로 이야기를 시작해서 그녀를 놀라게 했다.

"저는 찰스 바스커빌 경의 죽음에 얽힌 정황을 수사하는 중입니다. 여기 이 친구, 왓슨 박사를 통해 부인께서 어떤 이야기를 하셨고 또 어떤 부분은 밝히지 않으셨는지 전해 들었습니다."

"제가 뭘 밝히지 않았다는 거죠?"

그녀가 반항조로 물었다.

"찰스 경에게 10시까지 문 앞으로 나와달라고 부탁했다고 실토하셨죠. 모두 알다시피 경은 그 시각, 그 장소에서 죽었습니다. 그런데 부인께서는 두 사건의 연관성에 대해 밝히지 않으셨죠."

"연관이 없으니까요."

"희한한 우연의 일치로군요. 우리가 연관성을 밝힐 수 있을 겁니다. 부인께 솔직하게 말씀드리겠습니다. 우리는 이것을 살인 사건으로 보는데, 정황상 부인의 친구인 스테이플턴 씨뿐 아니라 그의 아내도 연루되어 있는 것으로 보입니다."

부인은 의자에서 벌떡 일어나며 외쳤다.

"아내라고요?"

"비밀이랄 것도 없죠. 여동생인 척하는 사람이 사실은 그의 아내입니다."

라이언스 부인은 다시 자리에 앉았다. 그녀가 의자 팔걸이를 꽉 움켜쥐자 분홍색이던 손톱이 하얗게 변했다.

"아내라뇨! ……아내라뇨! 그는 독신이었는데."

홈스는 어깨를 으쓱했다.

"증거를 대세요! 증거를 대라고요! 증거를 대면……."

그녀의 번뜩이는 눈이 백 마디 말보다 많은 의미를 전달했다.

"증거를 준비해 왔습니다."

홈스가 주머니에서 종이를 몇 장 꺼냈다.

"이건 그들 부부가 사 년 전에 요크셔에서 찍은 사진입니다. 뒷면에 '밴들러 부부'라고 적혀 있지만 그를 알아보실 수 있을 겁니다. 아내를 직접 만난 적이 있다면 그녀도 알아보실 수 있을 테고요. 여기 이 세 장의 종이에는 당시 세인트올리버스 사립학교를 운영했던 밴들러 부부와 알고 지냈던 믿을 만한 증인들이 얘기한 그들 부부의 인상착의가 적혀 있습니다. 부부의 신원에 의심의 여지가 있는지 한번 읽어보시죠."

그녀는 종이를 흘끗 훑어보고는 궁지에 몰린 여자 특유의 뻣뻣하게 굳은 얼굴로 우리를 올려다보았다.

“홈스 씨, 이 남자는 저더러 남편과 이혼하면 자기와 결혼하자고 했어요. 저한테 온갖 거짓말을 한 나쁜 놈이네요. 진실이라고는 한마디도 한 적이 없군요. 왜 그랬을까요, 왜 그랬을까요? 저를 위하는 일이라고 생각했지만 이제는 알겠어요. 그에게 이용만 당했다는 것을. 저를 배신한 사람에게 의리를 지킬 필요가 있을까요? 사악한 범행의 대가를 치르지 않도록 보호하겠답시고 애를 쓸 필요가 있을까요? 뭐든 물어보시면 솔직하게 말씀드릴게요. 한 가지 맹세하자면, 편지를 쓸 당시 저에게 가장 다정하게 대해주셨던 그분을 해코지할 생각은 꿈에도 없었습니다.”

“부인을 전적으로 믿습니다. 일련의 사건들을 장황하게 설명하려면 번거로우실 테니 제가 하는 얘기를 듣고 틀린 부분이 있으면 고쳐주시는 게 낫지 않을까 싶습니다. 그 편지는 스테이플턴이 보내자고 했죠?”

“그가 불러주는 대로 받아 적었어요.”

“찰스 경이 이혼 소송 비용을 대줄지 모른다는 이유를 댔습니까?”

“맞아요.”

“편지를 보내고 나서 그가 약속 장소에 나가지 말라고 했나요?”

"다른 사람에게 지원을 받으면 자존심에 금이 간다고, 자기가 가난하기는 하지만 우리 둘 사이를 가르는 장애물을 없애는 데 마지막 동전 한 닢까지 바치겠다고 했어요."

"태도가 참으로 한결같기도 하군요. 신문에서 사망 기사를 읽을 때까지 아무 소식도 듣지 못했습니까?"

"네."

"그자가 찰스 경과 만나기로 했다는 이야기는 아무한테도 하지 말라고 했습니까?"

"네. 이상한 사망 사건이라 그 사실이 새어 나가면 제가 의심을 받을 거라고 했어요. 그 말을 듣고 겁이 나서 입을 다물 수밖에 없었어요."

"그러셨군요. 그래도 의심은 하셨겠죠?"

그녀는 머뭇거리며 시선을 떨어뜨렸다.

"저는 그이가 그럴 만한 사람인 건 알았어요. 하지만 그이가 의리를 지키면 저도 그래야 한다고 생각했어요."

"부인은 용케 지금까지 죽음을 모면하신 겁니다. 부인이 그자의 약점을 쥐고 있다는 사실을 그자가 아는데 아직 목숨을 부지하고 계시니 하는 말입니다. 지금까지 몇 달 동안 아슬아슬하게 낭떠러지 끝을 걸으셨습니다. 이만 작별 인사를 해야겠군요, 라이언스 부인. 조만간 우리 소식을 듣게 될 겁니다."

홈스가 말했다.

런던에서 출발한 급행열차가 도착할 때까지 기다리는 동안 홈스가 말했다.

"사건이 점점 종착지를 향해 다가가면서 우리 앞에 놓인 장애물 역시 하나둘 사라지고 있군. 나는 조만간 근대 역사상 가장 특이하고 충격적인 사건을 하나의 이야기로 재구성할 수 있을 걸세. 범죄학을 공부하는 학생들은 1866년 소러시아의 그로드노에서 발생한 이와 비슷한 사건을 기억할 테지. 미국 노스캐롤라이나에서 벌어진 앤더슨 살인 사건도 이 사건과 비슷해. 하지만 이 사건에는 뚜렷한 고유의 특징들이 있지. 오늘밤에 잠자리에 들기 전에 모든 것이 깨끗하게 정리되지 않으면 내 손에 장을 지지겠네."

런던에서 출발한 급행열차가 우렁찬 소리를 내며 역사로 들어섰다. 작고 강단 있는 불도그처럼 생긴 남자가 일등칸에서 뛰어내렸다. 우리 셋은 서로 악수를 했다. 내 친구를 대하는 레스트레이드의 공손한 눈빛으로 보건대 맨 처음 공조수사를 벌인 이래 얼마나 배운 게 많았는지 한눈에 알 수 있었다. 그 당시 추론가인 홈스의 가설을 실리주의자인 레스트레이드가 얼마나 무시했는지 나는 똑똑히 기억하고 있다.

"좋은 소식 있습니까?"

형사가 물었다.

“오랜만에 터진 대형 사건입니다. 시작될 때까지 두 시간이 남았군요. 그동안 간단하게 저녁을 먹고, 다트무어의 깨끗한 밤 공기로 형사님의 목에 낀 런던의 안개를 걷어내는 게 어떨까요? 다트무어에 안 가보셨다고요? 아, 초행길을 죽을 때까지 잊지 못할 겁니다.”

바스커빌 가문의 사냥개

14.

홈스의 단점이 있다면(그걸 단점이라고 해야 할지 모르겠지만) 실현되는 순간까지 자신의 계획을 누구한테라도 구체적으로 밝히길 극도로 싫어한다는 것이다. 그는 주변 사람들을 쥐락펴락하고 허를 찌르며 거드름 피우기를 천성적으로 좋아했다. 직업의 성격상 만전을 기하는 측면도 있다. 하지만 그의 대리인이나 조수로서는 여간 괴로운 게 아니다. 이제까지 괴로울 때가 많았지만, 아무것도 모르고 어둠 속을 한참 동안 달리던 그때가 최악이었다. 엄청난 난관이 우리를 기다리고 있었지만 마침내 마지막 결실을 맺으려는 찰나였다. 그런데도 홈스는 아무 말이 없으니 앞으로 어떻게 하려는 생각인지 넘겨짚는 수밖에 없었다. 얼굴을 때리는 찬바람과 좁은 길 양옆으로 이어지는 어둡고 광활한 공간이 드디어 우리가 황야로 다시 돌아왔음을 알리자 기대감에 온몸이 찌릿찌릿했다. 말들이 한 발을 내딛고 바퀴가 한 번 구를 때마다 대단한 모험에 점점 가까워졌다.

전세 마차의 마부가 있어서 하고 싶은 이야기를 나눌 수 없었기 때문에 흥분과 기대감으로 잔뜩 곤두선 신경을 달래며 시답잖은 수다나 떠는 수밖에 없었다. 그렇게 억지로 참고 있다가 드디어 프랭클랜드의 집을 지나고 사건의 현장인 바스커빌 홀이 코앞으로 다가왔을 때 안도의 한숨이 절로 나왔다. 우리는 현관 앞까지 가지 않고 대로변에 면한 대문 근처에서 내렸다. 마차 삯을 받은 마부는 곧장 쿰트레이시로 돌아갔다. 우리는 메리피트 하우스를 향해 걷기 시작했다.

"무기 들고 왔습니까, 형사님?"

왜소한 형사는 미소를 지었다.

"바지를 입고 있는 이상 뒷주머니가 있고, 뒷주머니가 있는 이상 뭔가가 들어 있죠."

"잘했습니다! 이 친구와 나도 비상사태에 대비하고 왔습니다."

"철저하게 만전을 기하는군요, 홈스 씨. 이제 어쩔 작정입니까?"

"기다려야죠."

“맙소사, 여긴 그다지 유쾌한 곳은 아닌 것 같습니다. 저 앞에 불빛이 보이는군요.”

그는 몸서리를 치며 어둑어둑한 언덕 비탈과 그림편 늪지를 뒤덮은 거대한 안개를 둘러보았다.

“저기가 우리의 목적지인 메리피트 하우스입니다. 이제 살금살금 걷고 목소리도 낮춰주세요.”

집을 향해 가는 것처럼 오솔길을 따라 조심스럽게 움직이다가 이백 미터쯤 남았을 때 홈스가 멈추라는 명령을 내렸다.

“이 정도면 됐습니다. 오른쪽에 있는 바위 뒤로 가면 감쪽같이 숨을 수 있겠네요.”

“여기서 기다리는 겁니까?”

“네, 여기서 매복을 하는 거죠. 이 안으로 들어가세요, 형사님. 왓슨, 자네는 저 집에 들어가본 적이 있지? 방의 위치를 알려주겠나? 저 끝에 창살이 달린 창문은 뭐지?”

“부엌 창문 같은데.”

“환하게 불을 밝힌 그 너머의 창문은?”

“거긴 식당일세.”

“블라인드가 올려져 있군. 자네가 구조를 가장 잘 아니까 조용히 가서 그들이 뭘 하고 있는지 파악해주게. 들키면 절대 안 돼!”

나는 발끝으로 살금살금 걸어가서 키 작은 과수원을 둘러싼 야트막한 담벼락 뒤에서 허리를 숙였다. 그림자 속에 몸을 숨긴 채 블라인드가 걷힌 창문 너머를 똑바로 들여다볼 수 있는 위치까지 다가갔다.

안에는 헨리 경과 스테이플턴 둘뿐이었다. 둘이 내 쪽으로 옆얼굴을 보이며 원형 식탁에 마주보고 앉아 있었다. 스테이플턴은 열심히 무슨 이야기를 하고 있었는데 헨리 경은 안색이 창백하고 멍해 보였다. 불길한 황야를 혼자 걸어갈 생각을 하니 마음이 무거운 모양이었다.

내가 지켜보는 가운데 스테이플턴이 일어나서 밖으로 나가자 헨리 경은 혼자 잔을 채우고 의자에 기대어 앉아 시가를 뻐끔거렸다. 끼익 하고 문이 열리는 소리에 이어 저벅저벅 자갈을 밟는 소리가 들렸다. 내가 숨어 있는 담벼락 반대쪽을 걸어가는 소리였다. 박물학자가 과수원 한쪽 구석에 있는 별채 앞에서 걸음을 멈추는 모습이 보였다. 그가 열쇠로 문을 따고 들어갔고 안에서 발을 질질 끄는 수상한 소리가 들렸다. 그는 고작 일 분 정도 있다가 밖으로 나와 열쇠로 문을 잠근 다음 나를 지나서 다시 집안으로 들어갔다. 나는 그가 손님에게 돌아가는 것을 확인하고는 친구들이 기다리는 곳으로 살금살금 기어가서 목격한 광경을 전했다.

"그러니까 왓슨, 부인은 안 보였다는 말인가?"

보고가 끝났을 때 홈스가 물었다.

"어디 있을까? 식당 말고는 불이 켜져 있는 방이 없는데."

"나도 모르겠네."

앞에서도 이야기했다시피 하얀색의 짙은 안개가 그림펀 늪지를 덮고 있었다. 천천히 우리 쪽으로 다가오는 안개는 두툼하고 윤곽선이 뚜렷한 야트막한 벽처럼 쌓이기 시작했다. 안개가 달빛에 비쳐 빙판처럼 반짝이자 저멀리 솟은 바위산 꼭대기가 빙판에 박힌 돌멩이처럼 보였다. 홈스는 느릿느릿 움직이는 안개를 보며 초조하게 중얼거렸다.

"안개가 우리 쪽으로 오고 있어, 왓슨."

"안 좋은 건가?"

"심각한 문제지. 내 계획을 망칠 수 있는 위험 요소일세. 경이 조금 있으면 나오겠지? 벌써 10시야. 안개가 길을 뒤덮기 전에 나와야 우리 계획이 성공하고 경도 목숨을 부지할 수 있는데."

밤하늘은 맑고 쾌청했다. 별들이 차가운 빛을 발산했고 폭신하고 희미한 달빛이 온누리를 적셨다. 삐죽한 지붕과 우뚝 솟은 굴뚝이 달린 육중한 저택이 은빛으로 반짝이는 하늘을 배경으로 시야를 시커멓게 가리고 있었다. 1층의 창문에서 흘러나온 황금색의 넓고 길쭉한 빛이 과수원과 황야 위로 드리워졌다. 그 중 하나가 갑자기 꺼졌다. 하인들이 부엌에서 나온 것이다. 이제는 살인 계획을 세운 집주인과 그걸 모르는 손님이 시가를 피우며 잡담을 나누는 식당의 등불만 남았다.

황야 절반을 덮은 새하얀 양털 융단이 시시각각으로 집을 향해 다가왔다. 얇은 솜털 앞사락이 창밖으로 새이 나온 황금색의 사각형 불빛 위로 굽이쳤다. 우리가 지켜보는 가운데 안개가 소용돌이치며 저택 모서리를 서서히 덮고 빽빽하게 쌓이자 2층과 지붕이 어둑어둑한 바다 위에 떠 있는 유령선처럼 변했다. 홈스는 앞에 있는 바위를 있는 힘껏 내리치고는 조바심에 발을 굴렀다.

"십오 분 안으로 나오지 않으면 길이 안개로 뒤덮일 텐데. 삼십 분이 지나면 자기 눈앞에서 손을 흔들어도 안 보이는 지경이 될 테고."

"좀더 지대가 높은 곳으로 자리를 옮길까?"

"그러는 게 좋겠네."

우리는 안개의 파도를 헤치며 집에서 팔백 미터쯤 떨어진 곳으로 후퇴했지만 달빛으로 반짝이는 짙은 하얀색 바다는 계속해서 가차없이 밀려들었다.

"너무 멀리 왔어. 헨리 경이 여기 도착하기 전에 공격을 당하면 큰일인데. 무슨 일이 있어도 이 자리는 사수해야 하네."

홈스는 무릎을 꿇고 땅바닥에 귀를 갖다 댔다.

"다행일세. 그가 오는 소리가 들리는군."

잽싼 발소리가 황야의 정적을 갈랐다. 우리는 바위 틈새에 몸을 숨기고 은빛으로 물든 안개 바다를 들여다보았다. 발소리가 점점 커지면서 기다리던 남자가 커튼을 열어젖히듯 안개를 뚫고 모습을 드러냈다. 그는 별빛이 환하고 맑은 밤공기 속으로 빠져나오자 어리둥절한지 좌우를 둘러보았다. 그러다 서둘러 발걸음을 옮겨 우리가 있는 곳 바로 앞을 지나서 우리 뒤편의 긴 비탈을 올라갔다. 걸어가는 내내 불안한 듯이 어깨 너머를 흘끗거렸다.

"쉿! 조심해! 녀석이 오고 있다네!"

홈스의 외침에 이어 권총의 공이치기를 찰칵 하고 젖히는 소리가 들렸다.

스멀스멀 다가오는 안개 바다의 한복판 어디에선가 희미하게 타닥타닥 땅을 밟는 소리가 들렸다. 안개와 우리의 거리는 오십 미터도 되지 않았다. 우리 셋은 어떤 공포가 안개를 찢고 튀어나올지 불안해하며 뚫어져라 보았다. 나는 홈스 바로 옆에 있었기 때문에 그의 얼굴을 잠깐 쳐다볼 수 있었다. 그는 안색이 창백했지만 의기양양하게 두 눈을 반짝이고 있었다. 그러다 갑자기 눈을 휘둥그레 뜨고 놀라서 입을 벌렸다. 그 순간 레스트레이드가 공포에 찬 비명을 지르며 몸을 날려서 바닥에 엎드렸다. 나는 후들거리는 손으로 권총을 움켜쥐고 일어섰지만, 안개를 뚫고 튀어나온 흉측한 형상에 머릿속이 마비되고 말았다. 새까맣고 커다란 사냥개였다. 흔히 볼 수 있는 사냥개가 아니었다. 벌어진 입에서는 불기둥이 뿜어져 나왔고 두 눈은 이글거리며 타올랐다. 주둥이와 목털과 턱살이 불빛에 비쳐 보였다. 세상의 어떤 정신병자가 꿈을 꾼다 한들 안개의 장벽을 뚫고 등장한 이 시커멓고 흉측한 녀석보다 더 잔인하고 끔찍하고 섬뜩한 존재를 만들어낼 수는 없을 것 같았다.

시커멓고 거대한 짐승은 길게 포물선을 그리며 길 위로 펄쩍 몸을 날려서 헨리 경의 발자국을 쫓기 시작했다. 넋을 놓고 있던 우리는 녀석이 앞을 지나간 다음에서야 정신을 차렸다. 홈스와 내가 동시에 총을 발사하자 적어도 한 방은 맞았는지 녀석이 소름 끼치게 울부짖었다. 하지만 녀석은 멈추지 않고 계속 앞으로 달렸다. 헨리 경은 공포감에 두 손을 들고 자기를 향해 달려오는 끔찍한 짐승을 속수무책으로 바라보고 있었다. 그의 새하얗게 질린 얼굴이 달빛에 비쳐 보였다.

사냥개의 고통에 겨운 울음소리를 듣고 두려움이 가셨다. 아픔을 느낀다면 불사신이 아니라는 뜻이었고, 상처를 입힐 수 있다면 죽일 수도 있다는 뜻이었다. 나는 그날 밤의 홈스처럼 빨리 달리는 사람을 본 적이 없다. 나도 발이 빠른 편에 속하지만 홈스와 나의 격차는 나와 땅딸막한 형사의 격차와 비슷했다. 달리는 내내 헨리 경의 끊임없는 비명소리와 사냥개가 으르렁거리는 소리가 들렸다. 야수가 마침내 표적을 덮쳐서 땅바닥에 쓰러뜨리고 목덜미를 물어뜯으려는 찰나 내가 도착했다. 홈스가 곧바로 녀석의 옆구리를 겨냥해서 탄창이 빌 때까지 다섯 발을 쏘았다. 녀석은 단말마의 비명을 지르며 섬뜩하게 허공을 물어뜯고는 뒤로 쓰러져서 네 발을 미친듯이 떨다가 축 늘어졌다. 나는 허리를 숙이고 숨을 헐떡이며 끔찍하게 빛나는 섬뜩한 머리에 권총을 대고 눌렀지만 방아쇠를 당길 필요가 없었다. 거대한 개는 이미 숨이 끊긴 상태였다.

헨리 경은 정신을 잃은 채로 누워 있었다. 경의 칼라를 뜯어내고 보니 물린 자국은 없었다. 제때 구출했다는 사실을 확인한 홈스는 감사의 기도를 올렸다. 우리 친구는 그새 기운을 회복해서 눈꺼풀을 파르르 떨며 몸을 움직여보려고 희미하게나마 애를 썼다. 레스트레이드가 브랜디병을 꺼내서 헨리 경의 이 사이로 밀어넣었다. 잠시 후 헨리 경은 겁에 질린 눈빛으로 우리를 올려다보았다.

"맙소사! 그게 뭐지요? 도대체 뭐였나요?"

그가 겨우 말을 뱉었다.

"뭔지 몰라도 죽었습니다. 가문의 유령을 완전히 해치웠어요."

홈스가 말했다.

우리 앞에 대자로 뻗어 있는 끔찍한 짐승은 몸집으로 보나 힘으로 보나 압도적이었다. 순종 블러드하운드나 마스티프가 아니라 둘을 교배한 생김새였다. 비쩍 마르고 포악해 보이며 덩치가 조그만 암사자만 했다. 죽어서 꼼짝 않고 누워 있는데도 거대한 턱에서 푸르스름한 불똥이 뚝뚝 흘러나오고 움푹 꺼진 조그맣고 잔인한 눈가에서 불길이 이글거릴 것 같았다. 시뻘건 주둥이에 손을 대었다 떼자 내 손가락들도 어둠 속에서 희미하게 반짝였다.

"인을 발랐군."

"교활하게 머리를 쓴 거지."

홈스가 죽은 짐승의 냄새를 맡으며 말했다.

"인은 냄새가 없으니까 사냥감의 냄새를 맡는 데 아무 문제가 없을 것 아닌가. 이렇게 무서운 일을 겪게 해서 미안합니다, 헨리 경. 사냥개가 나올 줄은 알았지만 이런 괴물이 나올 줄은 상상도 못 했습니다. 안개 때문에 정체를 파악할 시간도 없었고요."

"덕분에 살았습니다."

"하마터면 큰일날 뻔했네요. 일어날 수 있습니까?"

"브랜디를 한 모금만 더 마시면 뭐든 할 수 있을 것 같습니다. 자! 저 좀 일으켜주세요. 이제 어떻게 하면 될까요?"

"경은 가만히 계십시오. 오늘밤에 더이상 모험을 벌일 수 있을 만한 상태가 아니니까요. 잠깐만 기다리면 댁까지 모셔다 드리겠습니다."

그는 비틀비틀 일어섰지만 여전히 유령처럼 창백한 안색으로 사지를 부들부들 떨었다. 우리가 부축해서 바위에 앉히자 그는 두 손에 얼굴을 묻고 몸서리를 쳤다.

"우리는 가봐야겠습니다. 남은 일을 한시라도 빨리 해치워야 해서요. 증거가 있으니 범인을 잡기만 하면 됩니다."

홈스가 말했다.

"집에 그가 있을 확률은 천분의 일일세. 총소리를 듣고 게임이 끝났다는 걸 알아차렸을 테니까."

왔던 길을 잽싸게 되짚어가면서 홈스가 말했다.

"어느 정도 거리가 있었고 안개 때문에 소리가 덮여서 못 들었을 수도 있잖은가."

"일이 끝나면 데려가려고 사냥개의 뒤를 좇았을 것이 분명하네. 지금쯤 자취를 감추었을 걸세! 하지만 집안을 뒤져 확인은 해봐야겠지."

현관문이 열려 있기에 곧장 안으로 들어갔다. 거동이 불편한 늙은 하인이 이 방 저 방 뒤지는 우리를 복도에서 보고 깜짝 놀랐다. 식당 말고는 모두 불이 꺼져 있었지만 홈스가 등불을 들어 이 구석 저 구석을 비추어 보았다. 우리가 쫓는 남자의 흔적은 보이지 않았다. 2층으로 올라가보니 방문 하나가 잠겨 있었다.

"이 안에 누가 있어요! 움직이는 소리가 들립니다! 문 열어!"

레스트레이드가 외쳤다.

안에서 희미한 신음 소리와 부스럭거리는 소리가 들렸다. 홈스가 구둣발로 자물쇠를 걷어차자 문이 열렸다. 우리 셋은 권총을 들고 달려 들어갔다.

예상과 달리 안에는 필사적으로 저항하는 악당은 없었다. 우리는 뜻밖의 해괴한 광경에 놀라서 잠깐 멍하니 자리에 서 있었다.

조그만 박물관으로 개조된 방은 유리 뚜껑을 씌운 상자가 벽마다 줄줄이 놓여 있었다. 상자에는 복잡하고 위험한 인물의 취미 생활이었던 나비와 나방 표본이 가득 들어 있었다. 방 한가운데에는 오래돼서 좀먹은 천장의 들보를 받치는 기둥이 있었다. 기둥에 사람이 묶여 있었다. 시트로 꽁꽁 싸매놓아서 처음에는 남자인지 여자인지도 알 수 없었다. 목에 둘린 수건이 기둥 뒤로 묶여 있었다. 얼굴 아래쪽도 수건으로 덮여서 수치심과 비탄이

가득한 까만 눈만 두려워하는 눈빛으로 우리를 쳐다보았다. 우리가 재갈을 자르고 시트를 풀자 스테이플턴 부인이 풀썩 주저앉았다. 그녀가 가슴 위로 고개를 늘어뜨리자 목에 난 시뻘건 채찍 자국이 선명하게 드러났다.

"이런 짐승 같으니라고! 형사님, 브랜디병을! 의자에 앉혀요! 폭행과 탈진으로 기절했습니다."

홈스가 외쳤다.

그러자 그녀가 눈을 뜨며 물었다.

"그분은 무사한가요? 도망쳤어요?"

"우리한테서 도망칠 수는 없습니다, 부인."

"아뇨, 아뇨, 남편 말고 헨리 경요. 무사한가요?"

"네."

"사냥개는요?"

"죽었습니다."

그녀는 긴 안도의 한숨을 내뱉었다.

"다행이에요! 정말 다행이에요! 이런 나쁜 놈! 남편이 나를 어떻게 했는지 아세요?"

그녀는 소매를 걷고 얼룩덜룩하게 멍이 든 팔을 보여주었다.

"이건 아무것도 아니에요. 아무것도 아니고말고요! 그의 고문으로 폐허가 된 건 내 머릿속과 영혼이에요. 그이가 나를 사랑

한다는 믿음 하나로 온갖 학대와 외로움과 거짓말로 얼룩진 삶을 견뎠는데 이제는 알아요, 이 연극에서 나도 그의 꼭두각시이자 도구에 불과했다는 것을."

그녀는 격렬하게 흐느껴 울었다.

"남편에게 아무 미련이 없으시군요. 어디 가면 남편을 찾을 수 있는지 알려주시겠습니까? 그의 사악한 범행을 거든 적이 있다면 이번 기회를 통해서 속죄하세요."

홈스가 말했다.

"그가 도망칠 만한 곳은 한 군데밖에 없어요. 늪지 한복판에 주석을 캐던 섬이 있어요. 거기에서 사냥개를 키웠고 은신처도 마련해두었죠. 거기로 도망쳤을 거예요."

하얀 양털 같은 안개가 창문을 덮었다. 홈스가 등불을 들고 안개를 비췄다.

"보세요. 오늘밤에는 아무도 그림펀 늪지를 지나는 길을 찾지 못할 겁니다."

그녀는 웃으며 손뼉을 쳤다. 기뻐하는 얼굴로 눈과 이를 반짝이며 외쳤다.

"안으로 들어갈 수는 있어도 나오지는 못하겠네요. 오늘밤에는 막대 표지판을 무슨 수로 찾으려나? 우리 둘이서 같이 꽂았거든요. 늪지를 건널 수 있는 경로를 표시하느라. 아, 오늘 그걸 뽑아버렸어야 하는 건데! 그럼 남편을 경찰에 넘길 수 있었을 텐데!”

안개가 걷히기 전에는 추격에 나서들 헛수고였다. 레스트레이드에게 메리피트 하우스를 조사하도록 하고 홈스와 나는 헨리 경과 함께 바스커빌 홀로 돌아갔다. 우리는 스테이플턴 남매의 정체를 폭로하는 수밖에 없었다. 그는 사랑했던 여인의 진실을 접하고도 의연한 태도를 보였다. 하지만 그날 밤에 겪은 충격적인 사건으로 인해 새벽부터 고열로 정신이 오락가락해서 모티머 박사에게 치료를 받았다. 모티머 박사와 헨리 경은 나중에 함께 세계 여행을 떠났다. 그 후 헨리 경은 저주가 깃든 영지의 주인이 되기 이전의 건강하고 마음 따뜻한 청년으로 돌아갈 수 있었다.

암울한 공포와 억측이 어떤 식으로 우리를 한참 동안 괴롭히다 비극적으로 막을 내렸는지 독자 여러분에게 전달하기 위해 시작한 이 기괴한 이야기의 결말까지 이제 얼마 남지 않았다. 사냥개가 죽고 난 다음 날, 안개가 걷히자 우리는 스테이플턴 부인의 안내를 받아 늪지를 관통하는 통로가 시작되는 지점에 다다랐다. 기꺼이, 열심히 남편의 추적에 앞장서는 그녀를 보면 이 여인의 삶이 얼마나 신산했는지 알 수 있었다. 그녀가 출발 지점으로 삼은 곳은 늪지가 넓어질수록 점점 좁아지는 반도 모양의 단단한 토탄질 땅이었다. 거기서부터 초록색 부유물이 둥둥 떠 있는 구덩이와 악취를 풍기는 진창 주변으로 골풀이 자라난 땅에 지그재그로 막대가 꽂혀 있었다. 무성한 갈대와 끈적끈적한 수초가 얼굴을 향해 썩은 내와 묵직한 독가스를 뿜어냈다. 한 발짝 살못 내디디기라도 하면 진진히게 출렁이는 넓고 시커먼 늪 속으로 허벅지까지 빠졌다. 걸음을 옮길 때마다 발뒤꿈치를 억척스럽게 붙잡히는 느낌이 들었고 어쩌다 늪에 빠지기라도 하면 악마가 기를 쓰고 끔찍한 구멍 속으로 잡아당기는 듯했다. 누가 우리보다 먼저 이 위험한 길을 지나간 흔적이 딱 한 번 눈에 띄었다. 끈적끈적한 진창을 뚫고 자란 황새풀들 사이로 시커먼 물건이 고개를 내밀고 있었다. 홈스가 그 물건을 줍느라 허리까지 진창에 빠졌는데 우리가 꺼내주지 않았더라면 두 번 다시 마른 땅을 밟지 못했을 것이다. 그는 까만색의 낡은 부츠를 높이 치켜들었다. 부츠 안쪽 면에 "마이어스, 토론토"라고 찍혀 있었다.

"진흙으로 목욕을 한 보람이 있군. 헨리 경이 잃어버린 부츠라네."

그가 말했다.

"스테이플턴이 도망치는 길에 버렸군그래."

"그렇지. 부츠를 동원해서 사냥개에게 경의 뒤를 쫓게 한 걸세. 게임이 끝났다는 걸 알았을 때 부츠를 손에 들고 도망치다가 이 근처에 다다랐을 때 던졌겠지. 여기까지는 무사히 온 모양이로군."

하지만 무수한 추측만 가능할 뿐 확실히 말할 수 있는 것은 없었다. 진흙이 계속 표면을 덮어버리는 진창에서 발자국을 찾을 수 있을 리도 만무했다. 늪을 지나서 좀더 단단한 땅에 다다르자 우리는 열심히 발자국을 찾아 나섰다. 하지만 발자국 흔적조차 눈에 띄지 않았다. 땅이 진실을 이야기하고 있다면, 스테이플턴은 간밤에 안개를 헤치고 늪지 속의 이 섬에 도착하지 못했을 것이다. 잔인한 냉혈한은 그림펀 늪지 한복판의 더럽고 끈적끈적한 진창 속에 영원히 묻힌 것이다.

늪으로 에워싸인 섬에는 그가 공범을 숨겨두었던 흔적이 많이 남아 있었다. 거대한 바퀴와 쓰레기로 반쯤 찬 수갱이 폐광의 위치를 알려주었다. 떠나기 전까지 광부들이 살았던 주변의 집들은 사방의 늪지에서 풍기는 지독한 냄새의 가스 때문에 쓰러져서 잔해만 남았다. 그중 한 집에 개가 갇혀 지냈는지 쇠사슬이 달린 고리와 갉아먹은 뼈다귀들이 제법 많이 있었다. 뼈다귀 더미 속에 갈색 털이 엉겨 붙은 해골이 있었다.

내가 소리쳤다.

"개야!"

"맙소사, 털이 곱슬곱슬한 스패니얼이로군. 딱하게도 모티머 박사는 두 번 다시 반려견을 볼 수 없겠어. 이곳에 우리가 모르는 비밀은 더 없는 것 같네. 사냥개를 숨길 수는 있었을지 몰라도 소리까지 없앨 수는 없어서 대낮에 들어도 소름 끼치는 울음소리가 종종 울려 퍼지게 된 거지. 비상시에는 사냥개를 메리피트 하우스의 별채에 가두었지만 꽤나 위험한 일이었을 테고. 그래서 모든 노력이 결실을 맺는 결정적인 날에만 모험을 감행해야 했다네. 여기 이 깡통에 담겨 있던 안료를 개한테 발랐을 거야. 가문의 전설 속에 등장하는 지옥의 사냥개처럼 위장해서 찰스 경을 위협해 살해하려고. 그런 짐승이 컴컴한 황야를 가르며 달려오니 딱한 탈옥수도 찰스 경이 그랬던 것처럼 비명을 지르며 달아날 수밖에. 우리라도 그 상황에 처했다면 그랬겠지. 참으로 교활한 수법이었어. 피해자를 죽음으로 몰아넣을 수 있는 가능성은 둘째 치고, 농부들이 황야에서 그 짐승을 보더라도 어느 누가 가까이 다가가서 관찰을 할 수 있겠나. 왓슨, 내가 런던에서도 이야기했다시피 저기 늪 밑바닥에 누워 있는 자보다 더 위험한 상대는 여태껏 없었다네."

홈스는 긴 팔을 들어 비탈진 적갈색 황야와 얼룩덜룩한 초록색의 거대한 늪을 가리켰다.

회상

15.

십일월 말의 춥고 안개가 자욱한 어느 날 밤, 홈스와 나는 베이커 스트리트의 거실에서 이글거리는 벽난로를 곁에 두고 앉아 있었다. 데번 사건이 비극적으로 막을 내린 뒤에 그는 중요한 사건을 두 개 맡았다. 첫 번째는 난퍼렐 클럽에서 그 유명한 카드 게임 사건을 저지른 업우드 대령의 잔인한 범행을 폭로한 것이고 두 번째는 의붓딸 카레르 양을 살해했다는 혐의를 받은 몽팡시에 부인의 누명을 벗겨준 것이었다. 카레르 양은 육 개월 뒤에 뉴욕에서 발견되었는데 남모르게 결혼한 후였다. 내 친구는 어렵고 중요한 사건을 연달아 해결하고 기분이 하늘을 찔렀기 때문에 바스커빌 사건의 자세한 내막으로 대화를 유도할 수 있었다. 그가 한 번에 하나의 사건만 다루며 현재 맡은 일에 쏟아야 할 냉철하고 논리적인 사고를 과거 회상에 할애할 리 없다는 것을 알기 때문에 끈질기게 기회를 기다려왔다. 마침 헨리 경이 신경쇠약증의 치료를 위한 긴 여행을 앞두고 모티머 박사와 함께 런던에 머무르고 있었다. 그들이 우리를 만나러 왔던 날 오후에 자연스럽게 사건 이야기를 꺼낼 수 있었다.

홈스가 말했다.

"스테이플턴을 사칭한 남자의 관점에서 보면 이 사건은 처음부터 끝까지 단순하고 군더더기가 없지. 하지만 처음부터 범인의 의도를 모르고 진상의 일부분만 파악했던 우리로서는 극도로 복잡하게 느껴질 수밖에. 나는 스테이플턴 부인과 두 차례 대화를 나눈 덕분에 모든 궁금증이 깨끗하게 해결돼서 아직까지 미지로 남은 부분은 없다고 생각한다네. 내 사건 파일에서 B 항목을 보면 메모가 몇 줄 있을 걸세."

"그래도 기억을 더듬어서 사건의 개요를 대충 얘기해줄 수 없겠나?"

"안 될 거야 없지만, 내가 모든 부분을 기억하고 있는지 장담은 못 하겠네. 극도로 정신을 집중한 후에는 희한하게 과거의 기억이 지워지거든. 변호사도 사건을 맡으면 청산유수로 변론을 펼치지만 재판 이후에 한두 주가 지나면 모두 잊어버리지 않나. 나도 맨 마지막에 맡은 사건이 그전 사건을 밀어내는 격이라 카레르 양이 바스커빌 홀에 대한 기억을 지워버렸어. 내일 또 다른 문제에 관심이 쏠리면 어여쁜 프랑스 아가씨와 악랄한 업우드 또한 기억의 저편으로 밀려나겠지. 사냥개 사건에 대해 최대한 기억을 더듬어볼 테니 빠진 부분이 있으면 자네가 보충해주게나.

그 가문의 초상화가 잘못된 게 아니라 스테이플턴이 실제로 바스커빌 가문의 후손이었다는 게 조사로 밝혀졌네. 그자는 찰스 경의 동생으로 영국에서 악명을 떨치다 남아메리카로 도망가서 미혼으로 죽었다고 소문이 난 로저 바스커빌의 아들이었지. 로저 바스커빌이 실은 결혼을 해서 아들 하나를 낳아 자기와 같은 이름을 지어준 걸세. 그 아들은 베릴 가르시아라는 코스타리카의 미녀와 결혼해서 상당한 금액의 공금을 횡령한 뒤, 성을 밴들러로 바꾸고 잉글랜드로 도주해서 요크셔 동부에 학교를 설립했다네. 그런 사업을 구상한 이유는 고향으로 돌아오는 길에 폐결핵을 앓는 교사와 가까워져서 이 교사의 능력을 이용해 떼돈을 벌어야겠다고 작정했기 때문이라네. 하지만 프레이저라는 이름의 교사는 죽어버렸고 학교도 시작은 좋았지만 곧 인기가 곤두박질쳤지. 밴들러 부부는 성을 스테이플턴으로 바꾸고, 남은 돈과 미래의 계획과 곤충학에 대한 식견을 밑천 삼아 잉글랜드 남부로 거처를 옮겼다네. 국립 영국 박물관에서 찾아보니 그는 실제로 곤충학 분야의 상당한 권위자였고 요크셔에 살던 시절에 처음으로 학계에 소개한 나방에 그의 이름을 붙였더군.

이자는 여기저기 들쑤시고 다니다가 딱 두 사람만 없애면 엄청난 재산을 손에 넣을 수 있다는 사실을 어느 순간에 알아낸 모양일세. 그가 데번으로 내려갔을 때는 막연한 계획뿐이었겠지만 아내를 여동생이라고 한 걸 보면 처음부터 꿍꿍이속이 있었음을 알 수 있지. 구체적인 계획은 세우지 못했지만 어쨌든 그녀를 미끼로 쓰겠다는 거 아니겠는가. 재산을 차지할 수만 있다면 수단과 방법을 가리지 않을 작정이었겠지. 그는 먼저 자기 조상들이 살던 집에서 최대한 가까운 곳에 터전을 마련하고 찰스 바스커빌 경을 비롯한 이웃 주민들과 친분을 쌓았다네.

찰스 경은 집안에 얽힌 사냥개 전설을 이야기함으로써 자기 무덤을 팠지. 스테이플턴은 그의 심장이 약하다는 것과 충격을 받으면 죽을 수도 있다는 것을 모티머 박사에게 들어서 알고 있었거든. 그뿐 아니라 찰스 경이 미신을 잘 믿는 성격이라 암울한 전설을 심각하게 받아들이고 있다는 이야기도 들었고. 그는 찰스 경을 죽이되 죄책감을 전혀 느끼지 않을 만한 기발한 방법을 생각해냈지.

계획이 세워지자 상당히 정교한 준비 작업에 착수했다네. 보통 사람들 같았으면 잔인한 사냥개를 동원하는 데 만족했을 걸세. 안료를 써서 지옥의 개처럼 보이게 한 부분은 천재성이 돋보이는 부분이지. 개는 런던의 풀럼 스트리트에 있는 로스 앤드 맹글스라는 가게에서 사 왔다네. 거기서 가장 힘이 세고 사나운 녀석이었지. 그는 녀석을 노스 데번 열차에 싣고 와서 소문이 나지 않도록 한참 동안 황야를 걸어서 데려왔다네. 곤충 채집을 하면서 그림펀 늪지를 통과할 수 있는 방법을 알아놓았기에 늪지 안에 은신처를 마련해놓았지. 거기서 녀석을 기르면서 기회를 기다린 걸세.

하지만 기회가 좀처럼 오지 않았어. 노신사가 밤에 여간해선 자기 집 울타리를 벗어나지 않았거든. 스테이플턴이 가끔 사냥개를 데리고 주변에 숨어 있어보기도 했지만 소용이 없었지. 이렇게 허탕을 치는 동안 그가, 아니 정확히 말하면 그의 공범이 농부들 눈에 띄면서 지옥의 사냥개 전설이 진짜라는 분위기가 조성된 걸세. 그는 아내가 찰스 경을 유혹해주길 바랐지만 뜻밖에도 아내는 강경한 태도를 보였네. 노신사에게 여자로서 접근해서 함정에 빠뜨려야 하는데 그러길 거부한 걸세. 그 어떤 협박과 폭력에도 그녀는 꿈쩍하지 않았다네. 그녀가 협조를 거부했기 때문에 스테이플턴은 이러지도 못하고 저러지도 못하는 처지에 놓이고 말았지.

찰스 경과 가까워지고 그를 통해 로라 라이언스라는 불운한 여인을 후원하게 되면서 그는 난관을 극복할 방법을 찾았지. 독신남 행세를 하며 접근해서 그녀의 마음을 사로잡고 남편과 이혼하면 결혼하자는 언질을 흘린 걸세. 그러다 찰스 경이 모티머 박사의 충고를 받아들여서 런던으로 떠난다는 사실을 알게 되면서 그의 계획은 갑자기 위기를 맞게 되었지. 그도 이야기를 들었을 때는 모티머 박사의 의견에 맞장구를 쳤지만, 당장 조치를 취하지 않으면 찰스 경에게 손쓸 도리가 없어지지 않나. 때문에 라이언스 부인을 압박해서 런던으로 출발하기 전날 밤에 자기를 만나달라고 간청하는 편지를 쓰게 한 다음 그럴듯한 이유를 대서 그녀를 나가지 못하게 했다네. 이로써 기다려왔던 기회가 마련되었지.

쿰트레이시에서 저녁에 돌아온 그는 사냥개를 키우는 곳에 가서 개에게 안료를 바르고 노신사가 기다리고 있을 게 분명한 장소로 데리고 갔지. 주인의 부추김에 사냥개가 고리버들로 만든 문을 뛰어넘자 딱한 찰스 경은 비명을 지르며 주목 나무 오솔길을 내달렸다네. 어둑어둑한 오솔길에서 턱과 눈을 번뜩이는 커다랗고 시커먼 사냥개를 맞닥뜨렸으니 얼마나 끔찍했겠나. 결국 그는 심장마비와 공포로 오솔길 끝에서 쓰러져 죽었지. 이때 경의 발자국만 남은 이유는 사냥개가 길 옆의 풀밭으로만 달렸기 때문이야. 녀석은 쓰러진 경을 보고 다가가서 냄새를 맡았지만 죽은 것을 확인하고는 몸을 돌렸다네. 모티머 박사가 본 발자국은 그때 남은 거지. 스테이플턴은 녀석을 끌어내 그림펀 늪지로 데려가버렸어. 이 희한한 사건에 관계 당국은 당혹감을, 일대 주민들은 불안감을 감추지 못했다네. 결국에는 우리에게까지 넘어온 거고.

찰스 바스커빌 경의 사망 사건에 대한 설명은 이 정도면 충분한 것 같네. 자네도 느꼈겠지만 누가 범인인지 알아낼 수 없으니 얼마나 간교한 수법인가. 유일한 공범은 절대 그의 정체를 폭로할 리 없지. 기괴하고 상상이 안 되는 수법이었기에 더욱더 정체가 탄로날 걱정이 없었어. 사건에 연루된 스테이플턴 부인과 로라 라이언스 부인은 모두 스테이플턴을 의심했다네. 스테이플턴 부인은 남편이 노신사를 상대로 모종의 계략을 세웠다는 것을 알았고 사냥개의 존재도 알았지. 라이언스 부인은 둘 다 몰랐지만 찰스 경이 자기와 만나기로 한 시각을 아는 사람이 스테이플턴밖에 없는데 그 시각에 경이 죽었다는 데 의구심을 품었고. 하지만 둘 다 그의 손바닥 위에 있었기에 걱정할 필요가 없었다네. 작전의 절반은 성공을 거두었지만 이제 좀더 어려운 나머지 절반이 남았어.

스테이플턴은 상속자가 캐나다에 있다는 사실을 몰랐을 수도 있어. 하지만 친구인 모티머 박사를 통해 이내 소식을 접했고, 마찬가지로 모티머 박사를 통해 헨리 바스커빌이 어떤 식으로 건너올 예정인지 세세한 정보를 입수했지. 처음에 스테이플턴은 이 얼굴 모르는 청년이 캐나다에서 건너오면 데번으로 내려가기 전에 런던에서 해치울 작정이었다네. 그는 노신사에게 덫을 놓으라는 요구를 아내가 거절한 이후부터 그녀를 믿을 수 없게 되었지. 그래서 오랜 기간 동안 떨어져 있을 수가 없어서 아내와 런던에 함께 갔다네. 나중에 알아보니 크레이븐 스트리트의 멕스버러 프라이빗 호텔에 묵었더군. 심부름꾼이 증거를 찾으러 이 호텔에도 찾아가긴 했었어. 아무튼 그는 이 호텔 객실에 아내를 감금하고 수염으로 변장을 한 다음 베이커 스트리트까지, 이후에는 기차역과 노섬벌랜드 호텔까지 모티머 박사의 뒤를 밟았다네.

아내는 남편의 음모를 알아차렸지만 잔인하게 학대당해온 터라 남편을 끔찍하게 무서워했기 때문에 위험에 처한 사람에게 감히 경고 편지를 보낼 수가 없었지. 편지가 스테이플턴의 수중에 들어가면 그녀의 목숨마저 위태로워질 테니까. 그래서 우리도 알다시피 신문에서 단어를 오려내는 수법으로 필체를 감추고 편지를 보낸 걸세. 이 편지는 헨리 경에게 전해졌고 위험을 경고하는 첫 번째 신호가 되었지.

스테이플턴은 사냥개를 동원해야 하는 상황에 다다르면 짐승에게 추적의 실마리를 주어야 하기 때문에 헨리 경의 소지품을 입수하려고 애를 썼다네. 그는 기민하고 대담한 작자답게 당장 작전에 착수했지. 분명 상당한 금액을 쥐여주고 호텔의 구두닦이나 객실 청소부를 매수했을 걸세. 처음에 입수한 부츠는 새것이라 쓸모가 없었어. 그래서 그건 돌려놓고 다른 신발을 슬쩍했는데, 이것이 결정적인 단서가 돼서 나는 실제로 개가 등장하는 사건일 거라는 결론을 내렸다네. 그게 아니면 새 신발에는 관심이 없고 헌 신발을 가지려는 이유를 설명할 방법이 없었거든. 기이하고 해괴한 사건일수록 더 조심스럽게 접근해야 하는 법이야. 사건을 복잡하게 만드는 요소를 꼼꼼히 따지고 과학적으로 분석하면 사건을 해결하는 열쇠가 될 때가 많다네.

그다음 날 아침에 친구들이 우리를 찾아왔을 때 스테이플턴은 마차를 타고 뒤를 밟고 있었지. 우리집 주소와 내 생김새를 안다는 사실과 전반적인 처신으로 보았을 때 스테이플턴이 저지른 범행은 절대 이 사건 하나뿐일 리 없어. 지난 삼 년 동안 잉글랜드 서부에서 상당한 금액의 강도 사건이 네 건 벌어졌는데 범인이 잡히지 않았지. 가장 마지막 사건은 올해 오월에 포크스톤코트에서 벌어졌다네. 복면을 쓰고 단독으로 저택에 침입한 범인이 우연히 맞닥뜨린 하인을 잔인하게 권총으로 쏘아서 죽인 것으로 악명이 자자했던 사건이야. 스테이플턴이 점점 비어가는 금고를 이런 식으로 채우지 않았을까. 그는 몇 년 동안 이렇게 궁지에 몰린 위험한 인물로 지냈던 걸세.

그날 아침에 우리를 그렇게 성공적으로 따돌린 것을 보면 뛰어난 임기응변을 알 수 있고, 마부에게 내 이름을 댄 것을 보면 뻔뻔함을 알 수 있지 않은가. 그는 내가 이 사건을 맡았다는 사실을 알게 된 순간 런던에서는 승산이 없음을 깨닫고 다트무어로 돌아가서 헨리 경이 내려오기만을 기다렸다네."

"잠깐! 사건을 순서대로 정확하게 설명하고 있지만 설명을 빠뜨린 부분이 있네. 주인이 런던에 가 있는 동안 사냥개는 누가 돌보았는가?"

"나도 그 부분에 대해서 고민을 해보았네. 누가 봐도 중요한 문제니까. 스테이플턴에게 믿을 만한 친구가 있었던 게 분명하지. 아마 계획을 모두 털어놓진 않았을 걸세. 메리피트 하우스에 앤서니라는 나이 많은 하인이 있었지. 그는 학교를 운영하던 시절부터 그들 밑에서 일을 한 터라 안주인과 바깥주인이 남매가 아니라 사실은 부부라는 걸 알았을 걸세. 이자가 자취를 감추고 외국으로 도망을 쳤단 말이지. 앤서니란 이름은 영국에서는 흔하지 않지만, 앤서니의 스페인식 이름인 안토니오는 스페인이나 스페인어를 쓰는 남아메리카의 여러 나라에서 흔히 쓰는 이름이라네. 하인은 스테이플턴 부인처럼 나무랄 데 없는 영어를 구사했지만 특이한 어눌한 억양이 있었지 않은가. 스테이플턴이 표시해놓은 길을 따라서 그림펀 늪지를 드나드는 이 노인네를 내 눈으로 직접 확인한 적도 있어. 주인이 자리를 비우면 그가 사냥개를 돌봤을 걸세. 짐승의 용도는 몰랐을 수 있지.

이렇게 해서 스테이플턴 부부는 데번으로 내려갔고, 이내 헨리 경과 자네가 뒤따라서 내려갔지. 그 당시 내가 어디까지 알고 있었는지 이쯤에서 밝혀볼까. 자네도 기억할지 모르지만 신문을 오려 붙인 편지가 도착했을 때 나는 특이한 점은 없는지 유심히 살폈다네. 그러느라 눈앞에 바짝 갖다 대었더니 화이트 재스민 향기가 희미하게 나지 뭔가. 세상에는 일흔아홉 종의 향수가 있는데, 범죄 전문가라면 모두 구분할 줄 알아야 한다네. 나도 향수 냄새를 즉각 알아차린 덕분에 해결한 사건이 여럿 있거든. 향수 냄새 때문에 사건에 여자가 개입되어 있음을 알게 되었고 그때부터 스테이플턴 부부를 의심하기 시작했다네. 내려가기 전부터 개의 존재를 확신하고 범인이 누구인지 알아차린 거랄까.

나는 처음부터 스테이플턴을 감시할 작정이었다네. 자네와 함께 내려가면 그가 경계 태세를 갖출 테니 감시가 불가능해지지 않겠나. 때문에 자네까지 속이며 런던에 있는 척하고 몰래 내려간 걸세. 자네 생각과는 달리 고생이 그리 심하지는 않았다네. 그런 사소한 문제 때문에 수사에 지장을 빚으면 되겠나. 나는 대부분 쿰트레이시에 머물렀고 사건 현장에 가까이 있어야 할 때만 황야의 돌집을 이용했지. 함께 내려간 카트라이트가 시골 아이로 변장해서 맹활약을 해줬어. 먹을거리와 깨끗한 옷을 가져다주었거든. 내가 스테이플턴을 감시하는 동안 카트라이트가 자네를 감시해준 덕분에 모든 정황을 파악할 수 있었어.

이야기했다시피 자네가 보낸 보고서는 베이커 스트리트에서 곧장 쿰트레이시로 전송됐기 때문에 바로바로 받아보았다네. 상당한 도움이 되었지. 특히 자네가 스테이플턴의 과거를 우연히 얘기해준 덕분에 이 남녀의 정체를 파악할 수 있었고 마침내 전후 상황을 알아차렸거든. 탈옥수가 등장하고 배리모어 부부가 얽히면서 사건이 복잡하게 꼬여버리기도 했는데, 그것도 자네가 깔끔하게 정리해주었지. 나 역시 여러 정황을 종합한 결과 똑같은 결론을 내리기는 했지만.

자네가 황야에서 나를 발견했을 즈음에는 이미 사건 전반을 완벽하게 파악하고 있었지만 법정에 제시할 증거가 없었다네. 그날 밤에 스테이플턴이 헨리 경을 해치려다 딱한 탈옥수를 죽인 사건도 그의 범행을 입증하는 데 별 도움이 안 됐고. 현행범으로 체포하는 것 말고는 대안이 없었어. 그러자면 헨리 경을 보호책 없이 혼자 내보내서 미끼로 쓰는 수밖에 없었다네. 이로써 사건을 해결하고 스테이플턴을 파멸의 길로 몰고 갈 수 있었지만, 의뢰인은 정신적으로 심각한 충격을 받게 됐지. 솔직히 내 불찰을 인정하네만 짐승이 그렇게 끔찍한 모습으로 섬뜩하게 등장할 줄 무슨 수로 알 수 있었겠나. 안개 속에서 불쑥 튀어나온 것도 예상하지 못했던 부분이고. 목적을 달성하기는 했지만 대가를 치러야만 했지. 전문가와 모티머 박사 말로는 일시적인 현상일 거라고 하지만 우리 친구가 신경쇠약뿐 아니라 정신적인 상처에서 벗어나려면 오랜 시간이 필요할 걸세. 진심으로 스테이플턴 부인을 사랑했던 그로서는 그녀에게 속았다는 것이 이 암울한 사건에서 가장 슬픈 부분 아닐까.

이제 그녀가 처음부터 끝까지 어떤 역할을 했느냐 하는 문제가 남게 되지. 그녀가 스테이플턴에게 휘둘린 이유가 사랑 때문인지 두려움 때문인지 모르겠어. 어쩌면 둘 다일 수도 있지. 그 둘이 서로 절대 공존할 수 없는 감정은 아니니까.

남편의 명령을 따라 순순히 여동생 행세를 할 정도로 그녀에게 스테이플턴의 영향력은 강력했지만, 살인의 직접적인 도구로 활용하려 들자 반기를 들었지. 헨리 경에게 남편을 언급하지 않는 선에서 몇 번이고 반복해서 최대한 경고를 했고, 스테이플턴은 자기 아내에게 구혼하려는 헨리 경을 보고는 그것이 계획의 일부였음에도 불구하고 질투심으로 폭발해서 그동안 영리하게 감추어놓았던 불같은 본성을 드러내고 말았지. 아무튼 그는 오붓한 시간을 가지자는 명목으로 헨리 경을 메리피트 하우스로 자주 초대하며 기회를 만들려고 했다네. 그런데 결정적인 순간에 아내가 갑자기 어깃장을 놓았지. 탈옥수가 죽었다는 소식에 무언가를 눈치챘고, 헨리 경이 저녁을 먹으러 오기로 한 날에 사냥개가 별채에 있다는 것을 알아차렸기 때문이라네. 사람을 죽일 생각이냐고 그녀가 비난하자 한바탕 난리가 벌어졌고 그 와중에 그가 본인의 불륜을 폭로했지. 그녀의 믿음은 한순간에 격렬한 증오로 돌변했어.

그는 그녀가 배신할 것을 직감했다네. 그래서 헨리 경에게 경고하지 못하도록 그녀를 묶어놓은 거라네. 온 마을 주민들이 헨리 경의 죽음을 바스커빌 가문에 내린 저주 탓으로 돌리면 기정사실을 받아들이고 입을 다물도록 아내를 설득할 수 있을 거라고 생각하면서. 내가 보기에는 그 부분에서 그가 착각을 했어. 우리가 없었더라도 그의 운명은 달라지지 않았을 걸세. 히스패닉계 여자들은 그런 모욕을 쉽게 용서하지 않거든. 자, 왓슨, 흥미진진했던 사건을 메모도 없이 이보다 더 자세하게 설명할 수는 없을 것 같은데. 내가 설명을 빠뜨린 중요한 부분이 있나?"

"나이가 많았던 그의 백부와 달리 헨리 경을 악마의 개로 위협해서 죽일 수는 없었을 테지?"

"그 포악한 짐승은 반쯤 굶주려 있었다네. 희생양이 녀석의 모습을 보고 심장마비로 곧바로 죽지는 않더라도 공포로 온몸이 마비돼서 저항할 수도 없었을 거야."

"그랬겠지. 그래도 한 가지 문제점이 남아 있어. 스테이플턴이 재산과 작위를 물려받게 되더라도 본명을 숨긴 채 그렇게 가까운 데서 살고 있었던 이유를 뭐라고 설명할 작정이었을까? 눈치를 챈 사람들의 질문을 무슨 수로 피할 작정이었을까?"

"아주 어려운 문제지. 자네, 내가 다 해명해주길 바라면서 너무 많은 질문을 퍼붓는 거 아닌가? 내 연구 대상은 과거와 현재일세. 미래는 누구라도 대답하기 어려운 문제 아니겠나?

세 가지 방법이 있지. 첫째, 남미로 건너가서 그곳의 영국 관계 기관을 통해 신원 확인을 마치고 영국에는 발을 들일 필요도 없이 유산을 상속받는다. 둘째, 당분간 교묘하게 변장하고 런던에서 지낸다. 셋째, 증거와 서류를 위조하고 공범을 매수해서 그를 상속자로 내세우고 유산의 일부를 받는다.

우리도 알다시피 그는 난관을 타개할 방법을 어떻게든 찾아낼 인물이었지. 자, 왓슨, 몇 주 동안 격무에 시달렸으니 하루 저녁 정도는 좀더 즐거운 일에 정신을 쏟으면 어떨까? 〈위그노교도〉 특별석 표가 있다네. 레슈케의 노래 들어보았나? 삼십 분

안으로 준비하게. 가는 길에 마르치니 레스토랑에 들러서 간단하게 요기라도 할 수 있게."

*

트리비아

TRIVIA

다트무어

영국 데번 주 남쪽에 위치한 황야이다. 1951년에 자연보호를 위해 다트무어 국립 공원으로 지정되었다. 여러 개의 화강암 바위 언덕이 솟아 있으며 『바스커빌 가문의 사냥개』에 등장하는 것 같은 늪이 실제로 존재한다. 지면에 죽은 식물들이 아주 두껍게 쌓여 썩어가는데다 비가 많이 내리기 때문에 땅이 마르지 않아서 위험한 늪이 여러 개 생겨난 것이다. 그중 폭스 토어 마이어스가 작품 속의 그림펀 늪지와 흡사하다. 신석기시대와 초기 청동기시대의 다트무어는 지금보다 따뜻하고 나무가 우거져서 살기 좋은 환경이었는지 당시에 인류가 거주했던 흔적이 아직도 남아 있다. 고대 인류는 화전을 일구며 살았지만 늪지가 늘어나며 경작 가능한 땅이 줄어들고 토양이 산성화되어 다트무어를 버리고 떠날 수밖에 없었다. 이 황야에는 다트무어 교도소가 위치해 있다. 한때 영국에서 가장 흉악한 범죄자들을 수감하기도 했으나 지금은 폭력 성향이 거의 없는 범죄자를 수감하고 있다.

스트랜드 매거진

《스트랜드 매거진The Strand Magazine》은 소설과 기획 기사로 이루어진 월간지로, 편집부 사무실이 있는 런던의 스트랜드 대로에서 이름을 따왔다. 1891년 1월에 출간된 창간호가 삼십만 부 가까이 팔리는 경이로운 기록을 갖고 있으며 1930년대에 접어들어서도 매 호 오십만 부 정도까지 팔렸다. 1950년 3월 711호를 끝으로 일시 폐간했다가 1998년 계간지로 부활해 아직까지 명맥을 유지하고 있다. 아서 코넌 도일의 '셜록 홈스' 단편들을 가장 먼저 게재한 곳이 《스트랜드 매거진》이다. 도일이 『바스커빌 가문의 사냥개』를 실을 때 잡지 판매가 최고조에 달했다. 다음 연재분을 보기 위해 독자들이 사무실 밖에 줄을 서서 기다릴 정도였다. 코넌 도일 외에도 애거사 크리스티, 조르주 심농, 러디어드 키플링, 윈스턴 처칠 등 명사의 글과 소설을 게재했다. 빅토리아 여왕 허락하에 여왕이 그린 스케치가 실려 화제가 되기도 했다.

영국의 귀족 제도

영국은 현대에도 왕실과 더불어 귀족 제도가 남아 있다. 대부분의 나라에서는 귀족이 명예 칭호에 불과하지만 영국은 작위에 따른 특권이 여전히 존재한다. 공작이 가장 높은 작위이며 후작, 백작, 자작, 남작이 그 뒤를 따른다. 『바스커빌 가문의 사냥개』에 등장하는 바스커빌 가문은 준남작 가문이다. 남작과 기사의 중간 정도에 해당하며 엄밀히 따지면 귀족이 아니라 기사 계급에 속한다. 원래 준남작 칭호는 군주가 부여하는 명예 칭호에 불과했으나 제임스 1세가 통치하던 시절에 재정 고갈을 이유로 준남작 작위가 매매되기 시작했다. 매년 천 파운드의 돈을 국가에 내면 작위를 수여받아 유지할 수 있다는 조건이 생겼다. 부계 세습이 원칙인 준남작 작위는 찰스 경이 사망한 후 헨리 바스커빌에게 세습된다.

16쪽 | 골상학

두개골 및 두뇌의 형상을 근거로 사람의 성격과 운명까지 추정하는 학문이다. 19세기부터 20세기 초까지 유행했다. 중세 이후 생물학과 의학이 발전하면서 인간의 두뇌와 신경망에 대한 연구 결과가 쌓였고 사람들은 뇌가 인간의 행동, 사고, 성격 등에 절대적인 영향을 미친다는 것을 알아냈다. 따라서 뇌의 각 부분이 담당하는 역할에 대한 의문이 발생하였고, 이를 연구하는 학문이 골상학이다. 골상학에 따르면 뇌에는 사람의 성격이나 행동을 관장하는 부분들이 분포되어 있다. 이 부분들의 형태나 크기가 사람마다 차이가 있기 때문에 개인의 성격과 행동 양식이 달라진다. 그래서 두뇌를 보고 성격은 물론 개인의 운명, 미래까지도 파악할 수 있다고 골상학 연구자들은 믿었다. '머리가 크면 뇌 용량이 크고 뇌 용량이 크면 머리도 좋다'는 골상학 이론이 빅토리아시대에는 널리 퍼져 있었다.

『바스커빌 가문의 사냥개』에서 셜록 홈스에게 사건을 의뢰하는 모티머 박사는 골상학을 신봉하는 인물이다. 그는 셜록 홈스에게 "홈스 씨와 같은 장두와 도드라지게 발달된 안와는 본 적이 없습니다"라는 말을 건네며 홈스의 두개골이 인류학 박물관에 전시되면 큰 가치가 있을 거라고 감탄한다. 희대의 범죄자 모리아티는 홈스를 보고 전두골이 그리 발달하지 않은 것이 뜻밖이라고 언급하기도 한다. 골상학에 대해 많은 지식을 가지고 있었던 코넌 도일은 작품에서 이를 적극적으로 활용했다. 20세기 이후 골상학은 인간의 행동 양식이 두뇌 내부의 작동 양상에 따라 좌우되며 두개골의 크기나 형태와는 관계가 없음이 증명

되어 과학계에서 퇴출당했다.

21쪽 | 지옥의 사냥개 전설

지옥의 사냥개 전설은 검고 커다란 몸집에 엄청난 힘을 가진 초자연적이고 불길한 개에 관한 유럽의 전설이다. 이 개와 눈이 두 번 이상 마주치면 반드시 죽는다는 공포스러운 이야기가 전해진다. 지옥의 사냥개 전설은 다양한 변형이 있고 역사도 깊은데, 가장 유명한 지옥의 개로는 그리스 신화의 케르베로스를 들 수 있다. 지옥의 개는 북유럽 신화와 유럽 지역의 민간설화에서 찾을 수 있으며 영국의 노포크, 에식스, 서포크에는 검은 개 유령이 돌아다닌다는 전승이 있다. 영국인들은 검은 개 유령이 말만 한 크기이며 붉게 타오르는 눈을 가졌다는 이야기를 덧붙이기도 했다. 아마도 찰스 경은 사냥개 전설을 알고 있었을 것이며, 바스커빌 가문에 그와 관련된 저주가 얽혀 있음을 듣고 크게 두려워했으리라 생각된다.

28쪽 | 검시 배심

부자연스럽게 사망한 시신이 있을 때 검시관이 사인을 검시하기 위해 공개적으로 행하는 사법제도이다. 검시관, 판사, 검사 등이 참여하여 부검 결과나 증언을 듣고 사인을 결정한다. 만약 사망 원인으로 과실치사나 살인이 의심되면 형사사건으로 간주하여 용의자를 추려 그들을 검시 배심에 불러 신문하기도 한다. 검시 배심에서는 사망자의 신원, 사망 장소, 사망 일시, 사인을 규명하는 것이 목적이며, 사망자가 사망한 상황 등 주변 사정까지 확인하지는 않는다. 『바스커빌 가문의 사냥개』에서는 찰스 경의 시신이 집밖에서 발견된데다 사인이 불분명했기 때문에 검시 배심이 진행되었고, 검시관은 평소 심장이 약하던 그가 심장마비로 사망했을 것이라고 결론내렸다. 만약 찰스 경이 누군가의 폭력 등 타의로 사망한 것으로 의심되었다면 경의 죽음은 형사사건으로 처리되어 수사기관의 관심을 받았을 것이다.

34쪽 | 사냥개의 발자국

미국의 작가이자 문학비평가인 에드먼드 윌슨은 "홈스 씨, 그건 커다란 사냥개의 발자국이었습니다!"라는 모티머 박사의 대사를 제목으로 단 글을 1945년 2월에 발표했다. 이 글에서 윌슨은 사냥개의 발자국은 보통의 개 발자국과 차이가 없기 때문에 구분이 불가능하다는 점을 지적한다. 『바스커빌 가문의 사냥개』를 읽은 한 교수는 《베이커 스트리트 저널The Baker Street Journal》의 편집자에게 편지를 보내 발자국으로 개의 크기, 개의 털 형태 등을 파악할 수는 있어도 "주어진 발자국의 주인이 그레이트데인인지, 사냥개인지, 뉴펀들랜드인지, 세인트버나드인지, 아니면 그냥 평범한 개인지를 아는 건 절대 불가능"하다고 말한다. 모티머 박사가 개의 발자국을 두고 "사냥개의 발자국"이라고 단정지은 부분은 독자들 사이에서 어떻게 그가 확신할 수 있었는지를 두고 많은 논란을 일으켰다.

52쪽 | 노섬벌랜드 호텔

노섬벌랜드 스트리트에 위치했던 노섬벌랜드 호텔 자리에는 현재 '셜록 홈스'라는 상호의 빅토리아풍 주점이 들어와 있다. 1880년대에 실존했던 노섬벌랜드 호텔은 『바스커빌 가문의 사냥개』에서 헨리 바스커빌이 런던에 머물 때 숙박했던 호텔로 등장한다. 홈스와 왓슨이 즐겨 다닌다고 설정된 터키탕도 이 호텔 바로 오른쪽에 있었다고 한다. '셜록 홈스' 주점 한켠에는 셜록 홈스의 거실이 꾸며져 있고 홈스와 관련된 많은 기념품들이 전시되어, 팬이라면 꼭 한번 들러야 할 명소이다.

185쪽 | 타자수

1860년대에 미국에서 실용화된 타자기는 한때 널리 이용되었지만 다양한 워드프로세서 제품들이 개발되어 설 자리를 잃었다. 수동 타자기는 굵은 글자를 쓰기 위해서 백스페이스를 누르고 한 자리에 같은 글자를 반복 입력해야 했고 종이의 한 줄을 전부 사용하면 포인터가 달려 있는 원통을 매번 손으로 밀어 넣어주어야 다음 줄로 넘어갈 수 있으며, 글씨가 흐려지면 먹줄을 갈아 끼워 먹을 채우는 등 많은 불편함이 있었다. 오타가 나면 종이를 갈고 처음부터 다시 쓰기까지 해야 했다. 이와 같이 타자 치는 일은 아무나 못 하는 전문 기술이었기 때문에 타자수는 고급 인력으로 대우받았다. 『바스커빌 가문의 사냥개』에 등장하는 로라 라이언스의 직업이 타자수이며, 이 외에도 『셜록 홈스의 모험』에 수록된 단편 「약혼자의 정체」의 메리 서덜랜드 양도 타자수이다.

트리비아 참고 문헌

Arthur Conan Doyle, 『The Hound of the Baskervilles』, Oxford University Press, 1993
Jack Tracy, 『The Ultimate Sherlock Holmes Encyclopedia』, Doubleday & co., 1977
Nick Utechin, 『Amazing & Extraordinary Facts – Sherlock Holmes』, David & Charles, 2012
데이비드 스튜어트 데이비스 외, 이시은 · 최윤희, 『셜록 홈즈의 책』, 지식갤러리, 2015
아서 코넌 도일, 레슬리 S. 클링거, 승영조 외 옮김, '주석 달린 셜록 홈즈' 시리즈, 현대문학, 2013

*

해설

홈스 부활의 예고편

돌아온 셜록 홈스

1891년 11월, 코넌 도일은 어머니에게 보낸 편지에 이렇게 썼다.

"저는 홈스를 죽일까 생각하고 있습니다."

그로부터 이 년 후인 1893년, 그의 생각은 현실이 되었다. 도일은 《스트랜드 매거진》 12월호에 발표한 '셜록 홈스' 시리즈의 스물네 번째 단편 「마지막 문제」(『셜록 홈스의 회상록』에 수록)에서 '범죄계의 나폴레옹' 모리아티 교수와 홈스가 라이헨바흐 폭포 속으로 떨어지는 것으로 이야기를 끝맺었던 것이다. 한창 인기를 구가하던 주인공을 죽이는 것은 전례가 드문 일이라 독자들은 큰 충격을 받았다. 잡지의 정기 구독자가 이만 명 이상 줄어

들었고 항의 편지가 쇄도했지만 나름대로 절박한 이유가 있었던 도일은 요지부동이었다. '셜록 홈스' 시리즈로 큰 성공을 거둔 것은 사실이나 매달 하나씩 새로운 단편을 쓰는 일에 지치기도 했다. 또한 진지한 역사소설을 쓰는 소설가로 인정받기 원했던 도일에게 셜록 홈스는 발목을 잡는 존재였다.

홈스는 지면에서 사라졌지만 다른 공간에서는 여전히 존재했다. 소설 대신 연극이 만들어졌으며, 짧은 영화도 제작되었다. 홈스를 연기한 미국 배우 윌리엄 질렛은 마치 소설 속에서 튀어나온 듯한 외모를 지녀서 훗날 미국의 삽화가인 프레드릭 도어 스틸은 질렛을 모델로 홈스 이야기의 삽화를 그렸을 정도였다. 미국에서 시작된 〈셜록 홈스〉라는 제목의 연극은 일 년 넘게 공연되었으며 영국과 프랑스에서도 대단한 성공을 거두었다. 하지만 대중은 연극으로 만족하지 않고 여전히 새로운 이야기를 원했다. 전에 비해 시간적 여유가 생긴 도일이 언젠가 다시 새로운 '셜록 홈스' 작품을 쓰겠다는 생각을 하고 있었던 참에 하나의 계기가 생긴다.

도일은 1899년 보어전쟁 때 일 년간 의료봉사대로 참여하면서 종군기자 버트럼 플레처 로빈슨을 만나 친한 사이가 되었다. 하원 의원에 출마했다가 낙선한 도일은 열병이 재발하여 휴식을 취하려는 참이었다. 1901년 3월, 두 사람은 함께 골프를 치며 휴가를 보내기 위해 노퍽에서 재회했다. 로빈슨은 골프장을 걸어 다니는 동안 도일에게 다트무어 지역에서 전해지는 여러 괴담을 들려주었는데, 그중에는 지옥의 사냥개 전설도 포함되어 있었다. 다트무어를 배회한다는 무시무시한 개의 이야기에 상상력을 자극받은 도일은 공포소설을 쓰기 위해 로빈슨과 함께 현지를 찾아가 자료를 수집했다. 작품을 구상하면서 새로운 주인공을 만들기보다는 알고 있는 인물이 더 어울릴 것이라는 사실을 깨달았다. 과거에 창조했던 셜록 홈스가 이야기에 들어맞는 주인공이었던 것이다.

팔 년 만의 새로운 '셜록 홈스' 이야기인 『바스커빌 가문의 사냥개』는 《스트랜드 매거진》 1901년 8월호부터 연재가 시작되었다.

의뢰인이 두고 간 지팡이를 놓고 홈스가 발휘하는 추리력은 여전했고, 바스커빌 가문에 얽힌 사냥개의 저주 이야기는 독자를 사로잡았다. 첫 번째 연재분에서 모티머 박사가 외부에 알려지지 않은 찰스 바스커빌 경의 사망 당시의 사실을 이야기하는 장면은 긴장감이 넘친다. 특히 2장의 마지막 문장("홈스 씨, 그건 거대한 사냥개의 발자국이었습니다.")은 다음 이야기를 기다리도록 만들었다.

『바스커빌 가문의 사냥개』는 잡지에 팔 회에 걸쳐 연재된 후

단행본으로 출간되었으며, 이 작품으로 도일은 다시 베스트셀러 작가가 되었다. 그러나 홈스가 폭포 속으로 사라지기 전의 이야기라는 전제 때문에 독자들은 아쉬워했으며, 진정한 의미의 귀환이 이루어지기까지는 조금 더 기다려야만 했다.

최고 걸작의 탄생

『바스커빌 가문의 사냥개』는 코넌 도일이 발표한 '셜록 홈스' 시리즈뿐만 아니라 추리소설 전체를 통틀어서도 높은 평가를 받고 있는 여러 면에서 독특한 작품이다. 표면적인 부분에서 드러나는 점은 구성 방식의 차이이다. 장편 네 편 중에서『주홍색 연구』,『네 사람의 서명』,『공포의 계곡』등 세 편은 홈스의 추리 부분으로 이루어진 전반부와 과거를 회상하는 후반부로 이루어져 있으나『바스커빌 가문의 사냥개』는 처음부터 끝까지 하나의 사건으로 이루어진 순수한 추리소설이라는 특징을 가지고 있다.

도일은 '셜록 홈스' 시리즈의 공백기에도 창작을 이어온 덕에 원숙해진 글솜씨를 보여주고 있으며, 주요 인물 두 사람의 성격을 더욱 생생하게 묘사하고 있다.

왓슨은 이 사건에서 단순한 기록자의 역할을 넘어서 크게 활약한다. 홈스는 의뢰인인 헨리 바스커빌 경에게 자신은 다른 사건이 있어 직접 나설 수가 없다며 자기만큼 믿을 수 있는 사람인 왓슨과 함께 데번으로 갈 것을 권할 정도로 신뢰를 보인 후 한동안 이야기 속에 등장하지 않는다. 홈스가 직접 나서지 않고 왓슨에게 조사를 부탁한 장편은 이 작품이 유일하다. 왓슨은 자기가 조사한 것을 홈스에게 편지로 알리는 한편, 적극적으로 움직여 탈옥수 추적에 나서기도 한다. 왓슨을 인간적으로 신뢰하면서도 혼자서는 진상을 파악할 수 없을 것이라 생각했다는 점이나, 어떤 상황인지 전혀 설명하지 않은 채 의뢰인인 헨리 바스커빌에게 목숨이 위태로울 수도 있는 미끼 역할을 맡기는 모습에서 냉정하고 사람을 믿지 않는 홈스의 성격이 잘 드러난다.

이 작품이 높은 평가를 받는 이유 중 하나는 "홈스가 이야기를 이끄는 것이 아닌, 이야기가 홈스를 이끄는 유일한 작품"이라는 존 딕슨 카의 표현처럼 이색적인 분위기 덕택이기도 하다. 음침한 분위기가 느껴지는 다트무어 지역 선사시대 사람들의 흔적과 무덤, 한번 빠지면 벗어날 수 없는 늪의 묘사 등은 강한 흡입력을 갖고 있다. 왓슨이 "신에게 버림받은 세상의 한쪽 구석"이라고 표현한 황야는 불길하면서도 사람을 빠져들게 만드는 묘한 매력을 발휘한다.

또한 『바스커빌 가문의 사냥개』는 훗날 발표한 「서식스의 흡혈귀」(『셜록 홈스의 사건집』에 수록)와 더불어 괴기한 분위기를 풍기는 드문 작품이다. 바스커빌 가문에 얽힌 저주와 거대한 유령 개에 대한 전설에 대한 묘사는 공포소설의 도입부로서도 손색이 없다. 추리소설가로서의 명성, 역사소설가로의 지망 때문에 묻힌 감이 있지만, 코넌 도일은 공포소설에도 일가견이 있었다. '셜록 홈스' 시리즈의 공백기에 도일은 《스트랜드 매거진》에 여러 공포소설들을 발표했는데, 이 작품들이 에드거 앨런 포나 M.R. 제임스의 작품에 못지않다는 평가를 내리는 평론가도 많다.

독자들 사이에서도 『바스커빌 가문의 사냥개』는 인기가 높다. 셜로키언 모임인 '베이커 스트리트 이레귤러스'가 발간하는 회보 《베이커 스트리트 저널》은 1944년부터 여러 차례 인기투표를 벌였는데, 가장 최근인 1999년 결과에서 『바스커빌 가문의 사냥개』는 월등한 득표수로 1위를 차지했다.

작품의 인기는 영상화에도 반영되었다. 1914년 독일에서 처음 제작된 이래 백 년이 넘는 세월 동안, 영국, 미국, 캐나다를 비롯한 전 세계 각지에서 극장용 영화와 TV 드라마 등으로 제작된 작품만 열일곱 편인데(배질 래스본, 피터 쿠싱, 제러미 브렛, 베니딕트 컴버배치 등의 배우들이 홈스 역을 맡았다), 다른 세 장편의 영상화가 각각 열 번에도 미치지 못하는 것과 대조된다.

뒷이야기

앞에서도 잠깐 언급했지만, 『바스커빌 가문의 사냥개』라는 작품이 탄생하기까지는 버트럼 플레처 로빈슨의 도움이 적지 않았다. 그는 도일에게 지옥의 개에 대한 전설을 들려주었을 뿐만 아니라 등장인물인 제임스 모티머의 모델이기도 하다. 애초 로빈슨과 함께 공포소설을 공동 집필하겠다는 도일의 생각은 '셜록 홈스' 이야기로 바뀌면서도 변함이 없었다. 그는 애초에 로빈슨을 공저자로 삼을 생각이었으나, 잡지사에서 '셜록 홈스' 시리즈는 코넌 도일 한 사람만의 이름으로 나와야 한다는 이유를 들어 거부했다. 그러나 도일은 작품 구상의 내력을 연재물과 단행본 헌사를 통해 로빈슨의 도움을 밝혀놓았고, 원고료의 3할을 로빈슨에게 건넸다고 전해진다. 2000년대 들어와 '도일이 로빈슨의 작품을 훔친 뒤 살해했다'는 주장이 나오고 있으나, 출판 당시 도일이 로빈슨에게 보여준 배려를 살펴볼 때 신빙성은 희박하다.

로빈슨 이외의 실존 인물도 작품 속 등장인물의 모델이 되었다. 바스커빌이라는 이름은 로빈슨이 고용했던 마부 해리 바스커빌에게서 가져온 것으로, 훗날 로빈슨이 감사의 표시로 책에 서명을 하여 마부에게 선물했다. 이런 일화가 있음에도 불구하고 다른 출처가 있다는 견해가 있다. 버밍엄의 인쇄업자인 존 바스커빌이나 웨일스에 살았던 바스커빌 가문이 이름의 유래라고 하지만 확실하게 밝혀진 것은 없다. 스테이플턴은 도일의 막내 여동생 도도의 남편 시릴을 모델로 삼았다고 한다.

1902년, '셜록 홈스' 시리즈의 애독자였던 에드워드 7세는 도일에게 기사 작위를 내렸다. 보어전쟁 당시 영국 정부를 옹호했던 애국적 활동에 대한 보답이었지만, 당시 많은 사람들은 『바스커빌 가문의 사냥개』를 발표하여 홈스를 죽음에서 다시 돌아오게 만든 업적이라고 여겼다. 지금도 도일의 기사 작위에 대해 많은 사람들이 이렇게 믿고 있다.

옥에 티, 그리고 새로운 의견

코넌 도일의 '셜록 홈스' 시리즈에는 사소한 실수가 여럿 보인다. 『바스커빌 가문의 사냥개』는 플롯이나 기교 방면에서 대단히 뛰어난 편이지만 실수가 있다는 부분에서는 예외가 없다. 이 작품이 《스트랜드 매거진》에 연재되던 당시에도 눈썰미 좋은 독자 중 하나인 프랭크 시지윅은 몇 가지 문제점을 지적하여 왓슨에게 보내는 공개 질문을 《케임브리지 리뷰The Cambridge Review》에 발표할 정도였다. 예를 들자면 『바스커빌 가문의 사냥개』사건은 1889년에 일어난 것으로 되어 있고(본문에서 모티머 의사의 지팡이에 '1884'라는 연도가 새겨져 있고, 홈스는 지팡이에 새겨진 날짜가 지금으로부터 오 년 전이라는 언급을 한다) 왓슨은 홈스와 함께 베이커 스트리트에 살고 있다. 그런데 왓슨은 그보다 일 년 전인 1888년의『네 사람의 서명』사건이 해결된 후 메리 모스턴과 결혼한 것으로 알려져 있으므로 모순이라는 것이었다.

사소한 오류는 이 외에도 있다. 왓슨은『바스커빌 가문의 사냥개』에서 '셜록 홈스는 이따금 밤을 새우고 아침까지 깨어 있기도 하지만 그런 날을 빼면 아주 늦게까지 잔다'고 했지만『주홍색 연구』에서는 "대개 10시 전에는 잠자리에 들었다"고 상반되게 기록하고 있다.

실수를 찾는 것과는 별개로, 작품 자체에 관해 심도 있는 연구도 이루어졌다. 동물 연구자이자 홈스 연구자인 사네요시 다쓰오는「괴견에 의한 살인은 가능한가怪犬による殺人は可能か」(1986)라는 글을 발표했다. 그는 작품에 나오는 것처럼 거대한 개가 존재할 수는 있지만 힘이 세고 사나운 개, 즉 다 큰 성견을 입수하여 훈련을 할 수 있는가에 대해 의문을 제기한다. 대개 강아지 때부터 훈련을 받아야 주인의 명령을 듣는 개의 성향을 생각하면 합당한 의문이라 할 수 있다. 그는 다음과 같은 결론을 내렸다. "충분히 성장한 개를 훈련시켜 복종하게 만들기는 불가능하고, 멀리 있는 사람에게 전속력으로 달려가 공격하도록 만들 수도 없으며, 사람을 공격하는 개에게 신호를 보내 그 행위를

멈추게 할 수도 없다. 내가 이런 계획을 세운다면 성공 가능성이 너무 낮다고 생각해서 포기할 것이다."

이보다 한층 나아간 연구도 있다. 프랑스의 정신분석학자인 피에르 바야르는『바스커빌 가문의 사냥개』를 독특한 방식으로 해석한『셜록 홈즈가 틀렸다』(백선희 옮김, 여름언덕, 2010)를 출간했다. 그는 작품 속에서 살인을 저지른 적이 없는(찰스 바스커빌 경은 공포에 의한 심장마비로 사망했고, 탈옥수 셀든은 추락사했다) 무고한 사냥개를 변호한다. 그리고 흥미롭게도 작품 속에서 홈스에 의해 범인으로 밝혀진 사람이 진짜 범인인가에 대해 의심을 품는다. 작품 말미에서 왓슨이 "(범인은) 눈치를 챈 사람들의 질문을 무슨 수로 피할 작정이었을까?"라는 질문을 하자 홈스는 다음과 같이 대답한다. "아주 어려운 문제지. ……내 연구 대상은 과거와 현재일세. 미래는 누구라도 대답하기 어려운 문제 아니겠나?" 피에르 바야르는 이 대답이 범인이 살인으로 얻을 이익이 없기에 왜 두 명의 바스커빌 가문 사람을 죽이려 했는지 이해하기 어렵다는 것을 시인하는 말이라면서, 사건으로 진정한 이익을 챙기는 사람이 진범이라고 주장한다. 이 작품의 진상은 범인의 자백이 아닌 홈스의 추리와 제삼자의 설명으로 밝혀지기 때문에 누구도 증명할 방법은 없기 때문이다.

그러나 이처럼 여러 가지 문제점이 있다고 해서『바스커빌 가문의 사냥개』라는 작품의 가치가 떨어지는 것은 아니다. "도일의 이런 사소한 실수들은 현대의 독자들이 역사물을 읽으며 맛볼 수 있는 득의에 찬 기쁨의 일부가 되었다"는 마틴 피도의 언급(『셜록 홈즈의 세계』, 백영미 옮김, 황금가지, 2016)처럼 이런 실수들조차도 수많은 홈스 연구자들을 탄생시킨 중요한 요인 중 하나였음에 틀림없다.

박광규(추리소설 해설가, 전《계간 미스터리》 편집장)

바스커빌 가문의 사냥개
The Hound of the Baskervilles

초판 발행 2016년 9월 5일

지은이 아서 코넌 도일 | **옮긴이** 이은선 | **펴낸이** 염현숙

책임편집 이현 | **편집** 임지호 김세화 이송
아트디렉팅 이혜경 | **본문조판** 이보람 이현정 백주영 | **일러스트 및 캐릭터디자인** 박해랑
저작권 한문숙 박혜연 김지영 | **마케팅** 정민호 나해진 박보람 이동엽
홍보 김희숙 김상만 이천희
제작 강신은 김동욱 임현식 | **인쇄** 한영문화사 | **제본** 경일제책

펴낸곳 (주)문학동네
출판등록 1993년 10월 22일 제406-2003-000045호
임프린트 엘릭시르

주소 10881 경기도 파주시 회동길 210
문의 031-955-1906(편집) 031-955-3576(마케팅) 031-955-8855(팩스)
전자우편 editor@elmys.co.kr | **홈페이지** www.elmys.co.kr

ISBN 978-89-546-4137-1 04840
978-89-546-4090-9(SET)

엘릭시르는 출판그룹 문학동네의 임프린트입니다.